KB232695

선국자

下

선구자

Pioneer

下

이마이클리지음
상현 이정수
공역

KSI 한국학술정보[주]

이 소설은 1903년 헐벗고 굶주렸던 사람들이 조국과 고향산천, 부모 형제와 친구들을 두고 낯선 미국으로 이민 왔던 한인 초기 이민자들을 배경으로 한 역사소설이다. 오랫동안 우리가 잊고 살았던 우리 역사의 한 토막이다. 하와이에서 노동계약이 끝나고 미국 본토로 건너온 우리 선조들은 인종차별, 언어와 문화의 장벽 속에서도 굽히지 않고 꿋꿋하게 살아왔다. 하와이 사탕수수밭에서 시작하여 농장품팔이로, 철도공사노동자로, 탄광노동자로 그분들은 서로 돕고 서로 보호하기 위해 철새처럼 같이 떠돌아다녔다. 그러다가 땅이 기름진 캘리포니아 중부로 몰려와서 농업에 종사하면서 조선인 마을을 이루고 살았던 자랑스러운 이민 선구자들이었다. 열심히 일하여 번 돈을 먹을 것과 입을 것만 빼놓고 상해임시정부에 막대한 독립자금으로 보낸 자랑스러운 선조들이었다.

그런데도 그들의 피눈물 나는 역사는 조국에서도 이민 후손들에게도 오랫동안 외면당했다. 배고프고 희망이 없어서 낯선 땅으로 왔던 그분들의 역사는 바로 우리의 역사이다. 수십 년 동안 조국도 그 이후 미국으로 온 이민자들도 찾아오지 않은 외로운 골짜기에서 잠들고 있었던 우리의 용감한 선구자들을 소개하는 것이 작가로서 그분들을 위해 할 수 있는 조그마한 수고라고 생각하고 3년 동안 그분들의 발자취를 더듬으며 이 역사소설을 썼다. 나는 선구자들의 생활에서 우리 민족의 역사에서 흐르는 민족의 한을 다시 한 번 느꼈고 어떤 난관에도 굴하지 않는 우리 민족의 얼을 보았다.

이 소설에 나오는 대부분 주요 인물들은 실존했던 사람들이다. 그러나 소설을 쓰기 위해 그분들의 역사를 배경으로 했고 이름이나 인물들 역시 가상임을 밝혀 둔다. 이 책에 나오는 연대 및 역사적인 사건들은 정확성을 기했다.

많은 분들이 이 책을 읽고 지금까지 몰랐거나 아니면 잊어버렸던 우리의 역사를 재조명하고 우리 선조들의 얼을 높이 평가하며 현시점에서 우리 자신의 애국정신과 전통적인 민족의 얼을 다시 한 번 돌아보는 기회가 되기 바란다. 역사를 뒤에 남기는 사람들과 그 역사를 발견하고 교훈을 배우고 재조명하는 사람들이 하나가 되는 것이 동일민족이라고 생각한다.

마지막으로, 이 책을 출판하기 위해 수고하신 한국학술정보(주)와 김영권 부장님, 편집부 그리고 출판사업부 이주은 씨에게 심심한 감사를 드린다.

2009년 10월 레이크 타호에서

이정수

제4부
새로운 시작

제13장

1.

5월 첫 번째 일요일 오후 루스와 브라이언은 아메리칸 리버에서 보트놀이를 즐기고 있었다. 날씨가 화창해서 강에는 많은 배들이 떠 있었다.

루스는 대학을 졸업한 뒤 새크라멘토로 옮겼다. 외롭고 침체한 생활에서 도피하고 싶었다.―삶은 너무나 상처받기 쉽고 예측할 수 없을 뿐만 아니라 변덕스럽게 보였다. 그녀는 동생의 죽음을 통해 내일은 영원히 다시 찾아오지 않을지도 모른다는 가슴 아픈 산 교훈을 배웠다.

"나에게는 지금 바로 이 순간이 있을 뿐이다." 루스는 일기장에서 그렇게 쓰고 있었다. "시간은 우리의 것이 아니기 때문에 우리는 내일을 소유할 수 없다. 내가 가지고 있는 것이란 바로 이 순간뿐이다. 내 삶은 마치 세집과 다를 바 없다. 언젠가 주인은 그 집을 다른 사람에게 세주려고 다시 돌려받을 것이다. 그렇기 때문에 바로 이 순간을 감사하고 즐겨야 한다. 이 소중한 순간이 마지막일지 모르기 때문이다. 삶은 너무나도 상처받기 쉽고 한 치 앞을 내다볼 수 없다.”

로버트와의 슬픈 관계와 동생의 비극적인 죽음을 통해서 사람은 행복하든지 불행하든지 타고난 운명대로 사는 것이라고 믿게 되었다. 유한한 인간이 그것을 바꿀 수는 없다. 비록 애매하긴 했지만 그런 확신을 가지고 그녀 자신의 앞에 놓인 운명을 찾아 나서려고 신앙을 떠나기로 결심했다. 루스는 다니엘의 장례식에서 죽음이란 모든 존재의 마지막이며 낙원이란 말뿐이고 동생 다니엘은 낙원이 아닌 무덤 속에서 잠들어 있다고 믿었다. “삶이란 얼마나 부질없는 것인가.” 그녀는 일기장에서 그렇게 말하고 있었다. “내 동생은 이미 죽을 날을 이마에 새기고 태어났다. 아무도 그것을 보지 못했던 것뿐이었다. 하나님의 속절없는 변덕스러움! 그러나 하나님은 우리에게 운명론은 하나님의 말씀에 어긋난다고 말하고 있다.”

루스는 아직까지도 동생의 죽음을 비통해했고 다니엘의 죽음이 너무 불합리하게 보였다. *다니엘의 죽음은 세상을 위해 크게 기여할 수 있었던 귀중한 생명의 낭비였다.* 루스는 그렇게 생각했다. *하나님은 주신 것도 빼앗아 가신다고 성경에서 말씀하신다. 그것만 봐도 하나님은 멋대로 우리의 삶을 독점하신다는 사실을 보여 주고 있다. 우리의 삶은 하나님이 이미 정하신 대로 되어 가고 있다. 하나님은 가장 무서운 독재자이다.* 그런 생각이 루스를 회의주의자로 변질시켰다.

“아버지는 몇 달 동안 나에게 한마디 말도 하시지 않으셨어요.” 브라이언은 선글라스를 끼고 맞은편에 앉아 있는 루스를 바라보며 말했다. “의사가 되고 싶지 않다고 말하자 아버지는 무척 화를 내셨어요. 아버지는 조선인 부모들이 대개 그렇듯이 의사가 되면 돈을 많이 벌고 의사직업은 가문의 명예라고 믿고 있었어요.”

“우리 아버지도 내가 의사가 되기를 바라셨어요.” 루스가 말했다. “그렇지만 아버지는 순수한 전통파는 아니세요. 시와 문학을 좋아하세요.”

“루스 아버지는 어떠세요?”

“장례식 뒤로 한 번도 뵙지 못했어요. 잘 계실 거예요. 슬픔과 아픔 속에서….”

“정말이지 비극적이었어요.” 브라이언은 강물 위에 짙은 초록색의 그늘을 던지는 나무가 울창한 강둑 쪽으로 노를 저었다. 루스는 브라이언을 좋아했다. 더 이상 미지에 대한 두려움이 없었다. 그날 다니엘이 죽은 뒤 처음으로 평화와 생의 기쁨을 느꼈다.

“이 강은 시를 쓰고 싶을 만큼 깊은 영감을 주네요.”

“어떤 시를 쓰고 싶으세요?”

“내가 너무 소중하게 여기는 어떤 사람을 주제로 시를 쓰고 싶어요.” 루스는 얼굴을 붉히며 웃었다.

“그 행운아가 누구인지 물어봐도 돼요?”

“나중 말할게요. 언제라고는 약속할 수 없지만요.”

“아버지가 유명한 조선시인에 대해 말씀하신 적이 있었어요. 이름이 하도 희귀해서 아직도 그 이름을 기억하고 있어요.” 브라이언이 말했다. “김삿갓이라는 시인이었어요. 대나무 모자라든가 뭐 그런 뜻이라고 들었어요. 보헤미안같이 떠돌아다니는 시인이었대요. 마을에서 마을로 떠돌아다니는 인생, 그런 인생을 상상할 수 있겠어요?”

“조선에는 많은 시인이 있다고 들었어요.” 루스는 주제에 흥미를 느꼈다.

“그렇겠지요. 그렇지만 나는 조선에 대해 관심이 없어요. 나는 여기서 태어났고 여기서 살기 때문이죠. 바로 그것이 아버지와 내가 자주 부딪치는 차이점이에요. 아버지는 구시대를 고집하시고 나는 그렇지 않고요.”

“하지만 부모님들에겐 많은 것을 배울 것이 있어요.”

“그럴지 모르지요.” 브라이언은 담뱃불을 붙였다. “내가 어렸을 때 아버지가 나를 교회모임에 여러 번 데리고 간 적이 있었어요. 싸우고 서로 삿대질을 하며 고함을 지르는 것을 봤어요. 그때는 어려서 왜들 그러시는지 몰랐어요. 나중에 알았지만 개인의 명예를 위한 싸움을 했던 거예요. 미국에 몇 개의 조선독립을 위한 정당이 있다고 들었는데 누가 더 애국자이고 누가 덜 애국자인지를 놓고 서로 싸운다고 들었어요.”

“저의 아버지도 나에게 그런 말씀을 해 주셨던 기억이 나요.” 루스는 아버지가 얼마나 조선인 사회에서 일어나는 당파싸움을 혐오하는지 생각했다.

“내 생각대로 되지 않으면 다른 사람들까지 동원해서 조직을 파괴하는 것이 그들의 태도예요. 나는 조선인 스스로의 힘으로 나라를 찾아 독립할 수 없다고 생각해요. 그들은 공동목적을 알고는 있으나 모든 사람들이 자기주장만 옳다고 고집해요. 그들은 공동체의식을 위해 개인의 주장을 희생할 수 있는 영적인 결속이 없어요.”

“나는 정치에는 관심이 없어요.” 루스가 사과하듯 말했다.

“그 마음 이해해요. 4년 동안 대학에서 미국의 실질주의를 배웠

어요. 그건 도덕과 윤리적 가치를 개인이 선택한다는 거예요. 그에
비해 조선인들은 실질적이기보다는 지나치게 도덕적이에요."

"그건 잘못된 거라고 생각해요. 도덕적 가치를 자기 마음대로 선
택하는 것 말이에요. 그건 너무 편의주의라고 생각해요."

"어떻게 보면 그렇게 생각할 수도 있겠지요. 그렇지만 어떤 도덕
적 기준을 받아들이는 건 개인의 선택이라고 봐요. 언젠가는 도덕
기준이 옛날이야기가 될 거라고 생각해요. 아무도 찾는 사람이 없
어 골동품 가게 구석에서 잠자고 있는 골동품처럼."

루스는 조용하면서도 생각 깊은 눈으로 브라이언을 바라보면서
물었다. "브라이언은 자신을 기독교인이라고 생각하세요?"

"아뇨. 내가 어렸을 때 부모님은 나를 억지로 교회에 끌고 다녔
어요. 나는 부모님을 존경하지만 부모님을 순수한 기독교인이라고
생각하지 않아요. 기도를 많이 하시지만 별것도 아닌 일로 자주 언
쟁을 하세요. 일단 교회를 떠나면 인간들의 일상생활로 돌아가세
요. 나는 부모님의 종교적 위선을 재연하고 싶지 않아요. 왜 그분
들의 잘못된 영적 유산을 물려받아야죠? 루스는 어때요?"

"사실 난 자유인이에요. 기독교의 교리를 받아들이긴 했지만 어
느 날 어린아이의 순수함에서 깨어났고 사물을 다른 눈으로 보기
시작했어요."

"종교란 다만 감정적인 히스테리라고 생각해요. 어떻든 부모님을
찾아뵙도록 하세요. 여기서 네 시간이면 도착할 수 있는 거리예요."
브라이언이 루스를 바라보았다. "어머니가 걱정되는군요. 얼마나
힘드시겠어요."

루스는 강물을 내려다보았다. 배 옆을 가볍게 때리는 물결소리가

강둑 숲 속에서 들려오는 새들의 합창에 화답하듯 찰싹거렸다.

브라이언은 노를 멈추고 배가 강물을 따라 흘러가도록 내버려 두었다. "다이뉴바에 계시는 부모님을 만나러 가는 일 어떻게 생각하세요?"

"어머니를 만나기가 두려워요. 여기서도 어머니의 아픔을 느낄 수 있어요."

"그렇지만 어머니는 루스의 도움이 필요해요. 어머니의 아픔을 느끼는 것만으로 안 돼요. 제이콥이 같이 갈지 전화해 보세요."

"일이 있어서 다이뉴바에 내려가 있어요. 사건을 맡았대요. 조선인 농부가 강탈과 살인혐의로 구속됐다나 봐요."

"잘하고 있나 보군요."

"그런 것 같아요. 이번 사건이 해결되면 결혼하겠대요." 루스는 만족한 듯 생긋 웃었다. "오빠가 자랑스러워요. 원하는 것은 절대로 놓치지 않아요. 일관적이고 조직적이에요."

브라이언은 발의 위치를 바꾸면서 루스를 바라보았다. 잠시 동안 주저하는 듯 보였다. 한동안 물어보고 싶었던 질문을 하기로 마음먹었다. "언제 결혼하실 거예요?"

"생각해 보지 않았어요. 남자는 반드시 조선인이어야 한다는 조건 외에 다른 것을 생각해 본 적이 없어요. 오빠와 캐런처럼 어려운 일을 당하고 싶지 않기 때문이에요." 루스가 브라이언에게 미소를 보냈지만 브라이언은 그 미소가 무슨 뜻인지 이해하지 못했다. "브라이언은 언제 결혼할 계획이세요?"

"몇 가지 선택이 있기는 해요." 브라이언은 어린아이같이 웃었다. "식당업으로 성공하든가 아니면 결혼해서 가정을 가지든가 하

는 선택이죠. 어떤 것이 우선이 돼야 할지 모르겠어요. 아버지 말
씀으로는 결혼이 첫 번째이고 다음으로는 아내와 함께 경제적 안
정을 이뤄야 한다고 하셨어요. 두 사람의 힘이 한 사람 힘보다 낫
다는 이론이에요. 그 말씀에 동감이에요.”

“우리 부모님이 그런 경우였어요. 결혼한 뒤 미국으로 오셨어요.
많은 어려움이 있었을 텐데 아무 말씀도 안 하세요.”

“아마 어려웠던 때를 기억하고 싶지 않으실지 모르지요. 조선인
들은 자의식이 강해서 개인적인 어려운 사정을 남들에게 말하지
않는 민족이에요.”

“그럼 결혼을 먼저 하고 가정을 가지실 건가요?”

“바로 그것이 어려운 점이죠. 사업이라면 내가 혼자서 결정할 수
있지만 결혼은 달라요. 결혼은 내 개인 사업과는 달리 성격이 다른
두 사람이 개입되기 때문이죠. 모든 결정은 서로 합의해서 해야 할
거니까요. 그러니까 내가 양보를 해야 하는 편이 많을 거예요.”

“브라이언을 남편으로 택하는 여자는 모든 여자들의 부러움의
대상이 될 거예요.”

제이콥은 사건의뢰인과 아침부터 청문회에 참석했다. 경찰은 이
갑수를 한 달 동안 군 유치장에 가두어 놓고 공선 변호인도 대주지
않았다. 2주 전에 아버지가 일하는 회사 김 사장이 제이콥에게 전
화로 죄 없는 한 조선인 농부가 강간과 살인혐의로 구속됐으니 그
사건을 맡아 달라고 부탁했었다.

다이뉴바로 돌아가는 길에 점심식사를 하러 말순의 식당에 들렀
다. 점심시간이 지난 뒤라 한가했다

“그래 이젠 의젓한 변호사라면서.” 말순이 점심을 대접하며 말했다. 그녀는 제이콥이 찾아와 너무 반가웠다. “프레즈노에 오거든 언제든지 들러. 남을 변호하려면 잘 먹어야 해.”

“고맙습니다. 아주머니.” 제이콥이 말했다. “미숙은 어때요?” 제이콥은 어머니에게서 다니엘과 미숙의 우정에 대해 이야기를 들어 알고 있었다.

“아직까지도 슬퍼하고 있어.” 말순은 제이콥 맞은편에 앉으며 말했다. “다니엘과 미숙은 아주 가까운 친구였어.”

“알고 있어요. 다니엘은 그렇게 좋은 친구가 있었으니 행운아였어요.”

“우리는 다 한결같이 다니엘을 잊지 못하고 보고 싶어 해. 어머니는 어떠시니?”

“글쎄요.” 제이콥이 목소리를 가다듬었다. “열심히 살려고 애쓰고 있어요.”

“어머니는 다니엘을 영원히 못 잊으실 게다. 어머니를 잘 도와드려라. 아픔이 떠날 날이 없을 테니까. 네가 자식을 가져 보지 않고서는 그 아픔을 알 수 없을 거야.”

“최선을 다하겠습니다.”

“그럴 줄 알고 있어. 우리 조선인 사회는 다들 너를 아주 자랑스럽게 생각하고 있다. 너는 조선인으로서는 첫 변호사야. 우리 조선인들에게 큰 영광이다.” 말순은 밝게 웃었다. “나를 이모라고 생각하고 언제든지 들러라. 먹고 싶은 것이 있으면 말해. 맛있게 만들어 줄 테니까.”

“고맙습니다. 영광으로 생각합니다.”

집에 도착하니 어머니는 부엌에서 일하고 있었고 아버지는 아직 직장에서 돌아오지 않았다. 다니엘의 장례식 후에 순자는 자신의 생활을 정신없을 정도로 바쁘게 몰고 갔다. 이틀 전에 제이콥이 다이뉴바로 돌아왔을 때 다니엘이 없는 집이 옛날 같지 않았다. 그날 제이콥이 문을 열고 안으로 들어섰을 때 똑같은 느낌을 받았다. 프레즈노에서 운전해 오는 동안 부모님을 생각했다. 다이뉴바를 떠나 샌프란시스코에서 같이 살면 좋겠다고 생각했다. 그 골짜기는 슬픔과 아픔이 여전히 살아 있는 곳이었다. 그 일을 캐런과 상의하기로 마음먹었다.

"어땠냐?" 순자가 부엌에서 물었다.

"내가 생각했던 대로 검사는 이씨가 범인이라고 믿고 있어요." 제이콥이 부엌으로 걸어 들어오면서 말했다. "자세하게 조사하려면 시간이 필요해요. 그레이스는 어디 있어요?"

"전에는 학교가 끝나면 곧장 집으로 돌아왔는데 이제는 그러질 않아. 남자친구가 생겼어. 오랫동안 서로 으르렁거리더니 이제는 친한 사이가 됐나 보다."

"피터 월러스 말인가요?"

"그 애가 아니고 누구겠니? 상을 차리마. 시장하겠구나."

"프레즈노에서 점심 먹었어요. 말순 아주머니 식당에 들렀어요."

"그랬어?" 순자는 밝은 얼굴로 아들을 바라보았다.

"너무 많이 차려 주셔서 아직도 배가 불러요. 요리 잘하시던데요." 제이콥은 가죽 가방을 식탁다리 옆에 놓고 식탁에 앉았다.

"일류 요리사야. 미숙이를 보았니?"

"아뇨. 아직 학교에서 돌아오지 않았더군요." 제이콥은 대화를 바꾸고 싶었다. "오늘 저녁 김 사장님과 이 사건 때문에 만나기로 돼 있어요. 아버지도 다른 지도급 인사들과 오실 거고요."

"그 사람이 진짜 백인을 때렸니?"

"그쪽에서는 그렇다고 주장하지만 나는 그들의 주장을 믿지 않아요. 한 사람이 여섯 사람을 어떻게 상대하겠어요? 이씨 몸과 얼굴에서 타박상 자국을 보았어요. 그렇지만 한 달이 지났으니 멍든 자국이 많이 사라졌더군요. 그 때문에 한 달씩이나 감옥에 가두어 놓고 공선 변호사도 대주지 않았던 겁니다."

"아버지가 말하는데 신문에서도 그 사람이 범인이라고 주장하고 있다는 구나." 순자는 식탁에 앉았다. 창백하고 여윈 얼굴에 광대뼈가 눈에 보일 정도로 튀어나왔다.

"저도 신문을 읽었어요. 그 백인과 다른 사람들이 이씨를 끌고 가서 개처럼 두들겨 팼대요. 이씨는 죽을까 두려워 자신을 보호하려고 싸운 거예요. 저쪽에서는 영어도 할 줄 모르고 힘도 없는 농사꾼을 희생시켜 아시아인들을 미워하는 백인들 감정에 다시 불을 붙이려는 의도였어요."

순자는 일어서며 말했다. "상을 차려 주마. 뭘 좀 먹어야지."

"더 못 먹어요, 어머니. 상에 차려 놓은 음식을 다 먹으라고 성화를 부려서 억지로 먹었어요." 제이콥이 빙긋이 웃었다. "저녁에 먹을게요."

그날 저녁 조선사회 지도자급 인사 여러 명이 리들리에서 가장 비싼 부동산인 김 사장 집에 모였다. 김 사장 집은 일부분을 과수원으로 사용하는 5에이커의 넓은 대지에 자리 잡고 있었고 아름다운 각종 꽃과 식물로 조경된 앞 정원이 길거리에서도 볼 수 있었다. 정문을 들어서면 꽃밭을 한참 지나야 집 앞문에 다다를 수 있었다. 주인이 거처하는 집과 손님이 묶는 숙소 사이에 있는 큰 수영장이 거실에서 환하게 내다보였다. 집 옆에 있는 과수원에는 백도와 살구가 저녁노을에 붉게 불타고 있었다.

저녁식사가 끝나고 모두 거실에 모여 앉았다. 김 사장의 부인이 손수 꾸민 거실에는 고가의 조선 고전가구와 꽃과 새가 그려진 그림, 한자시를 쓴 병풍으로 실내가 우아하게 장식되어 있었다. 모인 사람들 가운데는 김춘자, 박유진, 김철 목사, 일본군정부가 해체시킨 구 조선군대에서 장교였던 장만수가 있었다. 장만수는 둥근 어깨에 머리를 바짝 짧게 깎아서 그 모습이 마치 억센 일본군대 훈련 조교처럼 보였다.

"사건이 어떻게 진행되고 있는지 어디 한번 들어보세." 제이콥 바로 옆에 앉아 있는 김 사장이 입을 열었다.

"마치 거꾸로 헤엄치는 것 같습니다." 제이콥이 대답했다. "목격자가 한 사람도 없고 판사와 검사 그리고 경찰이 한 팀으로 똘똘 뭉쳐 있습니다. 지방신문은 말할 것도 없고요. 그러니 영어도 못하는 한 조선인 농부가 혼자서 인종차별을 하는 사람들을 맞서고 있는 형편입니다."

"제이콥, 지금 무슨 말을 하는 게야?" 김 사장이 물었다. 그는 제이콥에게 직설적인 대답을 듣기 원했다. 김 사장 자신도 한때는 상해 임시정부 각료로 수년간 봉사했던 일이 있었고 미국에서 인종차별을 직접 체험했던 사람이었다.

"최선을 다하겠습니다만 사건목격자를 찾아야 하겠습니다. 지금부터 그 일을 시작하겠습니다. 믿을 수 있는 목격자를 찾는 데 여러분의 도움이 필요합니다.”

“그 일을 위해 뭐가 필요한가?” 김 사장이 성급하게 물었다.

“우리 커뮤니티가 저를 도와주셔야 하겠습니다.”

김 사장은 제이콥을 찬찬히 바라보다가 자리에서 일어나 밖으로 나갔다.

“목격자들이 복수를 두려워하는 게 아닌가?” 장만수는 눈을 가늘게 뜨고 제이콥에게 물었다. 그는 처음부터 그렇게 큰 사건을 경험이 없는 제이콥에게 맡기는 것을 못마땅하게 여겼다.

“그렇습니다. 이씨 말에 의하면 그 사건이 일어났을 때 같이 일했던 멕시코 사람들이 있었답니다. 그러나 한 사람도 목격자라고 스스로 나서는 사람이 없습니다. 복수를 두려워하는 겁니다.”

그때 김 사장이 거실로 다시 돌아와 조용히 자리에 앉았다. 그는 큰 봉투를 커피 테이블 위에 놓고 제이콥에게 말했다. “이 봉투 안에 5천 달러 현금이 들어 있어. 이 돈으로 목격자를 찾아보게. 돈이 더 필요하거든 언제든지 말하게. 돈이란 정계와 사업계에 기적을 일으키는 힘이 있어.”

그 자리에 있던 사람들이 놀라 서로를 바라보았다. 1940년에 5천 달러면 큰돈이었기 때문이었다.

“나는 거의 3백 명의 고용인을 거느리고 있고 더러는 백인들이지만 나는 아무에게도 인종차별을 하지 않네. 이 기회에 우리가 누구인지 그리고 우리가 이 사회에 얼마나 공로가 많은지 보여 줘야 해. 그들이 생각하는 것같이 우리는 미국사회의 기생충이 아닐세. 나는 이 땅에서 땀을 흘리며 열심히 일했어. 다른 동포들도 마찬가지야. 우리에게는 열심히 일하는 길밖에는 다른 선택의 여지가 없었으니까. 사실 인종차별과 그에 따르는 실망감이 우리로 하여금 경제적으로 자립하게 만든 원동력이 된 거야.”

“백인들을 상대할 만큼 억센 사람들이 내 밑에 더러 있습니다.” 장만수가 말했다. 인종차별이란 말이 그의 피를 끓게 만들었다. “피할 수 없는 경우라면 말입니다.” 그는 제이콥을 바라보았다. 제이콥은 장만수가 무슨 말을 했는지 알고 있었다.

김 사장이 성급히 말했다. “그건 말도 안 되는 소리요. 폭력은 절대 금지요. 우리는 폭력을 폭력으로 맞서는 일이 없어야 합니다. 폭력은 더 큰 폭력을 부르고 끝에 가서는 모두 패자가 되고 맙니다. 우리는 소수민족이라는 사실을 잊어선 안 됩니다. 우리는 머리와 돈 그리고 하나로 뭉쳐 싸워야지 총으로 싸워서는 안 돼요.”

“사장님의 견해를 존중합니다만 만일 우리가 구약에서 말하는 대로 생명은 생명으로, 눈에는 눈 그리고 이에는 이라는 말씀으로 우리 자신을 지키지 아니한다면 백인들은 우리를 병신으로 취급할 것입니다. 백인들은 아시아인들을 이해하지 못한다고 생각합니다. 그저 그들이 필요한 만큼 알고 있을 뿐입니다.” 장만수는 지난날 군 생활과 아시아인들을 함부로 깔보던 백인들과의 맞부딪쳤던 불쾌한 사건들을 통해 서구사회에서는 중용과 인내란 오히려 짐스러운 것이고 양보와 중용은 서구사회에서는 발붙일 곳이 없다는 것을 배웠다.

“장 선생,” 김 목사가 말했다. “그것은 구약시대의 이야기입니다. 개화된 문명사회에서는 그렇게 살지 않습니다.”

“백인들의 예의는 피부색에 따라 다릅니다. 더러는 바보에 지나지 않지만 그들은 스스로를 문화인이라고 믿고 있었습니다. 우리가 다른 쪽 뺨을 돌리면 우리를 마구 짓밟을 것이고 우리 모가지까지 내놓으라고 할 것입니다.”

“그렇더라도 우리는 폭력을 피해야 합니다. 이 나라는 역사가 짧기 때문에 어른으로 성장할 시간이 필요합니다. 서부시대에 그들이 총으로 서로 죽일 때 우리 조상들은 시와 음악을 사랑했고 철학을 논했습니다.” 김 목사는 존경의 표시로 장만수에게 고개를 끄덕였다. “인종차별이란 사람이 이 세상에 사는 동안 그리고 주님이 돌아오실 때까지 계속될 것입니다. 인종차별은 그때까지 없어지지 않을 것이니 우리는 인종차별에 익숙해져야 합니다.”

“우리 조상들이 시를 읊을 때 왜놈들이 총으로 우리나라를 쳐들어왔습니다.” 장만수는 양보의 기색이 없었다. 그는 중국과 미국에서 일어났던 일들이 기억 속에서 다시 살아나자 기분이 몹시 언짢았다.

“그건 사실입니다. 그러나 식민주의자들은 반드시 패배하고 말 것입니다. 사람의 영혼까지 죽일 수 없기 때문이지요. 만일 그들이 역사에서 배운 것이 있었다면 사람을 향해 그런 끔찍한 범죄는 아예 저지르지 않았을 것입니다.” 김 목사는 구조선 군대 장교의 비통한 마음을 달래주려고 장만수에게 웃음을 보냈다.

“박 변호사에게 이 일을 처리하도록 맡깁시다.” 그때까지 잠자코 참을성 있게 듣고 있던 조심스러운 김춘자 회장이 말했다. “경험이 많고 열성 애국자이신 장 선생님이 우리 옆에 계시니 마음이 놓이는군요. 그러나 우리는 폭력을 피해야 합니다. 우리는 바보도 아니고 폭력을 휘두르는 비겁한 사람도 아닙니다.”

“장 선생이 우리나라와 우리 조선인 사회를 위해서 하신 많은 업적을 고맙게 여기고 있습니다." 김 사장은 장만수를 달래려고 말했다. "장 선생은 좋으신 분입니다. 훌륭한 우리 형제입니다."

그때 체구가 작은 김 사장 부인이 거실로 들어와 조용한 발걸음으로 남편에게 다가가서 남편에게 귀엣말로 소곤거렸다. 그러자 김 사장의 안색이 환하게 밝아지면서 부인에게 말했다. "어서 모시고 와요." 부인은 그 말을 듣고 바로 자리를 떠났다.

"도리스 엘리엇이라는 부인을 아는 분이 있나요?" 김 사장은 손님들의 얼굴을 둘러보며 말했다. 그의 눈에는 뭔가 기쁘고 희망찬 빛이 서려 있었다.

유진이 말했다. "저가 여러 번 만난 일이 있습니다. 내 아들 다니엘과 영적인 사제지간이었어요. 내 식구들과 함께 그 집을 한 번 방문한 일도 있었습니다. 너도 기억하겠구나." 유진은 아들을 바라보며 말했다. 유진은 제이콥과 캐런의 비밀관계를 안 뒤 처음으로 아들에게 말을 걸었다.

제이콥이 웃으며 말했다. "그럼요. 어머니는 그분을 천사라고 부르시더군요."

"그분이 나를 만나러 왔다는군요. 무슨 좋은 정보를 가지고 있으리라 생각합니다." 김 사장이 기대에 찬 목소리로 말했다.

도리스 엘리엇은 지팡이를 짚고 김 사장 부인의 안내를 받으며 거실로 들어왔다. 모두가 환영하는 뜻으로 자리에서 일어섰다. 도리스는 검은 스커트에 빨간색의 스웨터를 입고 그녀가 즐겨 쓰는 빨간 플래프 모자를 쓰고 있었다. 유진과 제이콥을 보자 반가워하며 그들을 껴안았다. "다시 만나게 돼서 반갑습니다." 도리스는 그 말을 마치자 김 사장에게 얼굴을 돌렸다. "사장님을 만나게 돼서 영광입니다." 도리스는 김 사장에게 미소를 보내며 손을 내밀었다.

"뵙게 돼서 영광입니다. 부인." 김 사장이 그녀의 손은 잡았다. 도리스는 김 사장 옆에 앉았다.

"이렇게 찾아 주셔서 감사합니다." 김 사장이 유창한 영어로 도리스에게 말했다.

"따뜻하게 환영해 주셔서 감사합니다." 도리스는 그 말을 한 뒤 제이콥에게 얼굴을 돌렸다. "여기서 만날 줄 몰랐어요. 아직도 학교에 다니세요?"

"아뇨. 지난 해 졸업하고 변호사 시험에 합격했습니다."

"변호사라니 너무 반가운 일이군요. 축하합니다."

"감사합니다."

"그럼 이 사건을 맡았나요?" 도리스는 다소 걱정스러운 목소리로 물었다.

"예. 오늘 아침에 첫 청문회에 갔다 왔습니다."

"하나님이 하시는 일은 놀라워요." 도리스는 미소를 머금고 말했다. 그러고 나서 김 사장을 바로 바라보면서 말했다. "사실은 내가 여러분들에게 도움이 될 만한 정보를 가지고 있어요."

"무슨 정보인지 궁금합니다." 김 사장이 말했다. 모든 눈이 도리스에게 쏠렸다.

"나는 멕시코인 친구들이 많아요. 그 사람들은 내 가족이나 마찬가지예요. 그건 그렇고 며칠 전에 그 사람들에게 이 사건에 대해 물어봤더니 다섯 사람이 강간사건이 일어났던 날 이씨와 온종일 같이 일했다고 말했어요."

"그거야말로 우리가 온갖 힘을 기울여 찾던 대단히 중요한 정보입니다. 부인, 어떻게 감사해야 할지 모르겠습니다." 김 사장의 얼굴이 밝아졌고 모든 사람들이 안도의 한숨을 내쉬었다.

"시민으로서 내 책임을 하는 것뿐이에요. 나의 영적인 아들 다니엘이 속했던 조선인 사회를 위해 도움이 되고 싶었어요. 목격자들건인데 그들은 안전과 직장을 보장해 준다면 기꺼이 증인으로 나서겠다고 약속했어요. 김 사장님, 그런 일을 보장해 주실 수 있나요?" 도리스는 김 사장을 친절한 눈길로 바라보았다.

"물론이지요. 내가 부인에게 약속드립니다. 그들의 신체적 안전과 이 사건이 마무리가 되면 그들에게 직장을 주도록 하겠습니다. 그리고 부인을 우리 조선인 사회의 일원으로 모시기를 바랍니다."

"감사합니다. 김 사장님." 도리스는 주름이 깊은 얼굴에 미소를 담고 제이콥을 바라보았다. "제이콥, 꼭 이기세요. 그들을 꼼짝달싹하지 못하도록 하세요."

다음 날 제이콥은 이씨를 보석으로 빼내려고 법원에 갔으나 판사는 그 사람이 사회에 위험한 존재라는 이유를 들어 보석요청을 거부했다. 재판 날자는 두 달 후로 미루어졌다. 그래서 제이콥은 샌프란시스코 사무실로 돌아갔다. 사무실로 돌아오자 다른 사건이 그를 기다리고 있었다. 샌프란시스코 주립대학교에 재학 중인 여자 학생으로부터 편지가 와 있었다. 그녀의 말에 따르면 아파트 주인은 그녀가 조선 음식 냄새를 온통 아파트 구석구석까지 풍겨서 아파트 입주자들이 모두 불평을 했고 그래서 그녀를 쫓아냈다고 주장했다. "나는 그녀가 자진해서 아파트에서 나가게 하는 법적 조치를 밟을 수밖에 다른 길이 없었다."라고 아파트 주인이 주장한 신문기사를 편지에 동봉해서 보내왔다.

2.

여름이 다시 계곡을 찾아왔다. 길만에게는 아이들의 웃음소리가 없는 또 다른 외로운 계절이었다. 그는 수로 건너편 약 5리 떨어진 칠면조 농장에서 집으로 돌아오는 길이었다. 붉게 타는 저녁노을을 뒤로하고 마차를 몰고 있었다.

길만이 한때 일부다처주의자라고 비웃었던 조 워런은 그에게 가장 친절한 사람이었다. 수개월 전에 조의 첫 번째 부인이 조를 떠나자 조는 길만에게 집을 손보는 조건으로 세 없이 그 집에서 살도록 했다. 첫 번째 부인이 집을 나가자 조는 며칠 안으로 두 번째 부인이 살고 있는 집으로 옮겼다. 유진이 그 마을을 떠난 뒤 조는 길만에게 둘도 없는 친구가 됐다.

가장 눈에 두드러진 변화는 길만이 몰몬 신자가 된 것이었다. 길만은 어쩌다가 몰몬 신자가 됐는지 자신도 알 수 없었다. 그가 훗날에 말했듯이 몰몬 신자가 된 것은 하나님의 섭리였다고 믿었다. 5년 전 어느 날, 길만이 술에 잔뜩 취해 있었을 때 두 젊은 청년이 찾아와서 그들을 '장로'라고 소개했다. 그는 문을 쾅 닫고 문 뒤에서 전라도 사투리로 그들에게 마구 저주를 퍼부었다. 그러나 매주 똑같은 검은 바지와 흰 셔츠를 입은 젊은 청년들이 마치 심판의 책 같이 보이는 검은 책을 겨드랑이에 끼고 길만을 찾아와 그의 마음을 어지럽게 했다. 길만은 자신의 이름이 분명히 그 검은 책에 기록돼 있다고 믿었고 그 두려움 때문에 그들을 멀리했다.

어느 날 저녁, 길만은 마치 쌍둥이처럼 똑같은 옷을 입은 두 청년이 가엽게 보였다. 그럴 시간이 있으면 돈을 한 푼이라도 더 벌

것이지 하는 안타까운 생각이 들었던 것이다. 불쌍한 생각이 들기도 하고 또 예의를 보여야 한다는 생각에 그들을 집 안으로 들어오게 했다. 사실 그런 형식적인 자선은 그들이 두 번 다시는 그를 찾아오지 못하게 하려는 속셈이었다. 길만은 거머리 같은 그들을 떼놓으려고 얼마 동안 마음속으로 다음과 같은 계략을 세워 왔었다. *그들이 집 안으로 들어오면 바보처럼 행동하자. 그러면 다시는 나를 찾아오지 않을 것이고 거미처럼 나를 괴롭게 하지 않을 것이다.* 그러나 그 생각은 잘못된 이론이었다. 그들이 지껄이는 말은 한 마디도 알아듣지 못했고 또 바보처럼 멍한 얼굴로 앉아 있었으나 그들은 심판 책을 코앞에 펴놓고 쉬지 않고 지껄였다.

그 이후 그 계곡에 살고 있는 몰몬들이 그를 도우려고 몰려오기 시작했다. 몇 달이 지나자 길만은 줄담배와 술을 끊게 됐다. 그는 마치 자신이 새사람이 된 기분이었다. 건강이 돌아왔고 거무죽죽하던 얼굴색이 장미색으로 변했다. 그는 더 열심히 일을 했고 남을 헐뜯는 일도 줄었다. 그는 아내가 그를 포기하지 않고 남편의 구원을 위해 끝임 없이 기도하고 있다는 사실을 모르고 있었다.

때때로 아이들을 생각했다. 그러나 기분을 잡치게 하는 것은 아이들과 그를 버리고 떠난 아내를 따로따로 생각할 수 없는 일이었다. 아이들을 생각하면 아내가 나타났고 아내를 생각하면 아이들이 눈앞에 나타났다. 그것이 그를 끈질기게 괴롭혔다. 시간이 갈수록 말순을 미워하는 마음이 줄어들었고—그것은 그가 몰몬 신자가 된 후 일어났다.—어느 시점에 이르자 두 가지 선택이 앞에 놓인 것을 깨달았다. 아내와 자신을 용서하든가 아니면 쓰라림과 분노를 껴안고 살든가 하는 선택이었다. 다행히도 그는 몰몬 신자로서 아내를 용서하는 길을 택했다.

길만은 농사일을 그만두었다. 먹고 살기도 힘들었기 때문이었다. 마을에 그냥 남아 있던 사람들처럼 보기 흉한 칠면조를 키우는 일을 시작했다. 처음에는 자신 없이 일을 시작했으나 칠면조 키우는 일이 그의 일생 가운데 가장 큰 돈벌이가 되는 일이었다. 머지않아서 토지를 사려고 돈을 모았다. *"돈을 땅에 묻어라. 돈은 계속 자라고 어느 날 너를 부자로 만들어 줄 것이다."* 어렸을 때 고향에서 어른들이 하던 말이 기억에 떠올랐다. *"나쁜 시절이 오면 사람들이 돈을 훔칠 수는 있으나 땅은 훔칠 수는 없다. 돈을 땅에 묻어 두면 잠자는 사이에 돈이 무럭무럭 자란다."*

마차에서 내릴 때 자동차 소리가 멀리서 들려왔다. 그때 많은 농부들이 자동차를 소유하고 있었고 길만 자신도 자동차를 살까 생각해 보기도 했다. 그러나 길만은 그가 매일 다니는 길이 집에서 칠면조 농장으로 오가는 것뿐이라 자동차가 있어야 할 필요를 느끼지 못했다. 마차로도 어려움이 없었다.

말을 헛간에 넣고 포치로 걸어갔다. 불타는 저녁노을 속에 게으름을 피우고 있는 의자에 몸을 던졌다. 그러자 자동차가 뒤에 뽀얀 먼지를 일으키며 집 쪽으로 오고 있는 것이 보였다. *아마 조 워런일 것이다.* 그는 물로 컬컬한 목을 축이고 손을 씻으려고 일어나서 집 안으로 걸어 들어갔다. 집 안에 가득 찬 악취에 얼굴이 일그러졌다. 냄새를 빼려고 창문을 활짝 열었다. 큰 잔으로 물을 한 잔 들이켰다. 시원한 맥주 한잔이 생각났다. 믿지 못할 마음을 심하게 꾸짖었다. *때로는 내 마음조차도 믿을 수 없어.*

그는 밖으로 나가서 포치 위에 우두커니 섰다. 조가 새 자동차를 샀는지 궁금해하면서 잠시 동안 움직이는 자동차를 바라보았다. 잠시 후에 포드 자동차 A형 모델 세단자동차를 운전하는 말순과 아이들의 모습이 보였다. 아내를 보자 상처 난 마음이 다시 피를 흘리기 시작했고 잊어버리고 살았던 쓰라림이 마치 태풍처럼 일어났다. 그는 식구들의 갑작스런 방문에 어떻게 반응을 보여야 할지, 특히 말순을 어떻게 대해야 할지 몰랐다.

말순은 집 앞에서 자동차를 세웠다. 아이들은 자동차에서 뛰어내려 배고픈 강아지처럼 아버지를 향해 달려갔다. 말순은 자동차 옆에 서서 가족들의 재회를 지켜보았다. 엄청난 값을 치르고 외로움이 어떤 것인지를 배운 길만은 굶주린 듯이 아이들을 품에 끌어안았다. 그들의 재회를 바라보고 서 있던 말순의 뺨에 소나기 같은 눈물이 흘렀다. 모두 그 순간을 얼마나 오래 기다렸던가. 마음이 저렸다. 그녀는 핸드백에서 손수건을 꺼내 눈물을 닦았다. 그리고 포치를 향해 걸음을 옮겼다. 가슴이 두근거렸고 눈에는 눈물이 가득 고여 있었다. 그녀에게는 주의를 기울이지도 않고 있는 남편에게 방문목적을 더듬거리면서 간단하게 설명했다.

"왜 왔어?" 남편의 차갑고 화가 난 목소리가 울렸다. 그러나 그녀는 남편의 퉁명스러운 반응을 친절하게 받아드렸다. 남편은 언제나 감정을 표현하는 일에 서투른 것을 알고 있었다.

"당신이 우리 애들 아버지이고 애들이 아버지를 너무 보고 싶어해서 이렇게 찾아온 거예요." 말순은 웃으려고 애썼으나 얼굴은 여전히 긴장해 보였다.

"아버지", 종태가 슬픈 얼굴로 아버지를 쳐다보면서 말했다. "어떤 미친 조선 사람이 다니엘을 총으로 쏴 죽였어요. 다니엘 기억하시죠?"

길만은 그 말에 깜짝 놀랐다. "무슨 말이여? 아니 다니엘에게 무슨 일이 일어났단 말이여? 누가 그 아이를 죽였단 말이여?" 그의 메마른 가슴을 말로 다 할 수 없는 기쁨으로 채우는 아들을 내려다보았다.

"조선 사람인데 그 사람은 다른 조선 남자도 죽였어요." 종태가 급하게 대답했다. 흥분한 상태라 종태의 말은 두서가 없었다.

"질투심이 많은 남편이 다른 조선 남자와 다니엘을 죽였어요." 말순이가 말했다. 그녀는 간단하게 그 사건의 경위를 설명했다. 다니엘의 갑작스러웠던 죽음이 그녀로 하여금 자신의 삶을 다시 돌아보게 했고 그래서 남편이 살고 있는 계곡을 찾아오게 했다. 삶은 너무나도 예측 불능한 것이라고 생각했다. 그녀는 너무 늦기 전에 가족이 다시 합치기를 바랐던 것이다.

"너무 무서운 일이고만." 길만은 자신의 복잡한 형편을 잊은 채 자신의 질투심이 가족에게 저질렀을 가능성을 생각하니 몸이 떨렸다. 그렇게도 보고 싶었던 아이들을 바라보니 구년 전에 아내를 마구 때렸던 일이 생각났다. 그를 마다하고 떠난 아내가 이제 다시 돌아온 것이다. 그는 지난 9년 동안 용서하기보다는 잊어버리려고 절망적으로 노력했었다. 용서하지 못한 자신이 부끄러웠다. 미숙은 이제 열여덟 살이었고 종태는 열다섯 살이었다. 길만은 말순을 바라보았다. 그녀는 더 이상 아름다운 춘화는 아니었지만 밝은 베이지색의 여름옷을 입은 그녀의 모습은 여전히 아름다웠다. "왜 돌아온 거여?" 길만은 퉁명스럽게 아내에게 물었다.

"당신이 아이들의 아버지이고 나의 남편이기 때문이에요." 말순은 침착한 목소리로 대답했다. 길만은 말순에게 눈물을 보이지 않으려고 고개를 돌렸다. 그는 오랜 세월 동안 말순을 미워했고 사랑했고 또 외롭고도 긴 밤을 그리움으로 지새우기도 했다. 외로움과 버림받은 쓰라림이 한꺼번에 그의 가슴속에 밀려왔다.

길만은 식구와 함께 집 안으로 들어갔다. 말순은 가방을 들고 길만의 뒤를 따랐다. 거실은 쓰레기로 엉망이었다. 그러나 술병이 없는 한 말순은 지저분한 환경을 개의치 않았다. 길만은 아이들과 같이 소파에 앉았다. 미숙은 아버지의 오른쪽에 그리고 종태는 왼쪽에 앉았다. 집 안은 아직도 늦은 걸음을 걷고 있는 여름더위로 무더웠다.

종태는 자랑스럽게 말했다. "아버지, 나는 이제 고등학생이에요."

"공부는 잘하냐?"

"그냥 잘하고 있어요."

찰떡이 목구멍에 찰싹 달라붙은 것처럼 말을 할 수 없어서 길만은 아이들의 손을 잡았다. 그는 자신감이 강한 사람이었으나 아이들과의 갑작스러운 재회가 그를 골수까지 감정적인 사람으로 만들었다. 그는 꽉 막힌 가슴을 여느라고 땀을 흘렸다.

길만은 딸에게 말했다. "미숙아, 너는 다 큰 처녀여. 열여덟 살이께니 곧 대학교를 갈 것이여. 우리 집안에는 대학교를 다닌 사람이 한 사람도 없었제. 초등학교도 다닌 사람이 없어. 네가 우리 집안에 새로운 역사를 만들고 있고만그려."

"아버지가 보내 주신 선물 고마웠어요." 미숙이가 상냥스럽게 말했다.

말순은 검은 바지와 팔이 없는 노란색의 탱크톱을 입고 거실로 나왔다. 그리고 어지러운 부엌을 치우려고 곧장 부엌으로 향했다. 예상했던 대로 부엌은 더러운 그릇과 쓰레기로 엉망이었다. *남자들은 어쩔 수가 없다니까.* 한숨을 쉬었다. 그렇지만 집으로 돌아와서 즐겁기만 했다.

그날 저녁 길만은 가족과 함께 식탁에 둘러앉았다. 아내가 식탁에 저녁식사를 차리는 동안 길만은 맛있는 식사를 마지막으로 먹었던 때가 언제였던지 생각해 보았다. 식구들이 식탁에 앉자 길만은 식사기도를 했다. 가족은 그의 기도를 듣고 마치 귀신에게 홀린 것처럼 입을 벌린 채 서로 바라보았다.

길만은 구년이라는 긴 세월이 지난 뒤 아내 옆에 앉아 있는 것이 거북스러웠다. 길만은 고통과 슬픔 그리고 재회에 무조건 자신을 내맡기는 것이 싫었다. 그는 부서진 그들의 부부관계를 회복하기 위해 많은 세월이 필요하다는 것을 알고 있었고 울퉁불퉁한 좁은 길을 같이 걷고 험한 고개를 함께 넘어야 한다는 것을 알고 있었다. 그는 아내가 오랜 세월 동안 잊어버린 모든 것을 다시 찾고 태풍이 뒤에 남기고 간 쓸 만한 것들을 찾느라 애쓰고 있다는 것을 알았다. 두 사람은 지난날 이름뿐이었던 결혼이라는 결속관계를 굳게 묶어 줄 무엇인가를 찾고 있었다.

"나는 삼일밖에 머물 수 없어요. 당신이 캘리포니아로 다시 돌아오기를 바라요." 말순이가 말했다. 길만은 그녀의 목소리에서 긴장을 느낄 수 있었다. "우리 가족을 한데 뭉쳐야 해요. 우리와 아이들을 위해서요. 사실 프레즈노는 우리에게 좋은 기회를 주었고 아이들을 키우는 데 좋은 곳이에요."

"나는 지난 구년 동안 이곳에서 자리를 잡았제. 모든 것을 버리고 떠날 수 없제." 길만은 그 골짜기를 떠날 계획도 없었고 조만간 떠날 계획도 없었다.

"그렇지만 우리는 집을 지을 수 있는 단단한 기초가 필요해요." 말순은 여느 때처럼 자신감과 확신이 넘치는 그녀의 얼굴을 바라보고 있는 남편에게 말했다. "당신이 바로 우리 가족의 기초예요. 우리는 그 기초 위에 우리 집안을 다시 세울 수 있어요."

"생각할 시간이 필요혀." 길만은 아내의 설득력 있는 논리에 의식적으로 저항했다.

"생각할 시간은 충분히 있었다고 봐요. 짐을 싸서 떠나면 돼요. 수백 마리의 칠면조를 키우고 있으니 며칠 안으로 떠나지 못할 것을 알고 있어요." 말순은 구 년 전보다 상황을 더 나쁘게 하지 않으려고 강요하지 않았다.

"유진은 어떻게 지내고 있디야?" 길만은 친구의 형편을 물었다. 유진과 그의 친구관계는 이미 시든 지 오래였다.

"잘 지내고 있어요. 수년 안에 퇴직한다고 들었어요."

"그 친구 너무 미국식이 돼 버렸제. 좋은 사람이지만 자기 뿌리를 모르는 사람이여." 길만은 친구에 대한 나쁜 감정을 숨기지 않았다. "그치는 말이여 그 늙은 미국 선교사가 지 애비인 줄 착각하고 있제. 미국 선교사들은 미국 금광주인들과 협잡하여 우리 땅에 있는 금을 미국으로 훔쳐 갔다고. 그 당시 어떤 선교사들은 미국 국방성을 위해 일하는 스파이였다고." 길만의 작은 눈이 의심스럽게 반짝거렸다.

"강자가 약자를 이용하는 것은 새로운 일이 아니에요. 강자에게 이용당하지 않으려면 스스로 강자가 되는 수밖에 다른 방법이 없어요.” 말순은 그 교훈을 많은 값을 치르고 배웠다. “가난한 농부들은 수요와 공급이라는 이름으로 부자들을 위해 존재하고 있어요.”

“그걸 모르는 사람이 어디 있을 것이라고.” 길만은 처음으로 아내의 말에 동의했다.

말순은 그런 남편을 믿지 못하겠다는 눈으로 바라보았다. *모든 것은 변하게 마련이야. 비록 불가능하게 보이는 것일지라도* 그런 달콤한 생각이 말순을 너무 뛸 듯이 기쁘게 했다.

그날 밤 길만과 말순은 나란히 침대에 누워 있었다. 두 사람은 마치 낯선 사람들같이 느껴졌다. 그들은 살을 맞대고 있는 만큼이나 가까웠으나 마음은 너무나 멀리 떨어져 있었다. 말순은 남편의 손을 잡았다. 그 손은 마치 옛날 고향 뒷동산에 있던 바위처럼 반응이 없고 차갑기만 했다.

말순은 신체적으로 젊고 성숙한 여자였다. 그러나 남편은 그녀를 원하지 않는다는 슬픈 생각이 들었다.

말순은 조용히 옆으로 돌아누워 슬픔을 질식시키려는 듯 베개 밑으로 얼굴을 묻었다. 그녀가 원하는 것은 섹스가 아니었다. 그녀가 원하는 것은 그녀의 삶을 텅 비게 한 여자의 목마른 사랑이었다. 그녀는 남편이 그 텅 빈 공간을 메워 줄 것을 기대했었다.

길만은 아내의 긴 한숨소리를 들었다. 긴 순간이 지났다. 그들은 서로를 원했지만 어떻게 서로에게 접근해야 할지 몰랐다. 길고 숨 막히는 시간이 지났다. 길만은 옆으로 돌아누워 말순의 검은 머리카락을 매만졌다. 말순의 어깨는 아직도 들먹거렸다. 길만은 말순의 머리 밑으로 팔을 넣고 아내를 껴안았다. 말순은 그녀의 젊은 몸을 남편의 넓은 가슴으로 파고들면서 속삭였다. "나는 여자예요. 당신이 내 몸에 손을 대고 속삭여 주기를 바라요. 당신은 늙은 남자가 아니라 내 남편이에요."

동이 트기 전에 길만은 조용히 문밖으로 나와 아직도 어둠이 깔려 있는 포치에 섰다. 나무로 깎은 조각처럼 서 있었다. 그의 가슴을 누르는 무거운 짐과 쓰라린 추억이 소용돌이처럼 그의 영혼을 마구 휘젓는 것을 느끼면서 동이 트는 어둠을 노려보았다. 구년이라는 긴 세월이 지난 뒤 아내와 나누었던 덧없이 지나간 지난밤의 순간과 순간은 그가 원했던 그런 뜻있는 시간이 아니었다. 그의 육신이 육체적인 욕구에 응하기는 했으나 그 순간이 지나자 똑같은 깊고 어두운 감정이 다시 되돌아왔다. 그는 자신을 비웃으면서 조의 아내가 남편을 저주하며 수많은 외로운 밤을 보냈을 삐걱거리는 의자에 몸을 내던졌다. 말순을 사랑하는 마음이 죽은 지가 오래였고 지난 구년 동안 죽은 사랑을 묻고 살아왔다. 아내를 사랑하는 마음이 다시 살아날지 자신이 없었다.

그는 말순을 샌프란시스코 항에서 처음 봤던 그때를 생각했다. 그때 말순은 그의 욕망에 불을 지른 젊고 아름다운 여자였다. 그때가 마치 어제 일처럼 느껴졌다.

말순은 흰 잠옷을 입고 남편을 찾으려고 거실로 나왔다. 커튼을 조금 열고 밖을 내다보았다. 여명에 남편이 포치에 서 있는 것이 보였다. 그녀는 조용히 문을 열고 밖으로 나와 등 뒤로 문을 닫았다. 새벽의 시원한 공기를 마시며 잠시 서 있다가 남편 곁으로 다가갔다. "일찍 일어나셨네요."

"나는 항상 이 시간이면 일어나잖여." 길만은 말순을 바라보지 않고 중얼거렸다.

"알고 있어요. 뭔가 마음이 무거우신 것 같네요. 말해 보세요. 가슴에 있는 것 다 털어 버리세요."

"우리 일을 생각하고 있었제. 당신이 나를 버리고 애들과 떠났을 때 얼마나 미웠던지…. 애들은 내가 가지고 있던 모든 것이었으니께 말이여. 내 눈알을 빼 버린 것 같았다고."

"그 기분 알아요. 나는 애들과 내 자신을 보호해야 했어요. 그리고 애들에게 좋은 기회를 주고 싶었고요." 말순은 구년 전 무서운 절망과 슬픔의 파도가 그녀를 덮쳤던 밤을 생각했다. "나에게도 너무나 고통스러웠던 일이었어요. 용서해 주세요."

"만일 내가 당신을 잡았다면 죽여 버렸을 것이여."

"그렇지만 지난 세월 동안 우리는 많이 변했잖아요? 확실히 좋은 쪽으로 변한 거예요."

"허긴 내가 몰몬이 될 기회를 주긴 혔어."

말순은 기쁜 눈물이 가득한 눈으로 길만 앞에 무릎을 꿇었다. 그리고 남편의 손을 잡고 그녀의 가슴 위에 올려놓았다. "내 심장을 느껴 보세요. 이 가슴을 열 수만 있다면 활짝 열어 당신에게 보여 주고 싶어요. 나는 당신에게 거짓말한 일이 없어요. 당신이 질투했던 그 사람은 내가 다시 돌아가기 전에 그곳을 떠나고 없었어요. 나는 그 사람을 한 번도 만난 일이 없어요. 당신은 내가 아는 유일한 남자예요." 말순이 호소하듯 말했다. "하나님은 아무에게도 맹세를 하지 말라고 하셨지만 나는 우리 아이들을 걸고 맹세해요. 나는 당신을 속인 일도 없었고 그런 일을 결코 하지 않을 거예요. 나는 당신이 자랑할 만한 정숙한 여자예요."

길만은 얼굴을 돌려 말순을 한동안 바라보았다. "내가 미친놈이고만. 프레즈노로 옮길 거여."

말순은 그 말에 뛸 듯이 기뻤다. *가족이 다시 하나가 될 것이다. 별거로 끝나 버린 처음 가정보다 더 튼튼한 가정이 될 것이다.*

"그렇더라도 말여 추수감사절이 끝날 때까지 기다려야 혀. 칠면조를 팔아야 혀. 그러고 나서 캘리포니아로 옮길 것이여."

"당신을 기다릴게요." 말순이 미소 지었다. "당신이 돌아오시면 나는 하숙집을 열 거예요. 돈을 많이 벌 수 있는 장사예요."

"나는 하숙집 일보다는 차라리 농사일을 계속할 것이여. 집 안에 처박혀 손님을 받는 일은 나는 못 혀."

"그 일은 당신이 돌아오시면 그때 이야기하도록 해요. 가장 중요한 것은 우리가 다시 하나가 되는 거예요."

"말을 하고 나니 속이 시원하고만 그려." 길만은 만족한 듯 말했다. "이제 짐을 벗은 기분이여. 나는 마귀 손에서 풀려난 거여. 마귀의 힘이 꺾기기는 혔어도 힘든 싸움이 아직도 많이 남아 있어."

"안으로 들어가세요. 맛있는 조반을 만들어 드릴게요."

"우리 트레먼턴으로 가자고. 당신 옷을 사 주고 싶어서 그려." 길만은 자리에서 일어나 말순의 얼굴을 바라보았다. "내 이름으로 처음 은행구좌를 열었고만. 이제는 돈을 도적맞는 걱정은 안 혀도 되어."

말순은 눈물 어린 눈으로 남편을 바라보았다. "고마워요. 그렇지만 난 새 옷이 필요 없어요. 아직도 입을 만한 옷이 많아요."

"그래도 멋있는 옷을 사주고 싶고만. 언제 떠날 거여?"

"모래는 떠나야 해요. 왜냐하면 내가 없으면 굶을 사람들이 많기 때문이에요.”

“누가 굶는다는 말이여?”

말순은 상냥하게 웃으며 말했다. “조선 품팔이들 말이에요. 그 사람들은 나를 엄마라고 불러요.”

“아, 그렇겠고만.” 길만이 말했다. “나는 이제 영어도 조금 지껄인다고. 유진처럼 잘하지는 못하지만 말이여.” 길만은 수줍게 웃었다.

“너무 반가운 일이에요.” 말순은 남편의 손을 잡고 가슴 위에 올려놓았다. “종태를 두고 갈까요? 방학이 끝나기 전에만 보내면 돼요.”

“아니여. 나는 아이들을 돌볼 수 없어. 나는 항상 바쁜 사람이고 요리할 줄도 모른다고. 넉 달만 있으면 갈 것인께.” 길만은 손을 잡아 달라고 손을 내밀고 있는 아내를 못 본 척하고 지나쳤다.

아내가 무엇을 원하는지 도무지 감을 잡지 못한 길만은 말순을 위해 문을 열고 기다리고 서 있었다. 그러자 활동사진의 한 장면같이 무엇인가 그의 마음을 스치고 지나갔다. 그는 천천히 아내 곁으로 걸어가서 잠시 머뭇거리다가 어색한 자세로 말순에게 손을 내밀었다. “이런 일에 익숙하지가 않아서 그려.” 길만은 아내의 손을 잡고 안으로 들어가면서 중얼거렸다.

제5부

한겨울에 찾아온 봄

제14장

1.

　"우리 동포들과 거리를 두고 살아야 한다." 그날 저녁식사 때 유진이 제이콥에게 말했다. 제이콥은 부모와 그레이스와 함께 저녁식사를 하고 있었다. 제이콥은 지도자들과의 힘들었던 회의를 마치고 아버지와 함께 집으로 왔다. 그날 오후에 이씨는 감옥에서 풀려나왔다. 그 사건은 네 사람의 증인으로 인해 갑자기 다른 방향으로 들어섰고 그 결과로 그 사건은 무죄로 판결났다.

　이씨는 새로운 삶을 살기 위해 리버사이드로 떠났다. 그러나 이씨의 석방은 지도자들 사이에 불화를 일으켰다. 특히 장만수는 무죄석방만으로 사건이 끝나서는 안 된다고 주장했다. 그는 제이콥이 사건을 잘못 해결했고 지방정부를 대상으로 피해보상을 요구해야 한다고 주장하고 나섰다. 피해당사자인 이씨는 그 일을 원하지 않았다. 그는 조용히 그곳을 떠나고 싶어 했다.

　"지금까지 이런 말을 하지 않았다만 지금이라도 동포들과 거리를 두고 살기에 늦지 않았다. 그들로부터 너 자신을 보호할 필요가 있다."

　"장 선생 같은 사람은 많아요. 그러나 그분이 조선인 사회를 대표하지 않아요." 제이콥이 말했다. "그런 사람들을 피하려면 오히려 내가 피해를 입게 돼요. 저는 그런 사람들이 무서워 숨지 않을 겁니다."

　"네가 원하는 대로 하려무나." 순자가 말했다. "우리 민족은 서로 지지고 볶고 하지만 정이 많은 민족이다. 아주 복잡한 민족이야."

　"정이 뭐에요?" 제이콥이 어머니에게 물었다. 제이콥은 그 말을 여러 번 들은 적이 있었지만 아무도 그 말의 정확한 뜻이 무엇인지 말해 준 사람이 없었다. 그 말이 동정심을 뜻한다고 알고 있었으나 그것 또한 뜻이 너무 모호했다.

　"그 말을 설명하기가 그리 쉽지 않다. 그 말의 뜻을 이해하려기보다는 경험해야 한다. 왜냐하면 그 말의 참된 뜻은 우리 민족의 의식 구석구석에 살아 있기 때문이다. 오직 우리 민족만 가지고 있는 영적 유산인 것 같다." 유진은 한숨을 쉬었다. "정이란 가장 아름다운 것이면서도 가장 위험한 것이다. 너는 여기서 태어나 교육을 받았기 때문에 정이 있는지 없는지 모르겠다. 우리나라에서 태어나서 우리 민족과 함께 살아 보지 않으면 정이란 것을 스스로 체험할 수 없다."

　"정이란 사랑보다 더 강하다." 순자는 아들의 밥그릇에 밥을 덜어 주면서 말했다. "사랑이 어쩔 수 없을 때 정이 개입한다. 정은 사랑과 미움을 중재하는 거다. 네 아버지와 나는 정투성이다." 순자는 남편의 동의를 구하며 유진에게 미소를 보냈다.

　제이콥은 머리를 흔들었다. "꽤 복잡하군요."

유진이 다시 한숨을 쉬었다. "바로 그것이 우리 민족이다."

"그럼 정은 사랑과 미움을 중재한다는 말씀이세요?"

"나는 그렇게 생각한다. 정은 사랑과 미움이 정면충돌할 때 나선다." 유진이 말했다.

저녁식사를 마친 뒤 제이콥은 부모와 함께 거실에 앉아 있었다. 그는 샌프란시스코로 돌아가기 전에 캐런과 결혼하겠다는 결정을 부모에게 알리고 싶었다. 부모에게 그들의 의견을 물으면 일을 더 복잡하게 만들고 또한 결혼은 자신이 결정해야 할 일이며 그 결정에 대한 책임은 어디까지나 자신이 져야 할 일이기 때문에 그들의 허락을 구하지 않기로 마음먹었다.

"저는 부모님을 사랑합니다. 제가 말로 표현할 수 없을 만큼 부모님의 의견을 존중합니다. 그런 마음으로 저는 캐런과 결혼하기로 결심했습니다." 제이콥은 어머니 옆에 앉아 있는 아버지를 바라보며 말했다. 무감각한 표정으로 앉아 있는 유진은 아들을 바라보지도 않았다. "저희들은 부모님의 축복을 받는 결혼을 하고 싶어요. 캐런은 훌륭한 여자예요. 캐런을 일본 여자로 보시지 말고 한 여자로 봐주세요. 캐런은 무엇보다도 우리 집안사람이 되기를 원하고 있어요."

순자는 하얗게 질려 남편을 바라보았다. 그녀의 눈에는 두려움이 차 있었다.

"캐런은 대학원을 가고 싶어 했지만 나 때문에 미루기로 했어요. 저는 부모님의 아들이고 저는 부모님이 자랑스러워요. 그렇지만 결혼은 저와 캐런이 결정해야 할 일이에요. 부모님은 우리의 삶을 대신 살아 주실 수 없어요. 왜냐하면 우리 삶은 부모님의 책임이 아닌 우리의 책임이기 때문이에요.”

“안 돼.” 유진은 단호하게 말했다. “우리는 네 결혼식에 가지 않을 것이다. 나는 이제 너와 타인이 되기로 결심했다. 이제 너는 이곳에 가족이 없다.” 유진은 자리를 차고 일어나 문을 걷어차고 밖으로 나가 버렸다.

순자는 두려운 눈으로 남편이 사라진 문을 바라보았다. “왜 그 여자와 결혼하려는 게냐?” 순자는 그에 대한 대답을 알고 있으면서도 그 질문을 던져야 했다.

“사랑하기 때문이에요. 그걸로 충분하지 않나요?”

“다른 여자들이 없어? 멕시코 여자나 백인 여자 아니면 중국 여자 말이다.”

“캐런은 내가 사랑하고 내가 결혼하고 싶어 하는 유일한 여자예요.”

“어쩌면 좋을는지 모르겠다.” 순자는 남편과 아들 사이에 끼어 어쩔 줄 몰랐다. 이제 그녀가 할 수 있는 일이 하나도 없어 허탈하기만 했다. “아버지는 너를 다시는 보지 않을 게다. 우리는 네가 행복하기를 바란다만 이건 우리가 예상하지도 못했던 일이다.” 눈물이 순자의 시야를 가렸다. “어쩌면 좋을지 모르겠다.” 순자는 흐느끼기 시작했다.

“어머니, 사랑해요.” 제이콥은 어머니의 떨리는 작은 손을 잡았다. “저는 무슨 일을 하고 있는지 분명히 알고 있어요. 저를 믿으세요. 저는 올바른 결정을 내린 겁니다. 저의 결정을 믿어 주세요.”

“손자를 보면 마음이 변하실지 모르겠다.” 순자는 손등으로 눈물을 닦았다. “우리가 네 결혼식에 안 가도 행복하게 살아라. 우리는 다니엘을 잃었는데 이제는 하나뿐인 너까지 잃는구나.”

“어머니, 저를 잃으시는 것이 아니에요. 저는 어머니 아들이고 아무것도 그것을 바꿀 수 없어요.”

“아버지는 늘 슬픔에 잠겨 계시니 건강이 염려된다. 다니엘이 죽고 나서 아버지는 옛날 아버지가 아니다. 네 아버지는 잠도 못 주무신다. 지난밤에도 거의 슬픔으로 밤을 지새웠다. 오래 사시지 못하실 게다.”

제이콥은 그 문제를 평화적으로 해결할 방법이 없고 어머니를 위로할 방법이 없는 사실을 슬퍼하면서 밖으로 나가려고 발걸음을 옮겼다.

“어미는 다니엘을 잃고 이제는 너마저 우리 곁을 떠나고 머지않아 나는 아버지마저 잃을 게다.” 순자는 아들을 바라보지 않았다. 그녀는 자신을 둘러싸고 숨통을 조이는 텅 빈 공간을 뚫어지게 바라보았다. “왜 그 여자를 아내로 택했느냐? 그 여자는 우리 민족의 원수의 딸이야. 가끔 네가 우리를 일부러 괴롭히려고 그 여자를 택했다는 생각이 들 때도 있었다.”

“어머니, 그건 사실이 아니에요. 왜 제가 부모님을 괴롭게 하겠어요? 잘못하신 일이 하나도 없잖아요. 어머니는 제가 마음을 다해 사랑하는 내 어머니세요.” 제이콥은 순자만큼이나 가슴이 답답했다.

“네 마음을 바꾸려면 내가 무엇을 어떻게 해야 하겠니? 네 결혼식은 집안의 가장 큰 기쁜 경사인데 이건 마치 또 장례식을 치르는 것 같구나.”

제이콥이 말했다. “어머니는 저를 잘 아시잖아요? 제 마음을 바꾸려고 하지 마세요.”

그 말에 화가 치밀어 순자는 벌떡 일어나 제이콥에게 소리 질렀다. "네 마음을 못 바꾼다는 말이냐?" 순자는 아들의 따귀를 후려쳤다. 하도 가슴이 답답해서 발을 동동 굴렀다. "부모에게 한 번도 불순종한 일이 없던 내 아들 제이콥에게 무슨 일이 생겼기에 이 모양이냐? 예쁘기만 하던 내 아들에게 왜 이런 일이 생겼니?"

"저는 어머니 아들이지만 이제는 어머니 품에 안겨 잠자던 어린 애기가 아니에요. 부모님을 사랑하는 마음에는 변함이 없고 그 마음은 영원히 변하지 않을 거예요."

"아버지와 나는 보다 나은 삶을 찾아 낯선 이 땅을 찾아왔다. 우리는 언젠가 토지와 소를 사려고 돈을 많이 벌어 고향으로 돌아갈 계획이었다. 하와이에 도착해서 아버지와 나는 소처럼 일만 했다. 때로 우리는 무시를 당했고 개처럼 취급받았다. 그래도 우리는 행복한 가정을 이루기 위해 열심히 일했다." 순자는 가슴을 찌르는 아픔을 느끼며 아들을 바라보았다.

"우리는 철새처럼 일거리와 뿌리 내릴 곳을 찾아 이곳저곳을 돌아다녔다. 우리가 힘들게 이루어 놓은 모든 것이 이제는 다 무너지는구나."

제이콥이 어머니를 위로하려고 어머니의 손을 잡으려 하자 어머니는 미친 듯이 제이콥을 뒤로 밀쳤다. "넌 내 아들이 아니다. 가서 그 여자와 결혼해서 행복하게 잘 살아라. 다시는 이곳을 찾아오지 마라. 이제 여기에는 네 부모형제가 없다. 지금 이 시간부터 우리는 남남이다." 순자는 울먹이며 말을 계속했다. "아버지와 나는 조국으로 돌아갈 것이다. 비록 조국이 왜놈들에게 빼앗겼을지라도 조국은 조국이다. 차라리 일장기 밑에서 사는 것이 깨진 꿈을 안고 이 나라에서 사는 것보다 훨씬 나을 게다. 내 아들이 일본 여자와 같은 땅 같은 하늘 아래에서 살고 있다는 생각을 하면서 살 수 없다.” 순자는 아들 곁을 떠나 하나님에게 부르짖으려고 침실로 들어갔다.

제이콥은 어머니가 문을 쾅 하고 닫는 소리를 들었다. 잠시 동안 거실에서 혼자 서 있다가 문을 열고 밖으로 걸어 나갔다. 머리를 숙인 채 자동차를 향해 걸었다. 운전석 뒤에 앉아 헤아릴 수 없는 많은 시간을 가족들과 함께 보냈던 집을 어깨 너머로 바라보았다. 그러고 나서 뒤를 돌아보지 않고 자동차를 길 아래쪽으로 천천히 몰았다.

2.

캐런은 제이콥과 여러 번 식사했던 일본 식당에서 고등학교 친구인 조나단 사사키와 앉아 있었다. 조나단은 학교를 졸업한 뒤 로스앤젤레스에 있는 한 신문사에서 일하고 있었다. 그는 여느 때처럼 즐겁고 낙관적이었다. 저녁식사가 끝나고 차를 마시고 있었다.

“결혼을 하게 되면 가족이 생기고 가족은 나를 가정이라는 곳에 동여매 놓을 거야. 나는 아직까지 자유를 포기하고 싶지 않다. 내가 좋아하는 일을 하고 있고 아직은 자유를 포기하고 싶은 생각이 없어. 나는 구세대가 아냐. 결혼문제를 많이 봤어. 가끔 그런 골치를 썩여도 좋을 만큼 결혼이 가치가 있는 것일까 의아한 생각이 들 때도 있어.”

캐런이 물었다. “결혼에 문제가 하나도 없다는 보장을 받으려고 언제까지 기다릴 거야?"

"글쎄, 모르겠어. 그러나 결혼하고 싶지 않은 것만은 확실해." 조나단은 남의 심중을 떠볼 때 으레 그러듯 한쪽 눈은 반쯤 감고 머리는 한쪽으로 기울이고 캐런을 바라보았다. "너 비밀을 좀 들어 보자. 넌 언제 결혼할 거니?"

"곧 하게 될 거야."

"생각 중이라는 말이야?"

"아니. 우린 곧 결혼할 거야. 결혼준비도 할 것이고." 캐런은 손에 들고 있는 빈 찻잔을 들여다보며 깊은 생각에 잠겼다. "우린 부모님들과 심각한 문제로 고민하고 있어."

조나단은 머리를 흔들며 말했다. "부모님들이라! 세상에서 가장 무서운 보호자들."

"정말 훌륭하신 부모님이야. 그런데 나를 너무 지나치게 보호하셔."

"나도 알아, 안다고." 조나단은 손을 흔들며 말했다. "내 부모님을 봤어야 무슨 말인지 이해할 수 있을 거야. 그건 그렇고 네 마음을 훔쳐간 사내는 누구야? 한 번 만났던 그 사람이야?"

"응. 사실 문제는 나는 일본 사람이고 제이콥은 조선 사람이라는데 있어."

조나단은 손바닥으로 이마를 딱 쳤다. "맙소사. 정말 너희들 문제가 크다. 나는 그 사람이 중국 사람인 줄 알았어."

"해결할 방법이 없을까?"

"그저 두 사람의 처지를 동정할 뿐이다. 부모님이 설득당할 때쯤 너의 머리는 백발이 될 거야. 결혼할 수 있거든 당장이라도 해. 그 남자 사랑해?"

"세상에 있는 무엇보다도 그를 사랑해."

"그럼 왜 우물쭈물하는 거야? 아무도 인종문제를 좋아하지 않아. 게다가 그 문제는 아무도 해결할 수 없어. 너무 복잡한 문제니까. 청첩장이나 보내. 결혼식에 참석할게."

"우리는 다른 민족보다 우수해?" 캐런은 손으로 빈 잔을 돌리면서 물었다.

"천만에 말씀. 인종차별이란 잘못된 우월감에 지나지 않아. 더 좋은 수입, 더 비싼 집 그리고 더 비싼 자동차를 소유하는 것 말이야. 그러나 사실 우리는 같은 음식을 먹고 같은 정도로 화장실에 냄새를 풍겨. 누가 특별한 종족에 속한다고 해서 대변을 볼 때 향수냄새를 풍기지 않아." 조나단은 어린아이같이 웃었다. "재미있는 이야기가 있어. 삼년 전에 있었던 일인데 나하고 같이 일했던 백인 친구가 갑자기 심장마비로 죽었어. 눈 깜짝할 사이에 일어난 일이었어. 로즈힐스 공원묘지에 묻혔어. 장례식이 끝나자 조사할 일이 있어서 사무실로 찾아갔어. 지독하게 인종차별이 심했던 그 친구 옆에 누가 누워 있는지 알고 싶었던 거야. 내가 뭘 발견했는지 알겠어?" 조나단은 개구쟁이 얼굴로 캐런을 바라보았다. "그 친구 옆 자리에는 흑인이 묻혀 있었어. 사람이 죽으면 인종문제도 끝나는 거야. 그 두 사람은 아무 문제도 없이 나란히 잘 자고 있어. 세상에는 묘지가 아니고서는 평화스러운 곳이 없어. 엄청난 역설적인 현실이야." 그는 고개를 흔들면서 찻잔을 비웠다. 그리고 캐런에게 잔을 내밀었다. "이제 내가 왜 너를 만나고 싶어 했는지 말할게. 한동안 만나지 못했으니 네가 보고 싶기도 했지만 말이야."

"뭔데?" 캐런은 조나단의 잔에 차를 따랐다.

"영어와 일본어 주간 신문을 발행하고 싶어. 백인들과 일본인들을 교육시켜야 하고 우리의 권리를 지키기 위해서는 단합된 목소리가 필요해. 어떻게 생각해?"

"정말 좋은 생각이야." 캐런은 흥분한 목소리로 말했다. 그녀는 조나단이 언제나 기략이 풍부하고 놀라운 아이디어가 많다는 것을 알고 있었다. 가끔 머리가 좀 이상하다는 생각도 들었으나 조나단은 언제나 자신의 아이디어를 분명하게 설명해 주었다.

"나를 도와줄래?" 조나단이 물었다.

"내가?"

"그래. 자립할 만큼 발행부수가 늘어날 때까지 직장을 그만둘 필요가 없어. 너는 그 일에 가장 적합한 사람이야. 아직은 내 아이디어를 가까운 친구들과 나누는 시점이니까 생각할 시간은 충분해."

"나를 생각해 줘서 고맙다. 그런데 돈 없이 어떻게 시작할 거야?"

"넌 나를 잘 알잖아." 조나단이 싱긋 웃었다. "돈줄이 있어. 내 아이디어를 팔 수 있는 막강한 팀이 필요해. 돈줄이 내 미끼를 덥석 물 거야. 자신 있어."

"그럼 나도 끼워 줘."

"좋아. 우리는 훌륭한 팀이 될 거야." 조나단은 찻잔을 높이 들었다. "축하하자고." 두 사람은 찻잔을 마주쳤다.

"다음엔 진짜로 술로 축배하는 거야." 조나단이 싱긋 웃었다.

캐런이 아파트로 돌아오자 부모님이 문 앞에서 기다리고 있었다. 동생 생일날 후로 부모님을 만나지 못했다. 그녀가 집을 나온 뒤 처음 방문이라 캐런은 적이 놀랐다.

모두 아파트 안으로 들어서자마자 게이코는 냉장고를 열고 그

안에 무엇이 있는지 조사했다. "냉장고를 보면 아이들이 어떻게 사는지 알 수 있어요." 게이코는 가끔 남편에게 그렇게 말했다. 쇼지는 아내 발 옆 마룻바닥에 박스를 내려놓고 작은 거실로 나가 버렸다.

"집에서 만든 음식을 좀 가져왔다." 게이코는 등 뒤에 서서 갑작스러운 방문을 걱정스럽게 여기는 딸에게 말했다. "잘 먹어야 해. 냉장고가 텅텅 비었구나." 게이코는 박스를 열고 모양과 크기가 다른 병을 꺼냈다. "지금쯤 간단한 요리 정도는 할 수 있겠지." 게이코는 마치 보석을 보석함에 넣듯이 냉장고 안에 병을 꼼꼼하게 넣었다. 그 일이 끝나자 부엌과 선반 아래위를 날카로운 눈으로 살펴보았다. 마음에 들지 않았다.

"엄마, 나 금방 옷 갈아입고 나올게요." 캐런은 침실로 들어가 문 뒤에 기대어 서서 부모님이 왜 갑자기 왔을까 의아스럽게 여겼다.

게이코는 마치 중대한 일로 딸을 찾아온 것처럼 거실에서 딸을 기다리고 있었다. 말이 없는 쇼지는 맞은편 벽에 눈을 고정시키고 마치 부처처럼 소파에 앉아 있었다.

"말은 내가 할 테니 당신은 잠자코 계세요." 게이코는 부처님이라고 여기는 남편에게 경고했다 "이 일을 단번에 해결하고 말 거예요." 그러고 나서 그녀는 자신이 세상에서 가장 불행하고 슬픈 사람인 것처럼 표정을 꾸몄다. 게이코는 아들의 생일 저녁에 캐런이 조선인 남자에 대해 말을 한 뒤부터 엄마의 생활이 얼마나 불행했던지 보여 주고 싶었다. 사실 그녀의 생각은 진실과 거리가 그리 멀지 않았다. 그날 저녁 캐런이 떠난 뒤 게이코는 계속 정신적인 고통과 우울증으로 드러누웠었다. 지난 오개월 동안 분노와 우울증은 긴 혓바닥으로 그녀의 힘을 모조리 핥아 버리고 말았다.

캐런이 캐주얼을 입고 거실로 나와 어머니 옆에 앉았다. 검은 커피 테이블이 어머니의 침울하고 굳은 얼굴과 조화를 잘 이루었다.

"조나단 사사키와 저녁을 같이 먹었어요." 캐런은 무거운 침묵을 깨려고 입을 열었다. "로스앤젤레스에서 기자로 일하고 있어요. 서부지역에 일본어와 영어신문을 발간할 계획을 의논했어요."

"너에게 관심이 있더냐?" 게이코는 딸에게 물었다.

캐런은 어머니가 제이콥이 아니면 어떤 남자든지 사위로 환영할 것이라는 슬픈 생각이 들었다. "우리는 친구예요. 그리고 조나단은 내가 제이콥과 결혼하는지 알고 있어요."

"이 못된 것! 감히 우리 앞에서 제이콥 이름을 꺼내? 어디서 배운 버르장머리냐?" 게이코는 소리 지르면서 매서운 눈길로 딸을 노려보았다.

"그럼 엄마에게 무슨 말을 해야 하나요? 내 삶에 대한 말이 듣기 싫으세요?"

"그 조선 남자 말을 빼놓고서는 어미에게 무슨 말이든지 다 해도 된다." 게이코는 화가 나서 몸을 부르르 떨었다. "나는 부처님에게 내 딸이 조선 남자와 결혼하지 못하도록 수단과 방법을 가리지 않고 막겠다고 약속했다. 그 사람은 조선인이야. 우리 일본의 노예란 말이다."

"제이콥은 누구의 노예도 아니에요. 그래요. 제이콥은 조선 사람이에요. 그렇다고 다른 남자들보다 못하지 않아요." 캐런은 그 기회가 부모를 설득 할 수 있는 마지막 기회일지 모른다는 생각이 들어 조용한 목소리로 말했다. "엄마가 어렸을 때 인종차별이 심한 마을에서 어떻게 자랐는지 내게 말해 주신 일이 있었어요. 다른 사람들이 엄마를 삼등인간으로 취급했을 때 엄마 기분이 어땠어요?”

“이 문제는 그것과 상관이 없어. 우리는 인종차별을 말하는 게 아니다. 우리는 그 징그러운 조선 남자에 대해 말하고 있는 거야.”

“그 사람이 징그러운지 아닌지 엄마가 어떻게 아세요? 한 번도 제이콥을 만나본 일이 없었잖아요?”

“내가 그 사람을 왜 만나니? 내 목에 칼이 들어와도 안 만난다.” 게이코는 화가 치밀어 올랐다. “내 딸은 조선인과 결혼 못 해. 더 이상 말할 필요가 없다. 내 말 알아듣겠니?” 게이코는 딸에게 소리질렀다. 쇼지는 화가 날 때면 펄펄 뛰는 아내의 손을 꼭 잡았다.

“엄마는 비이성적이고 남을 함부로 판단하고 편견이 심하세요. 제이콥을 노예라고 불렀어요! 다시는 제이콥을 노예라고 부르지 마세요. 나는 제이콥을 사랑하기 때문에 결혼할 거예요. 이 문제를 더 이상 거론하지 마세요. 엄마는 내가 제이콥과 결혼하는 것을 막을 수 없어요.” 캐런은 차가운 눈으로 어머니를 노려보았다. 쇼지는 곁눈질로 두 여인을 지켜보고 있었다.

게이코는 남편에게 얼굴을 돌렸다. “말 좀 해 봐요. 부처님처럼 그렇게 앉아 있지만 말고 말 좀 해 보라니까요.”

“당신이 잘하고 있지 않소?” 쇼지는 마치 낯선 사람을 쳐다보듯 아내를 바라보았다. “말은 당신이 하겠다고 하지 않았어? 잘하고 있는데 그래.”

“아니, 이 양반이!” 게이코가 두 손을 허공에 휘두르며 탄식했다.

“이미 결정된 일이에요. 부모님의 허락이 있든 없든 나는 제이콥과 결혼할 거예요.” 캐런은 어머니와 팽팽하게 맞섰다. “부모님에게 불순종하고 싶지 않지만 엄마는 매사를 더 힘들게 만들어요.”

"불순종하지 않는다고? 너를 위해 우리가 안 한 것이 뭐냐? 수백 명의 좋은 남자를 두고 왜 하필이면 그 조선 남자와 결혼하겠다는 거냐? 우리는 너의 행복을 위해 결혼을 막겠다는 거야. 그런데도 너는 부모에게 대들고 있어." 게이코는 숨을 헐떡거렸다.

캐런은 아버지에게 호소했다. "아빠, 제이콥을 한 번 만나 주세요. 제이콥은 좋은 사람이에요. 아빠는 내가 얼마나 까다로운지 아시잖아요?"

"우리는 그 사람을 만나지 않는다." 게이코가 급하게 막고 나섰다. "나는 내 딸이 야만족과 결혼하는 것을 볼 수 없다. 내 목에 칼이 들어와도 안 된다. 그래도 그 사람과 결혼한다면 부모와 자식관계는 끝난다. 이제 선택을 해라." 게이코는 남편의 협조를 구하려고 쇼지에게 얼굴을 돌렸다.

"나는 제이콥을 택했어요." 캐런은 고통스러운 대화를 끝내려고 날카로운 목소리로 대들었다. "이런 식으로는 일을 해결할 수 없어요. 엄마는 내가 제이콥과 결혼하는 것을 반대하지만 나는 제이콥과 결혼하기로 이미 결정했어요."

"너 같은 딸이 없었더라면 좋았을 것을! 그놈이 너를 괴물로 만들었구나."

"엄마 말 더 이상 듣지 않겠어요." 캐런은 자리를 차고 일어나 몸을 부르르 떨었다. 마치 물고기가 물었던 바늘을 찢고 도망가듯 게이코는 쇼지의 손아귀를 떨쳐버리고 푸드득 일어났다. 그리고 딸의 따귀를 후려갈겼다. "이 못된 것! 뒈져 버리기라도 해라!"

깜짝 놀란 캐런은 입을 벌리고 어머니를 멍하게 바라보았다. 어머니는 단 한 번도 그녀를 때린 일이 없었다. 게이코는 캐런의 침실로 뛰어 들어가 문을 쾅 닫았다.

"제이콥을 사랑하니?" 쇼지는 아내의 히스테리에 놀라기보다는 엄마에게 따귀를 맞아 분하고 슬퍼 눈물을 글썽거리고 있는 딸에게 물었다.

"예. 나는 제이콥을 사랑해요." 캐런은 눈물이 글썽거리는 눈으로 아버지를 바라보았다. 그때까지 누구도 그녀의 몸에 손찌검을 한 적이 없었고 그것이 그녀의 마음에 깊은 상처를 입혔다.

"그렇다면 내가 허락하마." 쇼지가 말했다. 캐런은 아버지가 한 말을 믿을 수 없었다. "지난 몇 달 동안 이 일을 생각해 봤다. 내 편견이 너를 불행하게 만들 뻔했다는 것을 깨달았다. 엄마를 용서해라. 너를 너무 사랑하다 보니 그런 것이다."

캐런은 아버지 옆으로 가서 앉으며 아버지를 껴안았다. 쇼지는 웃으며 딸의 등을 도닥거려 주었다. "매사가 잘될 게다. 걱정하지 마라."

3.

거의 한 달 동안 제이콥은 그의 결혼식에 들러리를 서 주겠다고 약속한 월터 타카하시를 찾으려고 노력했다. 국방성에서 마지막 온 편지에 의하면 월터는 미국으로 돌아오지 않았다고 했다. 실망한 제이콥은 대학시절 친구였던 스캇 머피에게 부탁하려고 찾아갔다.

스캇은 월스트리트(미국 주식시장) 투자 은행에서 일하다가 버클리로 다시 돌아와 개인 투자회사를 설립했다. 그는 사업 파트너와 버클리와 오클랜드 그리고 샌프란시스코의 부동산에 투자를 했고 이미 여러 개 상업용 건물을 소유하고 있었다.

스캇 비서는 금으로 된 '스캇 머피 사장'이라는 이름 판이 붙은 문을 열고 제이콥을 스캇 사무실로 안내했다. 검소하게 꾸며 놓은 사무실이 스캇의 개성을 그대로 나타내고 있었다.

"오랜만이다." 제이콥이 들어서자 스캇은 마호가니 책상 뒤에서 말했다. 검은 가죽 의자에서 일어나 제이콥과 악수를 나누었다.

"거의 일년 동안 만나지 못했군." 제이콥이 의자를 끌어다가 마호가니 책상 앞에 앉았다. "아버지는 어떠시냐?"

"건강하셔. 내가 사업가가 된 것을 못마땅하게 여기시지만. 캐런은 잘 있니?"

"스트레스에 쌓여 있어."

"부모님 때문에?"

"그래. 나도 부모님 때문에 엄청난 스트레스를 받고 있어."

"안됐군. 어떻게 할 생각이냐?" 스캇은 걱정스러운 얼굴로 물었다.

"준비가 되는 대로 결혼할 계획이야. 그 일로 아버지를 만나러 온 거야."

"너 결혼문제 때문에?"

"아버지와 상담을 하려고 왔어. 우리 결혼 주례를 서 주십사 하고 말이야."

"캐런은 기독교인이 아니야. 그렇지만 내 기독교 신앙에 관심이 많아. 결혼 후 나와 같이 교회로 나가기로 약속했어. 나에게는 그것만으로 만족해."

스캇은 기분이 좋았다. "반가운 일이군. 아버지와 말해 볼게. 교단 하기캠프에 가시고 안 계셔. 알고 싶은 것이 있어.” 스캇의 목소리가 엄숙해졌다. “부모님과 타협해 보려고 노력해 봤니?”

“강철 벽에 머리를 부딪치는 것과 마찬가지야. 타협이라고?” 제이콥은 고개를 저었다. “부모님은 캐런이 그들의 적이라고 생각하고 있어. 맙소사!”

“그렇다고 하더라도 부모님의 말을 무시하는 건 현명치 못해. 어른들 주장에는 옳은 점들이 많아. 내가 너를 도울 것이 없을 것 같군.”

“내가 무슨 말을 해도 부모님은 캐런을 절대로 받아들이지 않으실 거야. 캐런 자신도 그녀의 부모님과 똑같은 문제로 고민하고 있어. 어른들의 주장이 옳을 수도 있다는 데 나도 동의해. 나는 조선인이고 기독교인이야. 캐런 부모님은 일본 사람인 데다가 독실한 불교신자들이야.” 제이콥은 착잡한 마음을 달래며 뒷머리를 긁었다. “우리는 마치 불과 물 같은 문제에 직면하고 있어. 타협이란 불가능한 일이야.”

“그럼 너희 두 사람은 그냥 밀고 나갈거니?”

“그래서 아버지를 만나러 온 거야. 결혼식 준비를 하려고 말이야. 네가 내 들러리가 돼 줘야겠어. 내 요청을 거절하지 말아 주기 바란다.”

스캇이 밝게 웃었다. “물론이지” 대학 재학 시에 두 사람은 그런 일을 말한 적이 없었다. “내 결혼식 때 네가 내 들러리가 돼 주는 거다. 약속하는 거지?”

“말하면 잔소리지. 데이트하는 여자가 있어?”

“아니. 일 때문에 바빠서 그럴 시간이 없어. 부모님을 도와드려야 해. 내가 도우지 않으면 부모님은 퇴직하고 궁핍한 생활을 하실 수밖에 없어. 많은 목사들이 퇴직을 위해 준비할 경제적 여유가 없어. 그분들 가엾은 생각이 들어.” 스캇이 마음이 무거운 듯 말했다. “아버지 목회와 목회의 어려움을 가까이서 지켜보며 살아왔어. 매일 매주 교인들에게 봉사하느라고 24시간 비상대기야. 그러나 정작 아버지가 도움이 필요할 때는 아버지 주위에 아무도 없어. 교인들은 목사가 정년퇴직하거나 죽으면 곧바로 천국으로 가는 줄 아는 모양이야. 예수에게 아주 미치지 않고서는 남들을 위해 자신을 희생할 수 없어. 교인들은 아버지에게 지나칠 만큼 많은 것을 기대하지만 그들은 아버지가 얼마나 어렵다는 것을 이해 못 해.”

“인간이 얼마나 이기적이라는 걸 아직도 배우지 못했어?”

스캇은 일어나 제이콥에게 다가갔다. “때로 감사할 줄 모르는 인간들을 위해 마지막 희생의 제물로 오신 주님이 가엾다는 생각이 들어.”

“너 언제부터 신학자가 됐니?” 제이콥이 웃으며 말했다. “정말 데이트하는 여자가 없어? 나에게 숨기는 건 아니지?”

“숨기는 것 없어. 사람은 원하는 것을 전부 소유할 수 없어. 그러나 나는 지금 내가 가지고 있는 것으로 만족해. 내가 점심을 살게. 좋은 식당으로 안내하지.”

주일 예배가 끝나자 순자와 유진은 다니엘의 묘지를 찾아갔다. 다니엘의 묘지를 찾는 것이 유진의 일과 중에 하나였다. 순자는 여느 때처럼 싱싱한 꽃과 피크닉 바구니에 음식을 담아 들고 왔다. 순자는 잔디에 쪼그리고 앉아 태극기가 그려져 있는 묘비에 묻은 먼지를 털었다. 손수건으로 묘비를 닦고 다시 닦았다. 묘지를 내려다보며 서 있는 남편에게서 꽃을 받아 조심스럽게 꽃병에 꽂았다. 그 일이 끝나자 순자는 바구니에서 음식을 꺼내 묘비 앞에 가지런히 놓았다.

유진은 순자에게 여러 번 그 일에 반대하고 나섰으나 아들을 너무나 사랑하는 순자의 사랑을 꺾을 수 없었다. 그래서 유진은 순자가 하는 대로 내버려두기로 했다. 어떤 이론이나 설득력도 아들을 사랑하는 어머니의 마음을 돌릴 수 없었다.

"이건 미신과는 아무런 관계가 없어요. 아들을 위해 어미가 해주고 싶어서 그래요. 다니엘은 이런 음식을 너무 좋아했어요." 순자는 남편의 이해를 바라며 호소했다.

"그렇지만 음식냄새를 맡을 수도 없고 먹을 수도 없어요." 유진은 가슴을 찌르는 아픔을 느끼며 한두 번 아내에게 맞섰던 일이 있었다.

"알아요. 그렇지만 이 일을 방해하지 마세요. 다니엘은 죽었어도 내 사랑은 결코 죽지 않아요. 내가 당신보다 앞서 가거든 나를 다니엘 바로 옆에 묻어 주세요."

밥공기에 담은 쌀밥, 김치찌개, 깨끗한 물컵과 수저를 정성스럽게 잔디 위에 가지런히 놓았다. 다니엘이 평소에 즐겨 먹던 음식이었다. 김치찌개의 얼얼한 냄새가 잠든 다니엘을 깨우듯 무더운 여름공기 속으로 퍼졌다.

"나는 지금까지도 하나님에게 왜 우리 다니엘을 먼저 데려갔는지 묻고 있어요. 열여덟 살 나이에…" 순자는 독백하듯 중얼거렸다. 아들을 위해 알루미늄 주전자에서 물을 컵에 따랐다.

"그런들 무슨 소용이 있겠소? 하나님은 우리에게 대답하실 필요가 없어요." 유진이 순자 옆에 앉았다. "아무 말도 묻지 말고 그대로 받아들여요." 아들의 묘를 바라보는 그의 눈에 눈물이 고였다. "다니엘이 우리의 위로가 됐을 텐데…. 제이콥같이 부모 말에 불순종할 아이가 아니었어요."

"고향으로 돌아가겠다는 소망을 버립시다. 아름답고 기름진 우리 땅을 잊어버리자고요." 순자는 혼자 중얼거렸다. "다니엘을 이곳에 혼자 두고 떠날 수 없어요. 우리가 없으면 묘지를 찾아오는 사람도, 물 한 잔 바치는 사람도 없을 거예요."

유진은 길게 한숨을 쉬었다. "그럽시다. 여기 남도록 합시다."

"우리가 죽으면 다니엘 옆에 누워야 해요. 그래서 영원히 같이 있는 거예요."

"조국을 떠나지 말 것을…." 유진이 말했다. 그는 목이 막힌 자신의 목소리에 깜작 놀랐다. 말이 목구멍에 걸려 나오지 않자 그는 말을 토해내려고 헛기침을 크게 했다. "나는 독자였는데 아버지는 내가 아주 어렸을 때 돌아가셨고 그래서 나는 고아가 됐어요. 당신도 알고 있는 일이지만 나는 이집 저집을 떠돌아다니면서 자랐어요. 그때 나는 내 자신에게 이렇게 약속했어요. '아이들을 많이 낳아서 큰 가정을 세우겠다고.' 이제 하나님은 나를 꺾으시고 두 아들 가운데 하나는 총에 맞아 죽게 하셨고 나머지 한 녀석은 방탕한 놈이 되고 말았어요. 나는 그놈을 버렸어요. 이제 우리에게는 아들이 없어요." 그는 가슴에 넘치는 슬픔을 막으려고 잠시 말을 멈추었다. "우리와 함께 배를 타고 미국으로 왔던 꿈은 마치 손가락 사이로 새는 물같이 새나가고 없어요. 이제 남은 것은 노동하느라 터진 손과 뼈 마디마디마다 쑤시는 신경통밖에 없어요."

순자는 남편의 손을 꼭 잡고 그녀의 무릎 위에 올려놓았다. "그렇지만 제이콥은 죽지 않았어요."

"시간이 말해 줄 테지."

"그리고 우리는 이렇게 같이 있잖아요? 당신은 곧 퇴직할 것이고 그러면 우리는 함께 있는 시간이 더 많아질 거예요. 비록 조국에 살고 있지는 않지만 나는 고향에 있을 때 가졌던 꿈을 이루고 말 거예요." 순자는 가냘픈 미소를 띠었다. "이곳에는 고향 산나물처럼 향기롭고 맛있는 산나물이 없지만 우리 손으로 싱싱한 야채를 기릅시다. 고향 산천같이 골짜기를 흐르는 시원한 산골물이 없지만 여기에는 킹스 강이 있어요. 아늑한 초가집은 없지만 우리 손으로 큰 집을 짓자고요. 나는 당신을 위해 맛있는 음식을 만들고 온종일 당신 곁에 있을 거예요."

"당신이 없다면 혼자서 무슨 일을 할 수 있을지 모르겠소."

"나도요."

그들이 집으로 돌아오니 루스와 브라이언이 차 안에서 그들을 기다리고 있었다. 순자와 유진에게는 기쁜 일이었다. 그러나 딸 옆에 앉아 있는 남자를 보고 순자는 마음이 복잡해졌다. 순자는 오래 전에 동네 소풍 때 잠시 보았던 브라이언을 기억할 수 없어 일본 남자가 아닌지 두려웠다. 루스가 부모에게 브라이언을 조선 사람으로 소개하자 유진과 순자는 마음이 놓여 반가운 눈길을 서로 교환했다. 순자는 딸이 백인 아이 로버트 슈로더를 잊어버린 것이 분명하다고 생각했다.

"잘생겼구나." 순자는 부엌에서 낮은 목소리로 딸에게 말했다. "브라이언을 본 기억이 없다. 다니엘이 가고 나서 기억력이 많이 나빠졌다. 기억력과 건강이 다 나빠졌단다. 의사는 고혈압이니 조심하라고 했다. 아직도 슬픔이 집안을 감싸고 있다. 아무도 그런 말을 하지 않지만."

"그렇지만 산 사람은 살아야 해요." 루스는 어머니의 창백한 입술을 바라보면서 말했다. "어머니 기분을 알 것 같아요. 그렇지만 우리는 죽음에 저항할 수도 죽음을 피할 수도 없어요."

"알고 있다." 순자는 한숨을 쉬면서 딸을 보고 애써 웃으려 했다. 그녀는 하나님이 위로가 필요한 그들 부부에게 루스와 브라이언을 보내 주신 것에 감사했다. "네가 와서 반갑구나. 맛있는 음식을 만들어야겠다. 다니엘이 죽은 뒤 한 번도 제대로 음식다운 음식을 먹지 못했다. 그래 브라이언이 너를 좋아하니?"

"그런 것 같아요. 프레즈노까지 버스를 타고 오려고 했는데 나를 데려다 주겠다고 고집을 부렸어요. 혼자 여행하는 것이 위험하다면서요."

"아주 자상한 사람이로구나." 몇 달 동안 웃음을 잃었던 순자의 얼굴이 밝아졌다. "너에게 관심이 있는 게 틀림없다. 너는 어떠냐?"

루스는 어머니가 한 말의 뜻을 알고 얼굴을 붉혔다. "좋아해요. 브라이언은 사랑이 많은 사람이에요. 나는 진심으로 브라이언을 믿어요. 한 번도 나를 나쁘게 이용하려 하지 않았어요."

"내 딸이 어미를 기쁘게 하는 구나." 순자는 딸을 껴안았다. "브라이언이 조선 사람이라 좋다. 게다가 잘생기고 믿을 수 있는 사람이니 얼마나 좋으냐."

"그렇지만 브라이언은 다른 조선 사람과는 달라요." 루스는 그녀가 한 말을 어머니가 이해할 수 있을까 의심스러웠다.

"너 아버지처럼 말이지?"

"그건 모르겠어요. 브라이안은 고리타분한 전통적인 조선 사람이 아니에요."

"그래. 그래. 무슨 말인지 알겠다. 너 아버지 같은 사람이야. 결혼하고 싶니?" 순자는 딸의 마음속을 한번 슬쩍 들여다보고 싶었다.

"아직 생각해 보지 않았어요." 루스는 얼굴을 붉혔다. "브라이언이 나와 결혼하고 싶어 하는지 모르겠어요."

"청혼을 하면 어떻게 대답할 거냐?"

"모르겠어요. 그냥 친구 사이기 때문에 거기까지는 생각해 보지 않았어요."

"브라이언이 네 사장인 것을 잊지 마라. 자, 어서 나가 봐라. 어서. 내가 저녁을 할 터이니." 순자는 딸을 밖으로 쫓아내듯 밀어냈다. "브라이언과 같이 있어라."

루스는 거실로 나왔다. 그러나 아버지와 브라이언이 보이지 않았다. 그들을 찾아 앞뜰로 나갔다. 브라이언이 자동차 옆에 서서 마치 아버지와 아들처럼 아버지와 무슨 이야기를 나누고 있었다.

"무슨 이야기를 하고 있어요?" 루스는 브라이언 곁으로 걸어가면서 물었다.

브라이언이 대답했다. "자동차 이야기를 하고 있어요."

"자동차에 너무 많은 돈을 쓰지 마라." 유진은 이제 성숙한 여자로 자란 딸을 바라보며 말했다. "자동차는 쇳조각으로 만든 거야. 많은 사람들이 좋은 자동차를 타고 다니면서 빼기는데 그런 사람들은 아주 어리석은 사람들이다. 자랑할 것이 겨우 그들이 소유하고 있는 물건이라면 그들은 쇳조각보다 더 나을 것이 없다. 그리고 십 년이 못 되어 그들의 자부심은 폐차장으로 향하고 말 게다. 자기자랑은 어떤 것보다도 사람을 빨리 수치스럽게 만들지만 겸손은 그 사람을 높인다고 성경은 말하고 있다.”

루스는 브라이언에게 미소를 보내며 말했다. “아버지는 철학자이서.”

“아버지가 하신 말씀이 옳다고 생각해요.” 브라이언이 말했다. “박 선생님, 좋은 말씀 감사합니다. 사람은 그의 소유물에 자부심을 가지면 안 된다고 생각합니다. 저는 가진 것도 별로 없지만요.”

유진은 브라이언이 자랑스러웠다. “자네는 상당히 민첩한 사람이구면. 그건 좋은 일일세. 나는 미련한 사람을 싫어해. 세상에는 생각할 줄 모르는 미련한 사람들이 많은 것이 슬픈 일일세.”

“제가 미련하다고 야단맞지 않을까 걱정됩니다.” 브라이언이 말했다.

“자네는 지혜로운 말을 감사할 줄 아는 사람이야. 그런 사람들이 많지 않아. 그건 그렇고 왜 식당업에 관심이 있는지 말해 보게.”

“아버지로부터 사업을 배웠습니다. 아버지는 아버지의 인생을 바꾼 산 교훈을 배웠다고 하셨어요.” 브라이언은 유진이 그를 은근히 시험하고 있는 것을 알고 있었다. “아버지는 신학교를 졸업하셨는데 일자리를 구하실 수 없었다고 말씀하셨어요. 그래서 몇 년 동안 부두에서 노동자로 일하셨는데 그때 돈을 모아 세탁소를 차렸어요.”

유진이 말했다. “또 다른 이민자의 슬픈 이야기구면.”

“아버지는 몇 년 안에 세탁소 두 개를 더 차리고 그중에 하나를 저에게 맡기셨습니다. 그때 저는 열다섯 살이었습니다. 저는 방과 후 그리고 주말에 일을 했습니다. 아버지는 저더러 일을 빨리 배운다고 하셨어요.”

이 사람에게는 위선이 없구먼. 유진이 생각했다.

"제가 열여덟 살 때 아버지가 저를 불란서 식당으로 데리고 가셨어요. 아름다운 식당이었는데 저는 그날 처음으로 불란서 음식을 먹었어요. 그 식당이 저의 관심을 끌었고 저는 그런 일류 식당을 갖고 싶었습니다."

"자네는 모험가야." 유진은 빙긋 웃으며 브라이언의 어깨를 도닥거렸다. "자네는 무슨 일을 해도 잘해낼 거야."

유진의 외로운 영혼이 브라이언과 딸의 방문으로 크게 위로를 받았다. 유진이 보기에는 브라이언과 루스는 서로 사랑에 빠져 있는 것이 분명했다. 비록 그날 상면이 처음이었지만 유진은 이미 브라이언을 좋아했다. 브라이언의 솔직함, 용기 그리고 살기 힘든 인생을 제대로 이해하고 있는 것에 유진의 마음이 끌렸다.

나이가 들어 감에 따라 몇 가지 일이 유진의 영혼을 괴롭혔다. 그 가운데 하나가 제이콥과 캐런의 관계였다. 유진은 순자와 함께 하와이에 처음으로 발을 내딛었던 때를 회상해 보았다.

지난 수년 동안 그의 자유주의적 사고방식이 마치 얼어붙은 눈이 이른 봄 포근한 날씨에 녹듯이 차츰 녹기 시작했다. 그가 미국 본토로 온 이후 그는 새로운 문화에 쉽게 적응하고 새 세상에서 쉽게 살아가기 위해 조국에서는 부재했던 자유주의를 함부로 받아들였다.

최근에 유진은 자신에게 큰 영향을 끼친 일들을 하나하나 정리하기 시작했다. 알곡을 고르기 위해 왕겨를 없애는 과정에서 그는 옛날 유진으로 다시 돌아왔다. 그는 힘겨운 자유주의를 중용을 강조하는 유교철학에 실용적으로 조화시켰다. 유진은 아이들이 조선인의 문화적, 영적인 유산을 그대로 유지하기를 희망했다. 그러나 어느 날 그의 이민역사는 잊혀질 것이고 수천 년 동안 보존돼 왔던 조선인의 문화는 미국이라는 대륙에서 자취를 감출 것이다. 그의 개인적 생존투쟁에 대한 역사도 기억에서 사라질 것이지만 민족의 순수성만은 이어져야 한다.

그는 가끔 이민 일세가 죽은 뒤 조선인의 문화가 얼마나 오래 생존할까 의아스럽기도 했다. 그가 다른 이민 민족에게서 자주 본 일이었지만 그와 이민 일세가 그렇게도 사랑했던 전통과 문화는 두 세대가 지나기 전에 영원히 사라지고 말 것이라는 사실을 인정하지 않을 수 없었다. 정신적 유산에 대한 무지와 새 문화와 전통을 가리지 않고 마구 흡수하게 되면 유진 자신이 사십년 전에 그랬듯이 후세를 눈뜬장님으로 만들고 말 것이다. 유진은 후세들이 문화적 소화불량에 걸려 고통을 받을 것이라는 슬픈 생각이 들었다.

오천 년의 역사를 내려오면서 그들은 같은 피를 나누었다. 그러나 단일민족의 모습은 후손들에게 그저 생김새만 비슷한 신체적 유사함만 남길 것이다. 말뜻조차 모르면서 똑같은 말을 되풀이하여 지껄이는 앵무새와 다를 바가 없을 것이다. 미국에서 태어난 후손들도 멕시코에 이민 간 조선인들이 마야 여자들과 혼인하여 태어난 소수의 후손들처럼 되지 않을까? 유진은 오래전에 한 조선 신문에서 읽었던 기사가 머리에 떠올랐다. 국민회에 속한 한 조선인이 멕시코여행을 갔다 돌아와서 신문에 기사를 낸 일이 있었다. 그는 독립자금을 모으기 위해 멕시코 유카탄 반도에 살고 있는 조선인들을 방문했다. 그 사람의 말에 의하면 어떤 조선인 후손들은 마야 여인에게서 태어나 아버지가 누구인지도 모르고 성도 조선인과 마야인 성이 섞여 웃지 못할 형편이었다고 했다.

유진은 가끔 그의 후손들이 마치 마야 여인에게서 태어난 유카 탄 반도의 혼혈처럼 되지 않을까 하는 무서운 생각이 들기도 했다. 후손들에게 그런 불행한 일이 일어나지 않도록 하고 지켜주고 싶어도 그때까지 살지 못할 것이다. 겨울에 동지가 찾아오듯 변화는 좋든 나쁘든 계속 찾아올 것이다. 변화는 잠시 사람들 가운데 머물다가 사라질 것이다. 누가 변화를 추구하는 인간들의 들뜬 마음과 그 속도를 늦출수 있겠는가 인간은 변화를 갈망하는 일을 포기하지 않을 것이다. 좋은 것이든 나쁜 것이든 그들은 옛날을 버리고 스펀지가 물을 빨아들이듯 새것만 빨아들일 것이다. 그래서 조만간 내 후손들은 그들의 뿌리를 잊어버릴 것이다. 누가 나를 기억이나 하겠는가? 여섯 자 깊은 땅 속에 묻혀 있을 내가 어찌 그런 일을 막을 수 있겠는가?

5.

"사업이 좋아지고 있어요." 루스가 브라이언에게 말했다. 두 사람은 식당 문을 닫고 있었다. 거의 자정에 가까웠다.

"루스, 고마워요." 브라이언은 희미한 가로등불 아래서 루스에게 다가가며 말했다. "금년에는 손님이 15퍼센트나 늘었어요. 루스가 없었다면 생각조차 할 수 없는 일이에요." 브라이언은 루스를 위해 차문을 열어 주었다.

곧 두 사람은 루스가 살고 있는 아파트로 향했다. 루스는 새 차를 살 수 있는 보증금을 모았지만 브라이언은 루스에게 차를 사주고 싶어서 새 차를 사겠다는 루스의 생각에 반대했다. 다른 아시아 사람들처럼 브라이언도 물건을 월부로 사는 것을 아주 싫어했다. 브라이언은 운전하면서 차를 사는 일을 다시 한 번 생각해 보았다. 루스의 사랑을 돈으로 사려고 한다는 인상을 주고 싶지 않았다.

브라이언은 자신과 루스에게 부끄러운 일을 할 사람이 아니었다. 루스는 그에게 너무나 소중한 사람이었고 값비싼 선물 때문에 루스에게 나쁜 인상을 주고 싶지 않았다.

그는 가정을 이룰 나이였고 부모는 결혼하라고 성화였다. 브라이언은 그런 부모님의 심정을 이해할 수 있었다. 아버지는 뇌종양으로 그해를 넘기지 못한다는 진단을 받았다. 아버지는 죽기 전에 첫 아들 브라이언이 참한 조선 여자를 만나 결혼하기를 바라고 있었다. 비록 죽기 전에 첫 손자를 보지 못할 것을 알고 있었지만 아버지는 큰아들이 가족에 대한 책임을 맡아 주기를 바랐다.

"내일 부모님을 뵈러 가요." 브라이언이 앞쪽에서 진입하는 차들이 지나가기를 기다리면서 말했다.

"아버지는 좀 어떠세요?" 루스는 근심스럽게 물었다.

"좋아질 희망이 없어요." 차가 다 지나가자 브라이언은 재빨리 길로 진입하며 말했다. "손자를 보시겠다는 희망을 버리신 것 같아요. 사람은 원하는 것을 다 가질 수 없잖아요."

"손자를 보실 수도 있을지 모르죠."

"헛된 희망이에요. 아버지도 우리도 다 알고 있는 걸요. 놀라운 것은 희망을 가지고 매일매일 감사하며 투병하시는 거예요. 화를 내시거나 가슴 아파 하지도 않으세요. 여전히 찬송가를 즐겨 부르세요." 브라이언은 머리를 저었다. "아버지에게는 죽음이란 한 곳을 통과하는 과정에 지나지 않아요. 죽음이 마지막이 아니라는 거예요. 나는 부활을 믿지 않아요. 아버지는 이상주의자가 아니세요."

"사랑하는 사람을 잃는 것이 얼마나 고통스러운 일인지 나는 알아요." 루스는 동생의 죽음을 생각하면서 말했다. "죽음 앞에서 우리는 완전히 무력해요. 다니엘은 풍부한 삶이 앞에 놓여 있었는데…."

"우리가 할 수 있는 건 살아 있는 동안 서로에게 감사하고 우리가 가지고 있는 것을 서로 아낌없이 나누는 것뿐이에요. 그것만이 죽음에 대항하는 길이에요. 죽음을 두려워하면 우리는 두려움에게 완전히 패한 거라고 생각해요. 나는 두려움 속에 살고 싶지 않아요. 왠지 아세요? 두려움을 생각할 시간이 없기 때문이에요."

브라이언은 길옆에 차를 세웠다. 루스와 같이 차에서 내려 삼층에 있는 루스 아파트로 걸어갔다. 천장에 걸려 있는 형광등이 복도를 희미하게 비추었다. 루스 방 문 앞에 닿자 매일 밤 그러듯이 밤인사를 하려고 두 사람은 서로 바라보았다. 이상하게도 그날 밤은 다른 밤과는 무엇인가 다른 것을 두 사람이 느꼈다. 브라이언이 손을 내밀자 루스는 그의 손을 따뜻하게 잡았다. 그러자 브라이언은 처음으로 루스를 껴안았다. 그 순간 루스는 할 말을 잊고 말았다.

"루스." 브라이언이 루스를 불렀다.

"브라이언, 나 여기 있어요." 루스가 속삭였다. 꿈같은 현실이 그녀가 마치 다른 세계에 와 있는 것처럼 느끼게 했다. 그녀가 꿈꾸어 왔던 세계, 그녀가 상상 속에 그리며 지우고 다시 그렸던 세계가 눈앞에서 그녀를 바라보며 웃고 있었다. 그 순간 그녀의 심정을 표현하기에 적절한 말이 생각나지 않았다.

"나와 결혼해 주겠어요?"

루스는 대답하지 않았다. 그녀는 브라이언이 묻는 말을 듣지 못했다. 어머니의 품 안에 안긴 것처럼 마음이 포근하기만 했다.

"왜 대답하지 않죠?"

"브라이언, 나에게 뭘 물었죠?" 루스는 브라이언 품을 파고들었다.

"결혼해 주겠어요?"

"그걸 왜 물으세요?" 루스는 얼굴을 들고 브라이언을 바라보았다. 그녀의 얼굴은 고열로 달아오른 듯 빨개졌다. "내 대답을 알잖아요?"

다음 날 두 사람은 샌프란시스코로 떠났다. 지난밤 브라이언이 어머니에게 전화로 루스와 같이 간다고 미리 알렸기 때문에 브라이언 부모는 그들이 도착하기를 기다리고 있었다. 그들은 아직도 세탁업을 계속하고 있었다. 둘째 아들 조셉이 브라이언이 맡아 일했던 세탁소를 맡고 있었고 막내아들 아론은 기어리에 있는 세탁소를 맡아 운영하고 있었다. 독실한 장로교 교인인 브라이언 어머니는 남자들만 있는 집안에 며느리 두기를 원했으나 그 소망은 해가 갈수록 점점 기울어졌다. 이제 남편이 살아 있을 날이 얼마 남지 않았고 사내아이들을 돌보는 일이 더욱 힘겨웠다. 그녀는 가끔 잠시라도 쉴 수 있는 여가를 줄 며느리가 들어오기를 간절하게 바라고 있었다.

브라이언은 세탁소 바로 아래 길모퉁이에 차를 세워 놓고 루스와 같이 가게로 들어갔다. 루스는 하늘색 스커트에 하얀 블라우스로 수수한 차림이었다. 어머니는 20년이 넘도록 일해 온 세탁소에서 아들을 기다리고 있었다.

"아버지가 기다리신다." 어머니가 브라이언에게 말했다. 브라이언은 루스를 어머니에게 소개했다. 어머니는 따뜻한 미소로 루스를 바라보았다. "우리는 가게에서 이렇게 살아요. 친정집처럼 생각하세요."

"감사합니다. 어머니를 만나뵙게 돼서 기뻐요." 루스는 극심한 피로가 쌓인 누렇게 뜬 얼굴을 바라보며 말했다. 루스와 브라이언은 어머니를 따라 안방으로 들어갔다.

브라이언의 아버지 송현은 오랫동안 침대에 누워 있었기 때문에 침대에 누운 채 루스를 맞이했다. 체중이 많이 줄어 마치 해골처럼 보였다. 루스는 그가 살날이 얼마 남지 않을 것을 알았다. 가냘픈 웃음이 잠시 얼굴에 나타났다가 쑥 들어간 눈 속으로 금방 사라졌다. 웃는 일조차 그에게는 무척 힘이 들었다. 브라이언은 방 한가운데 서서 아버지에게 허리를 굽혀 인사를 드린 다음 침대 곁으로 조용히 걸어가 아버지에게 얼굴을 가까이 갖다 댔다. 그리고 낮은 목소리로 문안드렸다. "아버지, 그동안 안녕하셨어요?"

"그냥 지내고 있다." 송현은 모기소리같이 가는 목소리로 말했다.

브라이언 어머니는 루스에게 자리를 권하고 나서 루스 옆자리에 앉았다.

"그래 루스 박이라고 했던가?" 송현이 루스를 바라보며 말했다. "이렇게 찾아와 줘서 고맙다. 먼 길이라 불편했을 테지."

"너무 편하게 왔어요. 브라이언이 운전을 잘해서요." 루스는 미소를 머금고 정중하게 말했다.

“이런 꼴로 만나서 미안하다. 편하게 앉아라.”

“감사합니다. 저도 아버지를 만나뵙게 돼서 기쁩니다. 브라이언이 아버지 말씀을 많이 해 줬어요.”

“그랬군.” 송현은 천천히 아들에게 고개를 돌렸다. “루스는 대단한 미인이다. 하나님의 축복이야. 내가 말했듯이 기도는 은행에 저금하는 것이나 다름없다. 네가 돈이 필요한 것을 아시면 하나님은 저금과 이자에 보너스까지 주신다. 왜냐하면 그 돈은 네 것이니까. 돈을 더 저축하면 할수록 그 만큼 돈이 더 불어나는 법이다.”

브라이언은 침대 옆에 있는 의자에 앉았다. “그 말씀 기억하겠습니다.”

송현이 루스를 바라보며 물었다. “부모님은 잘 계시냐?”

“예. 잘 계세요.”

“부모님은 언제 미국으로 오셨나?”

“1903년 하와이로 온 일차 이민이라고 알고 있어요.”

“어디 박 씨인가?”

“그건 모르겠어요.” 루스는 얼굴을 붉혔다. “아버지는 그런 말을 잘 하지 않으세요.”

“그런 것을 알고 있으리라 생각하지 않았다.” 송현은 여러 번 마른기침을 했다. “그래 내 며느리가 되고 싶으냐?” 송현은 루스를 바라보다가 아내가 루스를 좋아하는지 확인하려고 아내에게 눈을 돌렸다. 그는 숨을 한 번 쉴 때마다 죽음에 한 발자국 더 가까워지는 것을 알기 때문에 질문이 직선적이었다.

루스는 그 질문에 얼굴이 빨개졌다. 그녀는 도움을 청하려고 브라이언을 바라보았다. 그러나 브라이언은 그저 고개만 끄덕였다.

루스는 브라이언이 그녀에게 직선적인 대답을 하기 원하는 것을 알았다.

"예." 루스의 대답은 짧고 분명했다. 송현도 그것을 알았다.

"그럼 됐다." 송현의 눈가에 웃음이 떠올랐다. 그는 아들에게 얼굴을 돌렸다. "질질 끌 일이 아니니 어서 날짜를 잡도록 해라. 너 어머니가 도와줄 게다. 나는 기억력이 몹시 나빠지니 어머니와 상의해서 결정하도록 해라."

"루스 부모님을 만나야지요." 송현의 부인이 남편에게 말했다.

"당연히 그래야지."

"루스는 혼자서 결정할 수 있어요." 브라이언이 아버지에게 말했다. "그분들의 동의 없이도 우리가 날짜를 정할 수 있어요."

"나도 안다. 그러나 그건 우리 전통에 어긋나는 일이다. 우리나라에서는 일자무식 농사꾼이라도 부모 허락 없이 결혼하는 법이 없다." 송현은 조선의 전통과 관습에 무지한 아들이 못마땅했다. "나는 움직일 수 없으니 루스 부모님이 우리를 방문하시도록 주선해라. 가능한 대로 날짜를 빨리 잡도록 해라. 너도 알고 있겠지만 나는 죽어 가고 있는 사람이다." 송현은 루스를 바라보았다. 잠시 가냘픈 웃음이 얼굴에 떠올랐다. "네가 박씨 집안에 첫아이냐?"

"두 번째예요. 오빠가 있어요."

"그럼 오빠는 결혼했느냐?"

"아직 결혼하지 않았어요. 그렇지만 곧 결혼할 거예요."

"그렇다면 루스는 오빠가 결혼하기 전에 결혼을 할 수 없다. 우리는 그 관례를 수천 년 동안 지켜 왔다." 송현이 말했다. 숨이 차서 헐떡거렸다. "나는 내 편의를 위해서 전통적인 관례를 깨뜨리고 싶지 않다. 루스는 나에게 브라이언과 결혼하겠다는 약속을 했으니 그것으로 만족하다. 내가 오늘 밤에 죽어도 편히 눈을 감겠구나. 내 며느리를 만났으니까." 그는 숨을 쉬려고 잠시 말을 멈추었다. "평생 행복하게 살아야 한다."

6.

　1941년 1월 19일, 캐런은 좁은 부엌에서 요리하느라고 분주했다. 그날이 제이콥의 생일이었다. 요리책을 읽고 또 읽으면서 많은 재료를 준비했다. 그러나 생각했던 것처럼 쉽지가 않았다. 열심을 다해 요리실습을 하는 과정에서 손가락을 베고 프라이팬을 태웠다. 그럴 때마다 화가 나서 여러 번 소리를 질렀다. 요리책에서 배울 수 있는 것이 한계가 있다는 것을 깨달았다.
　제이콥은 식당에서 생일식사를 하자고 제안했으나 캐런은 제이콥이 집을 나온 후 처음 맞이하는 생일이라 손수 생일저녁상을 차리고 싶어 했다.

　캘리포니아 다른 한구석에서는 순자가 아들 없는 생일을 준비하고 있었다. 순자는 유진에게 그날이 제이콥의 생일이라고 말하지는 않았지만 유진은 이미 그날이 무슨 날인지 알고 있었다. 유진은 그레이스에게 집안에서 제이콥 이름을 입에 담지도 못하도록 엄하게 경고했었다. 그레이스와 순자는 제이콥에 대한 말을 하지 않으려고 노력했으나 그리 쉬운 일이 아니었다. 사실 그런 노력은 헛된 수고였다. 비록 아무도 제이콥 이름을 입 밖에 내지 않더라도 제이콥의 모습은 집 안 구석구석에 박혀 있었다.

제이콥은 생일이라 일찍이 캐런 아파트로 돌아왔다. 캐런은 부엌에 들어오지 못하게 했다. 캐런의 명령에도 불구하고 부엌으로 들어간 제이콥은 캐런이 왜 부엌에 발도 들여놓지 못하게 했는지 알 수 있었다. 부엌은 그야말로 엉망이었다.

"뭘 그렇게 멍하게 바라보고 있어?" 캐런이 얼굴을 붉히며 말했다.

"아무것도 아냐." 제이콥은 발가락으로 살금살금 걸어가 캐런의 뺨에 입 맞추었다.

"저녁이 거의 준비됐어." 캐런이 제이콥에게 얼굴을 돌렸다. "부엌이 너무 어지러우니까 제발 거실로 나가 있어. 그것이 나를 돕는 거야."

"나는 할 일이 없으면 견디지 못해."

캐런이 빙긋 웃었다. "아빠와 똑같은 말을 하네. 아빠는 일이 없으면 어쩔 줄 모르셔. 일하지 않는 시간은 식사할 때와 주무실 때뿐이야."

"진짜 도울 것 없어?" 제이콥은 바닥에 흩어져 있는 대접과 접시를 집으며 말했다.

"없어. 도와주지 않아도 돼. 혼자서도 거뜬히 해낼 수 있으니까."

제이콥이 불평했다. "우리는 일을 같이 하기로 약속한 걸로 알고 있었는데…."

"제이콥은 잊어버리는 일이 없어." 캐런이 뒤로 돌아서서 제이콥의 입술에 입을 맞추었다. "생일 축하해."

저녁식사가 끝난 뒤 둘은 거실에 앉았다. 제이콥은 캐런이 생일

선물로 사 준 목이 높은 검은 스웨터를 입고 있었다.

"내일 머피 목사님과 약속이 있어서 버클리로 가." 제이콥이 말했다.

"같이 갈 수 없어 어쩌지?"

"걱정 마. 혼자서 할 수 있는 일이니까."

"다음 달 결혼피로연 준비를 할 계획이야. 양가의 부모님들, 특히 제이콥 부모님이 오시면 좋겠어. 그 고집 센 두 당나귀들."

"우리는 우리가 할 수 있는 일을 다 했어. 청첩장을 보내고 기다려 보자고." 제이콥이 말했다. 아버지가 결혼식에 오지 않을 것은 확실했다. 어머니와 그레이스가 참석하도록 허락할지 의심스러웠다.

캐런이 말했다. "내 아버지는 오실 거야."

"양가가 다 참석하면 서로가 상당히 불편할 거야. 싸우지는 않겠지만 서로 용납하지 않을 거야."

"두 원수 가족이 자녀들의 결혼식에 온다. … 마치 영화 시나리오 같다. 큰 피로연을 계획했지만 규모를 줄여야겠어. 친구 몇 명만 올 거니까. 어떻게 생각해" 캐런은 커피 탁자에서 공책과 팬을 집었다.

"그게 좋을 것 같아. 내 쪽에서는 아마 열다섯 사람은 올 거야."

"내 쪽에서도 그 정도는 오겠지." 캐런은 공책에 숫자와 다른 계획을 적기 시작했다. "신혼여행 하와이로 정할 거야?"

"유럽에 가면 어떨까?"

"삼월 달에 유럽을?" 캐런은 제이콥을 바라보았다. "그것도 나쁘지는 않을 거야. 그렇지만 유럽은 지금 전쟁을 하고 있잖아."

"하와이도 괜찮고."

"신혼여행을 비행기나 자동차에서 다 보내고 싶지 않아." 그때 캐런은 제이콥 얼굴에서 작은 어두운 그림자를 보았다. 그것이 무엇인지 알고 그녀는 커피 탁자 위에 공책을 도로 놓았다. "다이뉴바에서도 어머니가 제이콥 생일저녁을 차렸을 거야. 아마 혼자서 식사를 하셨을 거야." 캐런은 제이콥을 위로했다.

"어머니는 강하신 분이야."

"어머니 요리가 먹고 싶지?"

"캐런 요리솜씨도 어머니 솜씨에 못지않았어."

"그렇게 맛이 좋았어?" 캐런은 그 말에 놀랐다. "제이콥, 당신을 사랑해." 그녀는 제이콥 가까이 가서 그의 눈을 들여다보았다. "이 사람이 내 마음을 뺏어 간 사람이야."

제이콥이 팔을 벌리자 캐런이 포근하게 안겼다. "심장의 고동소리가 들려."

"뭐라고 하는데?"

"나를 너무너무 사랑한대."

"다른 말은 안 해?"

"아버지 때문에 마음이 몹시 괴롭대."

제이콥은 캐런의 머리카락을 만졌다. "캐런은 태어날 우리 아이들을 위해 이 인종편견과 싸워야 해. 우리 아이들이 미움과 두려움 속에서 살지 않고 평화를 누리며 살도록. 나는 우리 아이들이 이런 정신적 질병을 가지지 않도록 할 거야."

"나는 우리 아이들이 남을 미워하지 않고 서로 사랑하도록 키우겠어. 이런 바보 같은 인종편견이라니!"

유진도 순자나 그레이스처럼 말이 없었다. 그는 그날 저녁 늦게 집으로 돌아와 순자에게 겨우 한두 마디 말을 했을 뿐이었다. 그레이스 혼자만 저녁을 맛있게 먹고 있었다. 유진은 식욕이 없는지 젓가락으로 식탁을 가볍게 두드리며 식탁에 차려놓은 음식을 이것저것 바라보기만 했다. 겨우 고기 한 점을 집어 입으로 가져갔다. 순자는 곁눈으로 남편을 지켜보면서 입을 굳게 닫기로 마음먹었다. 남편이 착잡한 생각을 소화하려면 시간이 필요하기 때문이었다. 그레이스도 자신의 고집으로 우울해진 아버지를 유심히 지켜보고 있었다.

"이놈의 집안은 모두가 벙어리뿐이야?" 드디어 유진이 가족을 노려보면서 화를 냈다. "아니 도대체 무슨 일이야? 말하는 것도 잊어버렸어?"

순자는 남편의 말을 못 들은 척했다. 그레이스는 아버지를 힐끗 쳐다보았다. 그레이스 역시 아버지가 왜 기분이 상해 있는지 그 원인을 알고 있었다.

"말하는 것도 잊어버렸니?" 유진이 딸에게 소리 질렀다.

아버지가 그렇게 화내는 것을 처음 본 그레이스는 깜짝 놀랐다.

"아니 왜 이놈의 식구들이 모두 반항하는 거야? 아무도 내 말을 듣지 않고 아무도 서로에게 관심조차 없단 말이야. 이놈의 집안에 도대체 무슨 일이 벌어지고 있는 거야?" 유진은 조용히 식사만 하겠다고 결심한 아내를 노려보았다. "말 좀 해봐요. 당신도 벙어리야?"

순자는 고개를 더 깊이 숙이고 입을 열지 않겠다고 다시 자신에게 굳게 다짐했다. 순자 역시 남편 못지않게 화가 나 있었으나 감추고 있었다.

유진은 다시 소리 질렀다. "이 고집쟁이 여자야, 대답 좀 해봐요."

드디어 순자는 자리에서 일어나 화가 난 남편의 얼굴을 외면하고 부엌으로 가 버렸다. 그레이스가 자리에서 일어났다.

"그래 아무도 말하고 싶지 않다 이거지." 유진이 말했다. "내일 짐승 새끼들을 집으로 데리고 오겠어. 적어도 짐승들은 엄매, 맴매, 꼬꼬 소리는 낼 수 있으니까. 그리고 그것들을 먹여 살리려고 내가 뼈 빠지게 일할 필요도 없고."

그레이스는 아버지 뒤로 걸어갔다. 그녀는 주저하지 않고 뒤에서 아버지를 껴안았다. "아빠, 사랑해요." 그레이스가 말했다. "아빠가 왜 기분이 안 좋으신지 알아요. 우리는 모두 제이콥 오빠가 그립기 때문이에요. 그리고 오늘은 오빠의 생일이에요."

"이 집안에서 그 녀석 이름을 입에도 담지 말라고 하지 않았니?" 유진은 그가 일찍이 내린 경고를 딸에게 다시 상기시켰다.

"아버지는 나에게 항상 정직하라고 가르치셨어요. 그러니 나도 아빠에게 정직하게 말씀드릴 거예요. 우리는 오빠 이야기를 해야 해요." 고등학교 졸업반 딸이 아버지에게 부드럽게 말했다. "오빠도 아빠가 보고 싶을 거예요." 그레이스는 딱딱하게 굳은 아버지의 어깨를 마사지했다. "아빠, 기분을 푸세요. 나는 학교 졸업하면 아빠와 엄마랑 같이 살 거예요. 이곳을 떠나고 싶지 않아요."

유진은 의자에 앉은 채 딸에게 고개를 돌렸다. 딸의 웃는 얼굴이 화난 아버지를 마치 얼음을 뜨거운 난로 위에 올려놓듯 녹여 버렸다. "대학교에 가서 공부하고 그래서 네 인생을 살아야 한다. 우리 걱정은 하지 마라."

"아빠, 반드시 대학에 갈 필요가 없어요. 대학은 어떻게 사람답게 사는지 가르치지도 않고 좋은 교육이 행복을 보장하는 것도 아니에요. 학교 문 앞에도 가보지 못했지만 행복하게 사는 사람들을 많이 봤어요. 아빠, 나는 이곳이 좋아요. 내가 결혼하면 엄마 아빠 옆에서 살 거예요.”

유진은 눈물 어린 눈으로 딸을 바라보면서 딸의 얼굴을 쓰다듬었다. 부엌에서는 순자가 벽에 기대서서 흐느끼고 있었다.

다음 날 저녁, 캐런은 아파트 아래 길옆에 차를 세웠다. 주문한 음식을 넣은 종이봉지를 들고 있었다. 그녀는 직장에서 전에 루스가 일했던 식당에 저녁을 주문했다. 요리하고 싶지도 않았고 혼자서 저녁을 먹고 싶지도 않았다. 그녀는 일이 끝나기 전에 제이콥이 그녀 아파트로 올 수 있는지 전화를 걸었으나 제이콥은 자리에 없었다.

검은 겨울 코트를 걸치고 그녀는 자신의 작은 공간을 향해 계단을 올라갔다. 그녀는 곧장 부엌으로 들어가 봉투에서 저녁을 식탁 위에 꺼내 놓았다. 샐러드, 스파게티 그리고 작은 용기에 담긴 스파게티 소스가 전부였다. 코트를 벗어 의자 위에 던졌다. 히터를 틀고 냉장고 문을 열었다. 값싼 저녁식사에 무엇을 마실까 망설였다. 포도주병을 꺼냈다. 그리고 컵보드에서 잔을 꺼내들고 식탁 앞에 편하게 앉았다.

붉고 향기로운 액체를 잔에 따랐다. 그때 문 두드리는 소리가 들렸다. 제이콥일까 하는 생각으로 문을 열었다.

두 명의 아시아 남자가 문 앞에 서 있었다. 마치 저녁식사에 초대받은 사람들처럼 정장을 하고 있었다. 그들은 캐런의 허락도 없이 안으로 들어섰다. 한 남자는 캐런 뒤에, 다른 남자는 그녀 앞에 섰다. 그들은 나이가 비슷했고 키도 비슷했다.

"우리는 일본 사람들입니다. 놀라지 마세요." 캐런 앞에 서 있는 남자가 말했다. "나는 헨리이고 저 친구는 딕입니다. 이제 공식적인 인사가 끝났으니 우리가 찾아온 목적을 말씀드리겠습니다."

"저녁식사를 하고 있던 모양인데." 딕이 식탁을 바라보며 동료에게 말했다.

"죄송합니다. 식사를 끝내십시오. 기다리겠습니다." 헨리가 말했다.

"누구세요?" 캐런은 위험을 느끼고 물었다.

"아시고 싶으시다면 말씀드리죠." 헨리가 고개를 숙였다. "우리는 아가씨가 관광여행을 떠나도록 도우려고 왔습니다. 어서 식사를 끝내세요. 갈 길이 멀어요."

"여행이라뇨? 누가 어디로 여행을 간다는 말인가요?"

헨리가 빙긋 웃었다. "문제를 일으키지 마세요."

"허락도 없이 내 아파트로 들어와서 나를 어디로 데리고 간다고요? 당장 나가 주세요." 캐런이 대들었다.

헨리는 캐런의 요구를 무시하면서 말했다. "시장하지 않으시면 어서 떠날 준비를 하시죠. 여행을 위해서 필요한 짐을 꾸리세요."

캐런은 경멸하는 눈으로 헨리를 바라보며 말했다. "경찰을 부르겠어요. 나는 일본 사람도 아니고 당신들 같은 사람도 아니에요. 당신들의 의도가 무엇인지 모르지만 당장 나가 주세요. 내 친구가 곧 올 거예요."

"우리 일을 어렵게 만들지 마세요." 헨리가 말했다. 그는 정중했지만 차가웠다.

“나는 아무 데도 안 가요.”

“우리는 아가씨를 목적지까지 모시고 가야 합니다. 그러니 우리는 지시받은 대로 할 것입니다.” 헨리는 정중한 자세를 바꿨다. “아파트는 누군가 잘 돌봐드릴 겁니다. 자동차와 아파트 열쇠를 탁자 위에 놓아 두세요. 우리는 이십분 안에 떠나야 합니다.”

“나를 유괴하겠다는 말인가요? 누가 당신들을 여기로 보냈죠? 나를 어디로 끌고 갈 작정인가요?” 캐런은 두려움 없이 대들었다.

“우리는 이 일을 부탁한 고객을 만난 일이 없기 때문에 그 질문에 대답할 수 없습니다. 우리는 명령에 따를 뿐입니다. 한 번 한 말을 다시 되풀이하지 않겠습니다. 어서 떠날 준비를 하세요.” 헨리는 금박 담배 케이스를 열고 담배를 꺼내 지포 라이터로 담배에 불을 붙였다. 담배를 한 모금 길게 빨고 캐런의 손을 잡고 침실로 끌고 갔다.

“이 손 놓으세요.” 캐런이 소리 질렀다.

헨리는 캐런의 입을 틀어막고 사납게 침실로 밀어 넣었다. “어서 준비해!” 그리고 밖에서 문을 쾅 닫았다. “어서 준비해. 꾸물거리지 말고.”

문에 기대선 캐런은 숨은 크게 들이마셨다. 귀를 곤두세우고 제이콥이 문 앞에서 도어 벨을 울릴까 마음을 조였다. “제이콥, 어디 있어?” 그녀는 속으로 부르짖었다. “어디에 있느냐고?”

30분이 지난 뒤에 캐런은 차 뒷좌석에 앉아 창밖을 지나가는 눈에 익은 거리와 빌딩을 내다보고 있었다. 그녀는 무슨 일이 일어나고 있는지 그 일에만 신경이 곤두서 있었다. 아파트를 떠난 후로 두 남자는 입을 닫고 있었다. 앞자리에 앉아 담배만 피우고 가끔 창밖으로 눈길을 던졌다. 캐런은 유괴라고 생각했다. 돈 때문일까? 그러나 그녀의 부모는 부자가 아니었다. 아버지는 과수원 주인이었고 어머니는 남편을 손안에 쥐고 흔드는 수다스런 가정주부였다. 왜 이럴까? 누가 하는 짓일까?

그들은 곧 부두에 도착했다. 두 남자는 양쪽에서 캐런의 팔을 붙잡고 샌프란시스코에 짐을 풀려고 정박해 있던 화물선에 태웠다. 그들은 캐런을 갑판 아래로 끌고 가서 조그만 방 안으로 밀어 넣었다. 한쪽 구석에는 깨끗한 시트가 덮인 침대가 있었고 바닥에 나사를 박아 고정시킨 의자 두 개가 놓여 있었다. 조그만 원형의 현창이 쇠틀 안에 박혀 있었다. 작은 공간이 캐런에게 공포심을 더해 주었다. 그녀는 감옥같이 보이는 숨 막힐 것 같은 공간에서 도망치려고 애썼다. 딕은 캐런을 잡아 다시 안으로 밀어 넣었다. 방 한가운데 서서 자신에게 무슨 일이 벌어지고 있는지 사방을 둘러볼 때 헨리가 입을 열었다. “식사는 배달해 줄 것입니다. 곧 출발할 겁니다. 즐거운 여행이 되십시오.” 그 말을 마치자 그는 딕과 함께 밖으로 나갔다. 캐런은 쇠고리를 거는 소리를 들었다. 밖에서 문을 잠그는 소리였다.

캐런은 침대 모서리에 앉아 그때까지 사건의 전모를 마음속으로 정리해 보았다. 무슨 일인지 감이 잡히지 않았다. 그 사건의 실마리를 풀려고 하면 할수록 생각이 더 복잡해졌다.

왜 나를 유괴하는 걸까? 나를 어디로 데리고 갈까? 누가 이 일을 배후에서 조종하고 있을까?

캐런은 헨리나 딕에게 아무런 대답도 듣지 못할 것을 알고 있었다. 헨리나 딕의 말솜씨로 미루어 볼 때 미국에서 태어난 일본인

후세가 틀림없었다. 그들의 위협적인 목소리와 차가운 얼굴표정을 빼놓고서는 말이나 행동이 세련돼 있었다. 캐런을 무엇보다도 더 안달 나게 하는 것은 제이콥과 연락할 길이 없는 일이었다. *제이콥이 이 사실을 안다면 당장 나를 구하려고 달려올 텐데….* 그러기에는 이미 너무 늦었다고 알고 있는 캐런은 깊은 한숨을 쉬었다.

두 남자의 행동을 미루어 봐서는 목숨이 위험하지는 않은 것 같았다. 그러나 그녀를 유괴한 일이 한 번도 실수 없이 진행된 것을 보아서 계획된 일이었음을 알 수 있었다. 그녀는 창문을 열고 밖을 내다보았다. 짭짤한 바닷바람이 안으로 들어왔다. 샌프란시스코의 언덕, 빌딩, 거리 그리고 눈에 익은 장면들이 눈앞을 지나갔다. 마치 귀신이 나타난 듯한 두려움이 캐런에게 엄습해 왔다. 그녀는 갑자기 크게 소리를 지르며 손바닥으로 벽을 두드렸다. 다시는 제이콥을 만나지 못하고 정든 곳으로 돌아오지 못할까 두려웠던 것이다. 두려움과 절망이 더욱 격렬해졌다.

한 시간도 못 돼 화물선이 천천히 부두를 떠났다. 캐런은 점점 작아지는 항구를 바라보다가 드디어 항구 전체가 눈물이 고인 그녀의 눈앞에서 사라질 때까지 창가에 그대로 서 있었다. 그녀는 다시 침대 모서리로 돌아와 제이콥과 부모 그리고 동생을 생각했다.

7.

제이콥은 스캇 머피와 식당에서 저녁을 먹으면서 캐런에게 여러 번 전화를 걸었으나 캐런은 전화를 받지 않았다. 샌프란시스코로 돌아가서 아파트로 찾아가기로 마음먹었다. 그날은 몹시 바빴다. 소송 의뢰인과 청문회에 참석했고 리오 머피 목사를 만나려고 베이 다리를 건너 버클리를 다녀왔다. 머피 목사는 기뻐 제이콥의 결혼주례를 맡겠다고 약속했다. 그 일이 끝나자 제이콥은 스캇과 같이 저녁식사를 하려고 샌프란시스코로 왔다.

그해 3월 17일 오후 한시로 결혼식 날짜를 정했다. 제이콥은 캐런을 만나 다른 준비사항을 의논할 생각이었다. 양가의 부모들이 참석하지 않는 결혼식이 이상하게 보이겠지만 이미 엎지른 물을 다시 담을 수 없었다. 제이콥은 어머니와 그레이스는 참석하리라고 믿었다. 캐런은 동생이 참석할 것을 기대하고 있었다. 여러 가지 이유로 제이콥은 리들리와 다이뉴바에 있는 사람들을 초대하지 않기로 결정했다. 말순과 그의 교육비를 도와준 김 사장에게도 알리지 않기로 했다. 제이콥이 일본 여인과 결혼하는 것을 알면 가족이 난처한 입장에 빠질 것을 알고 있었다. 가족을 돌로 쳐 죽이지는 않겠지만 돌을 얻어맞는 만큼이나 아프고 수치스러운 일일 것이다. 결국 그곳 조선인 지도자들은 제이콥의 부모와 여동생을 마을에서 쫓아내고 말 것이다.

제이콥은 착잡한 마음으로 샌프란시스코로 돌아오자 캐런의 아파트를 찾아왔다. 캐런은 아파트에 없었다. 문 앞에서 잠시 머뭇거리다가 희미한 가로등이 비치는 거리로 나왔다. 캐런이 부모님을 만나러 갔을까 생각해 보았다. 그러나 몇 달 전에 캐런과 부모 사이에 일어난 일을 기억하고 있는 제이콥은 그럴 가능성을 배제했다. 아침 일찍 캐런에게 전화하기로 하고 제이콥은 골든 게이트공원 옆에 있는 그의 아파트로 돌아왔다.

캐런은 이른 새벽에 눈을 떴다. 바깥세상과 접할 수 있는 유일한 수단인 창문을 통해 캄캄한 밖을 내다보았다. 바다 건너 먼 육지에서는 헤아릴 수 없는 불빛이 깜박거렸고 머리 위에는 캄캄한 밤하늘에 별들이 반짝거렸다. 처음 항해이기 때문에 그녀의 현재 위치가 어디인지 짐작이 가지 않았다. 조용히 침대로 돌아왔다. 다시 두려움이 마치 거미처럼 등을 타고 꿈틀꿈틀 기어 올라왔다.

사람의 발자국 소리조차 들리지 않았다. 기침소리도 사람의 목소리도 들리지 않았다. 다만 화물선 뒤에서 둔한 엔진소리만 들렸다.

아침 일찍 캐런은 머리가 터질 것 같은 심한 두통과 어지러운 생각을 씻어 버리려고 샤워를 했다. 필리핀 사람으로 보이는 얼굴이 검은 젊은 사람이 아침식사를 가지고 왔다. 그는 한마디 말도 없이 쟁반을 작은 테이블 위에 놓아 두고 황급하게 밖으로 나가 버렸다. 베이컨 조각, 삶은 계란, 토스트 그리고 쓴 브라질 커피와 미소 국이 쟁반에 담겨 있었다. 캐런은 식욕이 전혀 없었다. 커피를 마시고 있을 때 밖에서 문을 여는 소리가 들렸다. 헨리였다. 깨끗이 면도를 한 산뜻한 차림이었다. 그러나 싸구려 향수냄새가 캐런을 메스껍게 만들었다.

"곧 하선할 것입니다." 헨리는 캐런을 가엾은 눈길로 바라보며 말했다. "밴쿠버에 도착하면 아가씨를 목적지까지 자동차로 모셔다 드리겠습니다. 걱정할 것 없어요." 헨리는 다시 밖으로 나가 문을 잠갔다.

밴쿠버에서 그들은 차를 타고 북쪽으로 달렸다. 두 시간 후에 외딴 지역에 있는 한 종묘원에 도착했다. 캐런이 기억하는 대로 그들이 통과한 마지막 마을은 종묘원에서 약 십리 떨어져 있었다. 헨리와 딕은 묘목원에 도착할 때까지 입을 다물고 있었다.

종묘원은 눈에 덮여 있었다. 그들이 도착하자 나이가 많은 일본 여자가 그들을 맞이하러 나왔다. 그녀는 몸이 몹시 쇠약하게 보였고 두꺼운 겨울 코트로 몸을 감싸고 있었다. 추운 겨울바람 속에서도 그녀는 웃고 있었다.

"어서 와요." 그녀는 차에서 내리는 캐런에게 말했다. "나는 미야코예요. 우리 집이 불편하지 않았으면 좋겠어요." 미야코는 정답게 웃었다. "어서 들어가요. 여기는 몹시 추워요. 캘리포니아에서 왔으니 이런 기후에 익숙하지 않을 거예요." 미야코는 따뜻한 눈으로 캐런을 바라보았다. 그녀의 얼굴은 친절하고 따스했다. "나를 따라오세요. 남편 아키라를 만나야죠." 미야코는 앞서 걸어갔다. 그러나 캐런은 미야코를 따라가지 않았다. 마음이 혼란스러워 미야코마저 두려웠다. 미야코는 문 앞에서 캐런을 기다리고 서 있었다.

"우리 임무는 끝났습니다." 헨리가 캐런에게 말했다. "사요나라." 그 말을 마치고 두 남자는 왔던 길로 다시 차를 몰았다.

"날씨가 차요." 미야코는 멀어져 가고 있는 자동차를 바라보고 있는 캐런에게 말했다. 평평한 땅 위에 서 있는 그 집 뒤에는 네 개의 온실이 한 줄로 서 있었다. 종묘원 뒤쪽으로 높은 산맥이 멀리 보였다.

"감기 걸릴까 걱정이 돼. 내가 따끈한 차를 끓일게."

캐런은 문고리를 잡고 서 있는 미야코에게 걸음을 옮겼다. 두 여인이 안으로 들어갔다. 집 안은 따뜻했다. 벽난로에서는 오렌지색의 불길이 타오르고 있었다. 미야코는 마른 장작을 벽난로 속으로 던졌다. 노란 불길이 타닥타닥 소리를 내면서 마른 나무를 핥았다.

미야코는 돌아서서 거실 한가운데 멍하게 서 있는 캐런을 바라보
았다. "어서 앉아요. 나는 캐런에게 타인이 아니에요. 편하게 앉아
요." 미야코는 코트를 벗고 소파에 앉아 캐런이 옆에 앉기를 기다
렸다.

"내가 왜 여길 왔죠?" 캐런은 미야코에게 친절을 보이려고 의식
적으로 친절을 가장했다.

"캐런은 다음 해 봄까지 우리와 같이 있어야 해요." 미야코가 말
했다.

캐런은 조용히 미야코 옆에 앉아 그녀의 눈을 바라보았다. "내가
한 질문에 대답하지 않았어요."

미야코는 생긋이 웃었다. "아키라가 돌아오면 설명해 줄 거예요.
지금 온실에서 일하고 있어요. 항상 바쁜 사람이에요. 그렇지만 일
이 건강에 좋으니까 내버려 두는 거예요."

"나는 여기서 머물 수 없어요. 샌프란시스코로 돌아가야 해요."

"시간이 말해 줄 테지." 미야코는 다시 생긋 웃었다. "모든 것은
때가 있는 법이야. 만일 우리가 정해진 시간보다 앞서 가면 실망과
초조에 빠지게 돼요. 참고 기다려야 해."

"여기에 머물 수가 없다니까요. 경찰이 곧 나를 찾을 거예요."

수염을 기른 늙은이가 안으로 들어왔다. 그의 짙은 눈썹은 마치
눈 위로 굵은 직선을 그어놓은 듯 보였다. 미야코는 일어나 남편의
코트를 받았다. 캐런은 미야코를 주의 깊게 지켜보았다. 나이가 들
었으나 몸은 유연하고 행동이 민첩했다. "이분이 남편 아키라에요."
미야코는 남편을 캐런에게 소개했다.

아키라가 무표정한 얼굴로 캐런을 바라보면서 말했다. "네가 캐

런이구먼. 도착하기를 기다리고 있었지. 그래 불편한 것은 없었니?”
아키라는 벽난로 가까이 있는 흔들의자에 앉았다.

“내가 왜 여기를 왔죠?” 캐런이 아키라에게 물었다. 그녀는 화가
치밀고 정신이 어지러워 아키라를 대담할 정도로 노려보았다. 당장
그 집을 떠나고 싶었다.

“캐런은 우리 집 손님이야. 참는 미덕을 배워야 해.” 아키라는
담뱃대에 불을 붙이면서 말했다.

“집에 전화 있어요?”

“우리 집에는 전화가 없어. 그렇지만 먹을 것과 사랑이 많아.”
미야코가 남편의 코트를 문 옆에 있는 옷걸이에 걸고 자리로 돌아
오며 말했다.

“이 부근에 전화 있는 집이 없나요?” 캐런은 허탈해졌다. 그러나
무슨 방법을 쓰든지, 눈 덮인 십리 길을 걸어서라도 전화를 찾아
제이콥에게 연락하겠다고 결심했다.

“길 저 아래 농가들이 띄엄띄엄 있는데 대부분 전화를 가지고
있어.” 미야코가 말했다. 캐런은 그녀의 얼굴에 깊은 주름과 손마
디마다 굵은 못이 박혀 있는 것을 보았다. 그 외딴 세상에서 그녀
의 삶이 얼마나 힘들었던지 말해 주고 있는 것 같았다.

캐런이 아키라에게 말했다. “친절은 고맙습니다만 이런 범죄행위
에 개입하시면 안 돼요. 경찰이 곧 나를 찾을 거예요. 무슨 말인지
아시겠죠?”

“캐런은 우리 집에서 봄까지 있기로 돼 있어.” 아키라는 벽난로
에서 타고 있는 오렌지색 불꽃을 멀거니 바라보며 말했다.

“내 말을 이해 못 하시는 군요.” 캐런이 목소리를 높였다. 그녀

는 두 노인을 이해시키지 못해 속이 답답했다. "유괴는 범죄행위이고 감옥에 가게 돼요."

"우리는 유괴에 대해 아는 바도 없고 네가 어떻게 여기를 왔는지도 모른다. 네가 여기 있는 동안 여러 가지를 배우게 될 거야. 우리 집 뒤에 불당이 있으니 거기 가면 마음이 편안할 거야." 아키라는 흔들의자에 앉아 캐런에게 몸을 돌렸다. "우리는 서로 잘 지내게 될 거야. 캐런은 하고 싶은 일이나 가고 싶은 곳이 있으면 마음대로 결정할 수 있어. 그러나 이 겨울에 마을을 찾아 눈길을 걸어가는 일은 불가능해. 눈은 평화스러워 보이지만 몹시 위험해."

"따끈한 차를 끓일게." 미야코는 천천히 자리에서 일어났다. "허리가 아파서 일어날 때 주의해야 해." 미야코는 허리를 꾸부리고 부엌으로 천천히 걸어갔다.

캐런은 곧 그 집을 탈출하는 것이 그리 쉬운 일이 아니라는 것을 깨달았다. 그녀는 두 노인의 신뢰를 얻기 위해 그녀에게 준 자유를 재치 있게 사용해야 한다고 생각했다. *사업하는 사람이니 분명히 이 집 어디엔가 전화가 있을 거야.* 최소한 생명이 위험한 상태는 아니었다. 그리고 아키라와 미야코는 친절한 노인들이었다. 기다리면서 형편이 어떻게 풀려 나갈지 두고 보기로 했다. 비록 내일이나 모래가 아니더라도 제이콥에게 연락할 길이 있으리라고 확신했다.

제이콥은 아침 일찍 일어났다. 자정까지 캐런에게 전화를 걸다가 새벽 두시에 잠이 들었다. 커피 잔을 들고 아파트를 나와 사무실로 차를 몰았다.

"무슨 메시지 온 것 없어?" 제이콥이 사무실로 들어서면서 비서인 메릴린에게 물었다.

"아뇨. 아무것도 온 것이 없어요." 메릴린이 대답했다.

사무실에 앉기가 바쁘게 제이콥은 캐런 직장에 전화를 걸었다. 전화를 받는 여자는 캐런이 일을 나오지 않았다고 퉁명스럽게 말했다. 캐런 아파트로 전화를 걸었다. 전화를 받지 않았다.

찬 커피를 마시면서 제이콥은 캐런이 부모님을 만나러 가지 않았을까 하는 생각을 다시 해 보았다. 그렇다면 왜 직장에 전화를 하지 않았을까? 캐런은 언제나 시간을 정확하게 지켰고 매사에 꼼꼼한 여자였다. *뭔가 잘못된 거야.* 제이콥이 생각했다. *나에게 한마디 말도 없이 떠날 사람이 아니야.* 형사사건 변호사 입장에서 볼 때 뭔가 이빨이 맞지 않았다.

한 시간 뒤에 그는 캐런의 아파트에 도착했다. 아파트 문이 굳게 닫혀 있었다. 캐런 아파트 싱크가 막혔을 때 만난 일이 있었던 매니저를 만나러 사무실로 갔다. 키가 7척이 넘는 매니저가 나왔다. 빗질을 하지 않아서 머리는 헝클어져 있었고 숙취가 있는지 빨간 눈이 더 크게 보였다. 그는 칫솔을 이빨 사이에 물고 있었다.

"캐런을 마지막 본 때가 언제였습니까?" 제이콥이 물었다.

그런 꼴로 나타난 것이 창피스러운지 매니저는 제이콥에게 손을 흔들고 나서 급하게 안으로 사라졌다. 매니저는 금방 돌아왔다. "미안합니다." 매니저가 사과했다. "화장실에 있었어요. 그건 그렇고 어제 저녁 늦게 캐런을 본 것 같은데 확실한 기억은 없어요."

매니저는 제이콥을 따라 계단을 오르면서 말했다. "어제 밤늦게 이층에 살고 있는 테일러 씨 아파트에서 일을 하고 있었어요. 그

두 노인네는 매일같이 배관문제를 일으킨다고요." 캐런 아파트에
닿자 매니저는 열쇠꾸러미를 손에 들고 꾸물거렸다. "지날달에는
욕조에서 머리카락을 한 줌 꺼냈어요." 매니저는 고개를 흔들었다.

제이콥과 매니저가 캐런 아파트로 들어갔다. 매니저가 거실을 둘
러보는 동안 제이콥은 캐런 침실로 들어갔다. 방문을 열자 방안이
어지러워져 있는 것이 눈에 들어왔다. 옷장은 열린 상태였고 옷이
침대와 바닥에 마구 흩어져 있었다. 그는 거실을 지나 부엌으로 갔
다. 식탁 위에 정성스럽게 접은 타자를 친 편지를 발견했다. 제이
콥은 급하게 편지를 열었다.

"제이콥", 편지는 그렇게 시작하고 있었다. "짧게 몇 자 적어요.
나는 오래 사귀던 남자친구랑 여행을 떠납니다. 나는 우리 관계를
마지막으로 여러 각도에서 바라보았어요. 내가 당신과 결혼할 수
없다는 결론을 내렸어요. 우리가 결혼한다면 양가를 망치게 될 거
예요. 이 편지가 우리의 마지막이에요. 우리 관계가 이렇게 끝이
나서 가슴이 아파요. 행복하세요."

제이콥은 편지를 접어 바지 주머니에 넣었다. 어리둥절하기만 했
다. 캐런 침실로 다시 돌아갔다. 한 번도 그녀의 침실이 그렇게 어
지러워져 있는 것을 본 일이 없었다.

사무실로 돌아간 제이콥은 캐런이 급하게 떠나도록 강요당했을
지 모른다는 끈적끈적한 생각을 떨쳐 버릴 수 없었다. 자신의 눈으
로 그런 의심의 여지를 충분하게 보았다. 캐런은 어떤 달갑지 않은
상황에서 아파트를 서둘러 떠난 것이 분명했다. 협박당했을 가능성
을 배제할 수 없었다. 그는 주머니에서 편지를 꺼냈다. 주의 깊게
한 자 한 자 읽어 가면서 그는 캐런이 편지를 쓰지 않았다는 확신

이 들었다. 첫 번째 이유로 편지는 너무 사무적이었다. 그렇다면 유괴를 당했을까? 다음 날까지 그녀의 실종을 경찰에 보고하지 않기로 마음먹었다. 내일까지는 캐런이 집으로 돌아오든가 아니면 무슨 증거를 잡을 수 있으리라고 생각했다. 어쩐지 캐런이 위험한 상태에 처해 있는 것 같지는 않았다.

8.

"우리는 이곳에서 행복하게 살고 있어." 집 뒤에 있는 온실에서 일을 하던 미야코가 말했다. "우리는 지난 40년 동안 여기서 살았어. 아키라는 식물과 화초 전문가이고 나에게 많은 것을 가르쳐 줬어."

"꽃을 사랑하는 사람들은 마음씨도 아름답다는 말을 들었어요." 캐런은 가위로 나뭇가지를 자르는 미야코를 지켜보고 있었다.

"일반적으로 그렇다고 할 수 있겠지."

"어느 꽃이 병들었는지 알 수 있어요?"

"그럼. 내가 지난 30년 동안 해 왔듯이 똑같은 일을 그렇게 오래하게 되면 전문가가 돼. 꽃마다 다 개성이 다르다고 한다면 놀랄걸. 아키라는 어느 꽃이 기분이 나쁘고 스트레스를 받고 있는지 안대." 미야코가 웃으며 말했다. 깊은 주름이 그녀의 얼굴에 물결을 이루었다. "집 뒤에 있는 불당에 가 보지 않겠어? 평화스러운 곳이야."

"아뇨. 저는 종교인이 아니에요."

"캐런이 사랑하는 남자가 캐런의 배필이 될 사람이면 반드시 캐런을 찾아올 거야. 우리는 모두 운명을 예정받고 태어났어."

"가끔 그 말을 믿고 싶을 때가 있었어요."

"믿어야 해. 부처님이 캐런을 위해 그 사람을 선택했으면 꼭 찾아올 거야. 아무도 그 사람의 예정된 운명을 막거나 바꿀 수 없어."

"부처님이 그런 것까지 신경을 쓰시나요?"

"물론이지. 내가 일본에서 어릴 때 부모님이 나를 절에 많이 데리고 다니셨어. 불공을 드리러 가실 때 부모님은 꼭 나를 데리고 가셨지. 나는 절을 너무 좋아했어. 부처님 면전에 서면 진정한 평화를 느낄 수 있었어."

그때 아키라가 안으로 들어섰다. 문을 빨리 닫고 발을 굴러 신발에 묻은 눈을 털었다. "오늘 밤에 눈이 더 내린다는구먼." 아키라가 미야코에게 말했다. 그는 털모자를 푹 눌러쓰고 목까지 올라오는 스웨터와 색이 바랜 두꺼운 검정외투를 입고 있었다. "저녁에 스키야키를 만들어요. 몹시 추워진다고 하니까."

"그래요. 스키야키가 좋겠어요. 캐런, 스키야키 좋아해?" 미야코는 장갑을 벗으며 말했다.

"참 좋아해요. 내가 도와드릴게요."

"그러면 좋겠구나." 미야코는 그 말에 기뻐했다. "우리는 온실에서 각종 채소를 길러 자급자족하고 있어. 우리는 추운 겨울에도 싱싱한 오이와 상추를 먹어."

캐런은 아키라를 보고 미소 지었다. *조만간 샌프란시스코로 돌아갈 거야.* 그녀는 속으로 그 결심을 다시 다짐했다.

다음 날 제이콥은 캐런의 부모를 만나러 가기로 마음먹었다. 그는 캐런의 아파트를 찾아갔을 때 캐런 부모의 집 주소를 적어 두었다. 캐런의 부모는 종묘원을 만들고 일본 배나무를 심을 땅을 사서 알마덴 골짜기로 이사했다. 제이콥은 자신의 방문이 아무런 효과가 없으리라는 것과 차별대우를 받을 것을 알고 있었다. 그는 유타 주에서 처음으로 경험했던 인종차별과 캘리포니아 주에서 받은 인종차별을 생각했다. *언제 이 악폐가 없어질까?* 제이콥은 자신 있는 대답을 할 수 없었다. 입안이 깔깔했다. 캐런 부모는 딸이 갑작스럽게 행방을 감춘 것을 알고 있으리라고 생각했다. 그들이 아무것도 모르고 있다면 캐런의 실종을 알려줘야 할 도의적인 책임을 느꼈다.

제이콥이 먼지 나는 좁은 길에서 캐런 부모 집으로 차를 꺾었다. 게이코가 앞뜰에서 일하고 있는 모습이 보였다. 제이콥은 게이코로부터 불과 몇 발자국 떨어지지 않은 곳에서 차를 세웠다. 갑작스러운 제이콥의 등장에 놀란 게이코는 소리를 지르며 집 안으로 뛰어들어가 문을 잠갔다. 제이콥은 일이 그런 식으로 발전하리라고 생각하지 않았다. 그는 여러 번 문을 두드렸다. 안에서는 아무 대답이 없었다.

"미세스 야마모토, 안에 계신 걸 알고 있습니다." 제이콥은 게이코가 그를 친절하게 대해 주지 않을 줄 알고 있었지만 게이코 앞에서 정중하려고 노력했다. "캐런이 어디 있는지 아세요? 캐런이 실종됐습니다. 알고 계세요?"

"무슨 말을 하고 있어요?" 문 뒤에서 성난 목소리가 들렸다. "캐런이 실종됐다는 구실로 뻔뻔스럽게 여기를 찾아오다니! 당신은 여기를 찾아올 권리도 없어요. 그 얼굴에 뻔뻔스러움이 번들거려요. 당장 우리 집에서 꺼져요. 아니면 경찰을 부르겠어요."

　“내가 조선인이라는 이유로 나를 미워한다는 걸 알고 있어요. 내가 조선 사람인 것은 나도 어쩔 수 없는 일입니다. 그러나 내가 조선 사람인 사실이 자랑스럽습니다. 왜 저를 그렇게도 미워하세요?”

　“어서 꺼지지 않고 뭘 꾸물대고 있어요? 감히 여기가 어디라고 함부로 나타나는 거예요?” 게이코의 목소리는 미움으로 가득 차 있었다.

　“캐런을 찾아왔습니다. 캐런이 어디에 있는지 모르신다면 경찰에 신고하겠습니다. 저는 부모님에게 먼저 알리고 싶었습니다.”

　“자기 주제도 모르는 뻔뻔스러운 사람이군요. 당신은 캐런의 남편도 아니고 친척도 아니에요. 그 주제에 경찰에 알리겠다니! 캐런은 당신 꼴이 보기 싫어 외국에 나가 있어요. 캐런을 찾지도 말고 기다리지도 말아요. 캐런은 사랑하는 남자와 함께 있어요. 어서 꺼져요!”

　“이 일을 꾸미지 않았으면 캐런이 외국에 나가 있는 것을 어떻게 아세요? 이 일을 꾸몄다면 감옥에 가야 합니다.” 제이콥은 게이코에게서 뭔가 정보를 얻어내고 싶었다. 아무리 쓸모없는 정보라도 빈손으로 돌아가는 것보다는 나을 것이다. “저는 대답을 들으려고 왔지 이런 적대심을 사려고 오지 않았습니다. 잠자리에 필요한 담요도 가지고 왔습니다. 캐런이 어디 있는지 말해 줄 때까지 밖에서 자겠습니다. 경찰을 불러 나를 체포하게 하시겠습니까?”

　“내가 생각했던 대로 당신은 너무 뻔뻔하군요. 나는 캐런의 어머니에요. 내가 적당한 조치를 취할 거예요. 당신의 의견 따위는 필요 없어요. 남의 집안일에 간섭하지 마세요. 캐런이 없어졌다면 그건 당신 때문이에요.” 게이코의 날카로운 목소리가 문 뒤에서 흘러나왔다.

"캐런은 바보가 아닙니다. 캐런이 살아 있는 동안 어머니가 저지른 이 범죄를 용서하지 않을 거예요."

"어서 꺼져요. 당신은 내 딸과 결혼 못 해요. 캐런은 행복한 결혼을 해서 돌아올 거예요."

"나는 캐런을 누구보다 더, 아니 세상의 어떤 것보다도 더 사랑합니다. 딸이 행복하기를 원하지 않으세요? 딸의 행복을 가로막고 싶으세요? 어머니의 잘못된 이기심을 만족시키려고 그러고 싶으세요? 아니면 내가 조선인이기 때문인가요?"

"당신의 쓰레기 같은 말 듣고 싶지 않아요." 게이코가 소리쳤다. "어서 꺼져요!"

"야마다 선생님을 뵐 수 있을까요?"

"그이는 외출 중이에요." 게이코는 문을 조금 열고 빠끔 내다보았다. 그녀는 집안을 어지럽히고 자신에게 불행을 초래한 장본인을 째려보았다. 머리에서 발끝까지 훑어본 다음 다시 문을 쾅 하고 닫았다. "내가 당신이라면 지금 바로 도망갈 거예요. 남편은 난폭한 사람이에요. 가만 두지 않을 거예요."

"딸 걱정이 안 되세요?"

"이건 우리 집안일이에요. 간섭하지 마세요."

"일 주일 안으로 딸을 데리고 온다면 간섭하지 않겠습니다. 그렇지 않으면 나를 자주 만나게 될 겁니다. 일주일입니다." 제이콥은 차로 돌아가 핸들 뒤에 앉았다. 마치 게이코가 그를 문둥병자처럼 문을 사이에 두고 말했던 바로 그 문 쪽으로 고개를 돌렸다. 그러다가 차에서 다시 내려 한 번도 만난 일이 없는 쇼지를 만나려고 집 뒤로 걸어갔다. 집 뒤로 조금 걸어가자 두 남자가 보였다. 쇼지는 일을 돕는 어린 청년과 함께 울타리를 세우고 있었다. 제이콥은 조심스럽게 쇼지에게 다가갔다. 그는 쇼지에게 정중하게 말을 걸었다. "죄송합니다만 야마모토 선생님이십니까?"

"그렇소. 당신은 누구요?" 쇼지는 일손을 놓고 제이콥을 쳐다보았다.

"저는 제이콥 박입니다. 만나뵙게 돼서 반갑습니다."

쇼지의 안색이 금방 변했다. 그러나 제이콥을 바라보는 쇼지의 얼굴에는 적대감이 보이지 않았다. "무슨 일로 왔소?"

"캐런에 대해 말씀드릴 것이 있어서 왔습니다. 캐런이 며칠 동안 보이지 않습니다. 혹시 선생님이 아실지 몰라서 찾아왔습니다."

"내 딸아이가 보이지 않는다고?"

"캐런의 행방을 모르시면 바로 경찰에 신고하셔야 합니다. 잘 아시겠지만 사람이 실종되면 일 초가 중요합니다."

"캐런이 실종되다니! 그렇지는 않을 거요. 친구와 같이 있을게요." 쇼지는 제이콥을 자세하게 바라보았다.

"어디 있는지 아세요?"

"모르겠소. 그러나 걱정할 필요는 없어요."

"따님의 안전에 대한 문제입니다. 당국에 신고하겠습니다."

"그런 일 안 해도 돼요. 나는 내 딸을 잘 알고 있으니까." 쇼지는 다시 일을 시작했다.

"제가 조사해 볼까요?"

쇼지가 퉁명스럽게 말했다. "관여하지 마시오."

"선생님, 저도 걱정이 됩니다." 제이콥이 말했다. 그는 쇼지에게

서도 도움이 될 만한 말을 듣지 못하겠다는 결론을 내렸다. 그는 쇼지에게 자신도 캐런의 안전을 염려하는 사람 가운데 한 사람이라는 사실을 알리고 좀 더 압력을 가해볼까 생각해 보았다.

"캐런 어머니에게 말해보겠소. 그러나 캐런이 어디 있는지 모르고 있을 게요. 이쪽을 잡아." 쇼지는 철망을 집게로 집어 올리면서 옆에서 도와주는 젊은 청년에게 말했다.

제이콥은 지갑에서 명함을 꺼냈다. "저의 명함입니다. 무슨 소식이 있으면 저에게도 알려 주시면 감사하겠습니다. 저도 힘이 닿는 데까지 찾아보도록 하겠습니다."

쇼지는 명함을 받아 점퍼 주머니에 넣었다.

9.

외딴 곳으로 온 지 벌써 한 주일이 지났다. 캐런은 점심식사가 끝나자 눈 부츠를 신고 아키라가 사 준 후드가 달린 빨간 코트와 두꺼운 장갑을 끼고 밖으로 나왔다. 조금 후에 그녀는 온실에서 약 삼십 미터 떨어진 숲 속을 걷고 있었다. 하얀 눈꽃이 나무 위에 활짝 피어 있었고 한 차례 소나기가 지나간 여름바닷가처럼 한낮의 태양이 눈을 부시게 했다. 지난밤에 내린 눈을 밟을 때마다 발밑에서 뽀드득 소리를 내며 눈이 부셔지는 소리가 났다. 뒤를 돌아보았다. 발자국이 선명하게 눈에 찍혀 있었다. 추위에 조금은 익숙해졌지만 외로움과 초조함은 시간이 갈수록 더욱 심해지기만 했다.

캐런은 늙은 아메리카 할리 소나무에 기대서서 숨을 깊이 들이 마셨다. 입에서 한 줄기의 흰 연기가 나와 차가운 공기 속으로 빨리 사라졌다. *누가 왜 나를 이곳으로 데려왔을까?* 캐런은 그 집에 도착하던 순간부터 똑같은 질문을 해 왔다. 그리고 그녀에게 꾸밈없이 친절한 늙은 부부를 대할 때마다 캐런은 자신에게 '*저분들은 누구일까?*'라는 질문을 던졌다. *미야코는 나에게 타인이 아니라고 말했다. 무슨 뜻이었을까?*

집은 좁은 시골길이 끝나는 곳에 자리 잡고 있었다. 겨울에는 그쪽으로 왕래하는 차가 없었다. 봄과 이른 가을에는 아키라가 픽업을 타고 주문을 배달하러 다녔다. 그러나 겨울에는 될 수 있는 대로 운전을 피했다.

캐런의 마음은 앞에 펼쳐 있는 하얀 눈 종이에 그때까지의 상황을 다시 적고 정리하느라 분주했다. 현재까지 있었던 일을 다시 정리하고 현재 상황을 좀 더 분명하게 이해하고 싶었다. *어머니가 관계돼 있을까?* 그런 생각을 즉시 일축해 버렸다. 너무 어처구니없는 생각이었기 때문이었다. 그녀는 누구보다도 제이콥이 그리웠다. *머피 목사님을 만나 결혼식 주례를 부탁했을 텐데.* 그런 생각을 하자 제이콥에게 연락을 할 수 없는 현실이 그녀를 다시 안달 나게 만들었다. 그러나 그녀의 결심은 어느 때보다도 더 강했다. 두 노인의 신뢰를 받도록 노력하고 그러다가 기회를 봐서 도망가기 위해 무슨 일이라도 주저하지 않을 것이다. 십리 떨어진 농장에 닿기만 하면 제이콥과 경찰에 연락할 것이다. 그러면 그녀의 구출은 시간문제일 것이다. 누가 이 일을 저질렀을까? 샌프란시스코에 돌아가면 제이콥이 이 사건을 조사할 것이고 이 미스터리는 곧 풀릴 것이다. 지난 한 주일 동안 아키라는 두세 번 픽업을 몰고 우편물을 찾고 집에 필요한 것을 구입하려고 마을로 갔다 왔다. 그때마다 미야코는 허리 때문에 집에 남아 있어야 했다. 그날 아침 캐런이 일어났을 때 아키라는 이미 마을로 가고 없었다. 캐런은 하늘을 향해 높이 서 있는 나무에 그대로 기댄 채 서 있었다. 장난기 있는 바람이 머리 위에 있는 나뭇가지를 흔들어 캐런이 쓰고 있는 후드에 눈가루를 뿌렸다.

그녀는 눈을 감았다.

"도서관에서 나를 처음 봤을 때 무슨 생각을 했어?" 캐런이 제이콥에게 물었다.

"난 너를 버릇없는 사람이라고 생각했어." 캐런은 제이콥의 목소리를 들었다. "심술궂은 여자로 보였어."

"지금은?"

"너는 내가 처음으로 키스한 여자라는 사실을 몰라? 나는 캐런에게 모든 것을 다 주고 싶어. 내 영혼까지도."

"그건 네가 가지고 있어. 우리가 하나가 되기까지 내 영혼은 내가 가지고 있을 거야. 그것이 제이콥의 하나님이 예정하신 일이라면 그대로 되겠지. 그지?"

"내가 어느 날 일본 여자와 사랑에 빠질 줄은 상상도 못 했어. 고등학교 친구 월터에게 했던 말이 기억나. 내가 일본 여자와 사랑에 빠질지 누가 아느냐고. 그때 그런 예언적인 말로 월터를 놀렸어." 캐런은 눈을 뜨고 낯선 집을 향해 걸음을 옮겼다.

10.

　1941년 1월, 제이콥은 사립탐정이 제공한 정보를 읽고 있었다. 제이콥이 두 주일 전에 고용한 사립탐정 허버트 젠킨스는 그날 아침 일찍 제이콥을 만나러 사무실로 왔다. 키가 크고 인자하게 생긴 허버트는 유명한 사립탐정다운 좋은 정보를 제이콥에게 내놓았다. 지난 수개월 동안 야마모토 집안의 전화고지서를 복사해 왔다. 그 고지서에 의하면 캐런이 실종되기 바로 한 주일 전에 야마모토 집안에서 캐나다로 장거리 전화를 다섯 번 걸었다. 허버트는 캐나다에 살고 있는 수신인의 주소까지 가지고 있었다.

　"샌프란시스코에서 캐나다로 간 선박을 조사했어요." 허버트는 담배를 피우며 말했다. "한 아시아 여자를 본 사람을 만났습니다. 그 사람이 말한 그 여자의 생김새가 그날 밤 부두에서 일했던 다른 인부가 말한 생김새와 거의 같았습니다. 그 정보가 정확하다면 무슨 이유였는지는 모르겠지만 그 여자는 화물선으로 캐나다로 간 겁니다."

　"허버트, 고맙습니다. 내일 브리티시컬럼비아(캐나다 서부지역)로 가겠습니다. 서로 연락을 취하도록 합시다." 제이콥이 말했다.

　"캐나다까지 직접 갈 필요가 없어요. 거기도 내 정보원이 있으니 잘 해결해 드릴 겁니다."

　"고마운 일이지만 내가 직접 가야 합니다. 내가 혼자서 해결해야 할 일이니까요."

　"그러시다면 옷을 따뜻하게 입고 가세요. 거기는 몹시 추운 곳입니다." 허버트는 그 말을 남기고 문을 열고 나갔다.

제이콥이 여행준비를 하고 있는 동안 메릴린이 문을 열고 활짝 웃으며 말했다. "누가 찾아왔는지 맞춰보세요?" 그녀는 한쪽으로 비켜섰다. 순자와 루스가 사무실 안으로 들어왔다.

"어머니!" 제이콥이 반가워 맞이했다. 그는 자리에서 일어나 어머니에게 다가갔다. 그리고 어머니를 껴안았다. "뵙게 돼서 너무 반가워요."

"잘 있었니?" 순자는 아들이 건강한지 아래위로 훑어보았다.

"저는 잘 지내요. 어머니, 어서 앉으세요. 다이뉴바에서 여기까지 먼 거리를 오시느라고 피곤하시겠어요." 제이콥은 어머니를 의자로 안내했다.

"어제 다이뉴바를 떠나 새크라멘토 루스 집에서 자고 오는 길이다." 순자는 아들이 야윈 것처럼 보여 아들을 염려스럽게 바라보았다. "잘 먹느냐?"

제이콥은 다시 자리로 돌아가 책상 너머로 어머니와 루스를 바라보았다. "예. 잘 먹어요. 가끔 식당에 가서 먹을 때도 있긴 하지만 대개 손수 만들어 먹어요."

"집에서 만든 음식을 좀 가져왔다. 너는 총각김치를 좋아하지 않니."

"어머니, 고마워요."

"조반을 거르지 마라. 맛있는 조반은 하루 종일 우리 몸에 필요한 영양분을 보급해 준다. 생일은 잘 지냈니?"

"예." 제이콥은 생일이야기를 하고 싶지 않았다. "요리할 시간이 없어서 그냥 커피 한 잔과 토스트로 아침을 때워요. 시간이 있으면 계란 프라이도 하구요."

그 말에 순자는 깜작 놀랐다. 아들이 그런 식으로 식사를 하다가는 병에 걸리고 말 것이라는 생각이 들었다. "빨리 결혼해야 한다. 남자는 스스로를 돌보지 못한다. 아버지가 그러시다. 내가 집에 없으면 굶어 돌아가실 게다."

"저는 괜찮아요. 걱정하지 마세요." 제이콥은 자신의 불규칙한 식사 때문에 걱정하는 어머니를 안심시키려고 웃었다. 식사를 제대로 하지 않는 일에 죄의식 같은 것을 느꼈다.

"어미는 속일 수 없다." 순자는 아들에게 경고했다.

"샌프란시스코에 있는 최고로 좋은 식당으로 모시겠습니다. 드시고 싶은 것 말씀하세요."

"아니다. 내가 식사를 준비하마." 순자는 짧게 말했다. "돈을 모아라. 돈을 주머니나 은행에 넣어 두고 잊어버리고 있어라. 잠자는 사이에 돈이 자란다고 하지 않더냐?"

"이제 어머니는 미국 사람이 되셨어요." 제이콥이 빙긋 웃었다.

"미국 땅에 사십년이 넘도록 살고 있다. 젊어서 왔는데 이제는 늙은이가 다 됐다. 그렇지만 아직도 마음은 젊다." 순자는 옆에 앉아서 웃고 있는 딸에게 얼굴을 돌렸다. "네 아버지는 내가 진달래처럼 아름답다고 말씀하셨다. 봄이 되면 우리 고향에는 진달래가 산과 들에 잔뜩 피었다. 내가 어렸을 때 산과 들로 진달래를 따러 다녔다. 진달래는 아름답기도 하지만 맛도 좋았다." 순자는 어린 여자 아이처럼 생긋 웃었다. 그때 제이콥은 어머니의 미소가 그가 기억하고 있는 옛날 어머니의 미소가 아닌 것을 알았다. 어머니는 나이에 비해 훨씬 더 늙어 보였고 피로한 것 같았다.

"어머니는 괜찮으세요?"

"나야 언제나 마찬가지다. 가끔 어지럽기는 하지만 그리 심각하지는 않다. 나이가 들었으니 그렇겠지.”

“의사에게 가서서 종합 진단을 받으셔야 해요. 샌프란시스코에서 며칠 계시도록 하세요. 내가 돌아오면 의사에게 모시고 가겠어요.”

“어디 가니?”

“캐나다를 다녀와야 해요.” 제이콥은 캐런 이야기를 하지 않기로 마음먹었다.

“얼마나 오래 있을 거냐?”

“삼사 일 걸릴 거예요.” 제이콥은 일부러 아무것도 아닌 것처럼 말했다.

“나는 여기서 오래 머무를 수 없다. 아버지는 언제나 내가 있어야 한다. 그레이스가 요리할 수 있지만 아버지는 옛날처럼 건강이 좋지 않다.”

“오빠, 캐런은 어때?” 루스가 물었다.

“잘 있겠지.”

“아직도 그 여자와 결혼하려고 하니?” 순자는 아들에게 물었다. 루스가 캐런의 이름을 들먹이자 순자의 적대감정에 다시 불이 붙었다.

“너무 바빴고 또 예상하지 못했던 일이 생겨서 미처 말씀을 드리지 못했는데 캐런과 저는 3월 17일 결혼합니다.”

“안 돼!” 순자는 화난 닭처럼 소리쳤다. “너는 그 여자하고는 혼인 못 한다. 참한 조선 처녀를 봐두었다. 그 때문에 너를 만나러 온 거야. 로스앤젤레스 카운티(군) 병원에서 일하고 있는 의사다. 아버지와 나는 그 여자 사진을 보았는데 아주 예쁘더라.”

“어머니, 이미 늦었습니다. 그 여자뿐만 아니라 다른 어떤 여자도 만나지 않겠습니다.”

“우리 할 얘기가 많다.”

“그래요. 할 이야기가 많지만 내 결혼에 대한 말은 하지 마세요.”

“그 처녀와 만나보도록 해라. 그리고 나서 결정해라.” 순자는 물러서지 않기로 작정했다. “김 사장님과 친척 간이다. 언제 내려올거냐?”

“어머니의 관심은 이해합니다. 저는 어머니 아들이지만 나와 일평생을 같이 살 배우자는 제가 선택해야 합니다. 이건 저의 결혼이고 제가 데리고 살 사람을 선택하는 거예요.” 제이콥은 애원하는 눈으로 어머니를 바라보았다. “ 다른 여자는 만나지 않겠습니다. 캐런은 저의 아내가 될 사람이고 어머니 며느리가 될 사람이에요.”

“왜 부모 말을 듣지 않느냐?” 순자는 아들에게 대들었다. 얼굴이 뻣뻣하게 굳었다.

“부모님 말을 듣지 않는 것이 아니에요. 저는 제가 원하는 인생을 살고 싶어요. 만일 제가 부모님을 위해 사랑하지도 않는 배우자를 선택한다면 저의 인생은 어떻게 되는 겁니까? 그런 생각해 보신일이 있으세요?”

“캐런이 좋은 여자일지 모르겠다만 그 여자는 조선 사람이 아니다. 그리고 아버지는 그 여자를 절대로 받아들이지 않으실 게다. 우리 가정을 위해서 너는 조선 여자와 혼인해야 한다.”

“부모님을 기쁘게 하려고 결혼할 수는 없어요.” 제이콥은 가슴이 답답해서 자리에서 일어났다. “제가 어머니 인생을 살아 주기 원하세요? 저는 아버지와는 달라요. 저는 탄광인부도 농사꾼도 아니에요. 부모님이 저의 인생을 결정할 수 없다고요.”

"그래 네 아버지와 나는 탄광인부였고 농사꾼이었다. 우리 두 사람은 자식들을 위해 온갖 일을 다 했다. 그런 부모가 창피스러우냐?" 순자는 잔뜩 화가 나서 아들을 노려보며 소리쳤다. 그녀는 처음으로 아들이 엄마의 손이 닿지 않는 먼 곳에 있다는 사실을 깨달았다. 그 깨달음은 너무나도 충격적이었다. 마치 해맑은 날 갑자기 탄광 갱이 무너지는 것처럼 자식들을 위해 키워 왔던 모든 꿈이 무너지기 시작했다.

"아뇨. 저는 부모님이 자랑스럽고 저는 우리를 위한 부모님의 희생을 기억하고 있어요. 그렇지만 제가 저의 장래를 결정하도록 해 주시라는 겁니다." 제이콥은 사무실에서 앞뒤로 왔다 갔다 했다. 그는 실망이 컸다. 어머니마저 아들의 심정을 이해하기를 거절했다. 가슴이 터질 것 같았다. "이건 제가 갈 길입니다. 제발 이해해 주세요."

"다음 주 토요일 그 여자를 만나러 온다고 아버지에게 말씀 드리겠다. 그 여자 쪽에서도 너를 만나기 위해 로스앤젤레스에서 올라온다. 꼭 와야 한다."

"어머니, 어머니." 제이콥이 탄식했다. "왜 저를 이렇게도 괴롭히세요?"

"아버지와 나는 네가 행복하기를 바랄 뿐이다." 순자는 단호하게 말했다. "이제 네 아파트로 가자. 냉장고에 넣어야 할 음식도 있고 네가 좋아하는 음식도 만들어야겠다."

제이콥은 어머니를 한동안 멍하니 바라보았다. "그 여자 만나지 않겠어요. 더 이상 말씀드리지 않겠어요."

현악기의 줄을 위험할 정도로 잡아당긴 것처럼 팽팽한 두 사람의 언쟁을 지켜보고 있던 루스는 중재인이 필요한 것을 알았다. "엄마, 이래서는 아무 결론도 나지 않아요." 그녀는 근심스러운 얼굴로 어머니를 바라보면서 말했다. "오빠가 캐나다를 다녀올 때까지 기다리세요."

"왜 캐나다로 가는지 나는 안다." 순자는 루스가 언쟁의 책임을 져야 한다는 눈길로 딸을 째려보았다. "부모의 소원을 무시하고 그 여자와 같이 가는 거다. 내가 그걸 모를 줄 알고."

"그건 사실이 아니에요. 저는 캐런을 찾으러 혼자 갑니다. 혼자 간다고요."

"아니 그 여자를 찾으러 왜 캐나다로 가니?"

"어머니가 생각하는 그런 일이 아니에요." 제이콥은 자리로 돌아갔다. 어머니에게 사실을 말해 주고 싶었다. "캐런이 실종됐어요."

순자와 루스는 깜짝 놀랐다. 그들은 말을 잃고 서로 쳐다보았다.

"경찰에 신고했어?" 루스가 물었다.

제이콥은 고개를 흔들며 어머니를 바라보았다. "그 조선 여자 일이 아니더라도 골치 아픈 일이 많아요."

"네가 찾아오지 못하게 어디로 가 버렸는지 누가 아니." 순자는 아들이 그 조선 여자를 만나기 전에 캐런을 찾지 못하기를 마음속으로 바랐다. 그러자 그런 고약한 마음을 먹은 자신에게 부끄러움을 느꼈다. "왜 빨리 말하지 않았니?"

"어머니가 캐런을 어떻게 생각하시는지 알고 있기 때문이었어요."

"엄마, 그 조선 여자 말은 그만하세요. 오빠는 얼마나 괴롭겠어요?" 루스는 제이콥에게 얼굴을 돌렷다. "캐런이 무사하면 좋겠어. 캐런은 훌륭한 여자야. 오빠 생각에는 캐런이 무사할 것 같아?"

"그러기를 바랄 뿐이다. 캐런 어머니가 배후에서 조종하는 것 같다. 경찰에 신고하려고 했으나 캐런 어머니가 진짜 범인이라면 어떻게 되겠니? 감옥행이야."

"일본인들은 나쁜 사람들이야. 우리나라에서 하는 짓들을 봐도 알 수 있다." 순자는 제이콥이 방금한 말이 무슨 뜻인지 몰랐다.

"제가 좋은 식당을 알고 있어요." 제이콥이 상황을 이해하려고 애쓰고 있는 어머니에게 말했다. "저녁은 어머니가 만드세요. 점심은 제가 대접하겠습니다."

"그렇게 하자." 순자가 못 이기듯이 말했다.

캐런은 오후 늦게 차를 끓여 침실로 들어갔다. 집 안은 텅 비어 있었다. 아키라는 한 시간 전에 마을로 가고 없었고 미야코는 온실에서 일하고 있었다. 온종일 마음이 초조했다. 차를 마셔도 마음이 안정되지 않았다. 집 안에는 그녀의 주의를 다른 데로 기울일 만한 일이 하나도 없었다. 때로 온실로 가서 일을 하든가 잠깐 눈에 덮인 숲속을 거닐거나 아니면 라디오를 듣는 일이 전부였다.

그날 오후 마음의 안정을 찾으려고 처음으로 집 뒤에 있는 사당으로 가 보고 싶었다. 무엇보다도 마음의 평화가 절실히 필요했다. 재킷을 걸치고 눈이 내리는 밖으로 나갔다. 사당은 집의 일부로 지었으나 밖에서만 출입이 가능했다.

안으로 들어서자 그녀는 벽스위치를 올려 불을 켰다. 어두워지기 시작한 저녁 빛이 아직도 창가에 어른거리고 있었다. 화강석으로 만든 부처상이 연꽃 대좌 위에 앉아 있었다. 코를 찌르는 강한 향냄새가 속을 메스껍게 만들었다. 인자하게 보이는 부처상 앞에 잠시 서 있다가 촛불을 켜려고 성냥을 찾아 옆으로 걸음을 옮겼다. 그때 손으로 만든 한자와 일본어로 쓰인 두꺼운 책이 눈에 들어왔다. 오랫동안 두 노인이 사용하는 기도서였다. 캐런은 그 책을 열었다. 그러나 한 자도 읽을 수 없었다. 무심코 책장을 넘겼다. 조그만 사진 한 장이 바닥으로 떨어졌다.

허리를 굽혀 사진을 집었다. 사진에서 두 여자를 보았다. 한 사람은 미야코였고 다른 한 사람은 어머니였다. 어머니가 젊었을 때 찍은 사진이었다. 깜짝 놀란 캐런의 몸이 떨렸다. 가슴이 마구 뛰고 숨 쉬기도 힘들었다. 사건이 우연하게 폭로돼 마음이 착잡해졌다. 사건의 전모가 천천히 풀려 나갔다. 어머니가 일을 꾸몄다는 사실을 알았다. 화가 치밀었다. 어머니가 그녀를 캐나다로 납치했다는 사실을 생각하니 기가 막혔다. 사진을 다시 책에 넣고 마음을 정리하려고 마룻바닥에 앉았다.

마치 부처처럼 허리를 똑바로 세우고 손을 무릎 위에 얹고 크게 숨을 내쉬었다. 헨리와 딕이 아파트로 들어왔던 때로부터 아키라 집에 도착했을 때 까지 사건을 풀어 나가기 시작했다. 사건을 더 깊이 추리할수록 사건은 그 전모가 더욱 확실해졌다. 미야코와 어머니는 가까운 친척관계이거나 아니면 오랜 친구 사이인 것 같았다. 캐런은 당장 도망가기로 결심했다.

미야코와 아키라는 그들이 할 수 있는 한 나를 여기에 잡아 둘 것이다. 그리고 엄마는 제이콥과 나의 관계가 회복되지 못하게 할 것이다. 그녀는 처음으로 어머니가 얼마나 무서운 모략꾼인지 알았다.

캐런은 어머니가 일을 더 악화시키기 전에 제이콥과 손이 닿아야 한다고 생각했다. 그녀는 서둘러 밖으로 뛰쳐나갔다.

침실로 돌아오자 캐런은 가까운 마을까지 걸어가려고 옷을 두껍게 입었다. 십분이 채 못 돼 그녀는 눈길을 걷고 있었다. 기후에 변동이 없다면 두시간이면 가까운 마을에 닿으리라 생각했다. *나는 여기를 빠져나가야 해. 어둡기 전에 마을에 도착해야 한다.*

한 시간 전에 제이콥은 밴쿠버를 출발했다. 눈에 덮인 시골길을 운전하고 있었다. 눈이 다시 내리기 시작했고 유타의 보스웰을 연상시키는 눈 덮인 길이 몹시도 위험했다. 해가 지기 전에 일본인 집에 도착할 수 있기를 바랐다. 미끄러운 눈길을 운전하면서 한 번도 만난 일이 없는 사람들과 정면충돌할 일과 어떤 일이 벌어질까 그리고 캐런이 어떤 상황에 처해 있을까 하는 생각에 마음이 분주해졌다.

손목시계를 들여다보았다. 곧 어둠이 깃들 것이다. 길에는 차가 한 대도 다니지 않았다. 보이는 것은 멀리 보이는 눈에 덮인 산과 얼어붙은 하얀 들판과 흰 솜털 눈을 뒤집어쓰고 있는 나무뿐이었다.

캐런이 실종된 뒤 제이콥은 무릎을 꿇고 캐런의 안전을 위해 마음을 다해 기도해 왔다. 오랫동안 교회를 나가지 않았지만 그의 회개와 간구는 진정한 것이었다. 그는 어렸을 때부터 섬겼던 하나님에게 돌아가고 싶었다. *하나님이 캐런을 무사히 지켜 주시고 캐런을 찾는 일을 도와주신다면 다시는 하나님을 떠나지 않겠습니다.* 그는 운전을 하면서 그렇게 기도를 하고 있었다.

어젯밤, 그는 가족들과의 갈등을 뒤에 두고 샌프란시스코를 떠나기로 결심했다. 부모들과 거리를 두는 것이 좋을 것 같았기 때문이었다. 특히 이 사건으로 캐런에게 엄청난 정신적인 피해를 입힌 게 이코와 먼 거리를 두고 사는 것이 현명할 것 같았다. 그는 두 도시를 생각하고 있었다. 로스앤젤레스와 뉴욕이었다. 그의 첫 번째 선택은 로스앤젤레스였다. 또 다른 문제를 심각하게 고려하고 있었는데 그것은 다이뉴바에 살고 있는 가족을 그의 결혼으로 인해 입을 수치와 어려운 환경에서 다를 곳으로 이주시키는 일이었다.

조선인에게는 명예가 무엇보다도 더 소중했고 명예를 지키기 위해서 그들은 목숨을 내놓고 싸운다. 최소한 명예는 그들의 생명과 다름없이 소중했다. 그들은 체면을 잃는다는 것이 무엇을 뜻하는지 알고 있었다. 체면을 잃는 일을 죽음처럼 두려워했다. 어떻든 제이콥이 일본 여자와 혼인했다는 사실이 리들리와 다이뉴바에 살고 있는 조선인 사회에 알려질 것이다. 그렇게 되기 전에 가족을 다른 곳으로 옮겨야 한다. 부모님이 다니엘을 뒤에 두고 떠날까? 제이콥은 그 질문에 자신 있게 대답할 수 없었다.

두 시간 뒤에 캐런은 좁은 눈길을 걷고 있었다. 그녀는 지난 두 시간 동안 거의 오리 이상을 걸었다. 길이 얼고 너무 미끄러워서 생각했던 것보다 더 오래 걸렸다.

눈옷을 입은 나무가 몇 그루 서 있는 곳에 이르자 그녀는 잠시 동안 휴식하기로 마음먹었다. 지난 두 시간 동안 그녀는 아키라 집에서 멀리 떨어지려고 있는 힘을 다해 걸음을 재촉했다. 얼마나 멀리 왔는지 알 수 없었다. 마을에서 아직도 얼마나 떨어졌을까? 그때 길 저 아래에서 작은 점이 나타났다. 마을에서 돌아오고 있는 아키라의 픽업이었다.

어둠이 깔리기까지는 아직도 삼십분의 여유가 있었다. 캐런은 아키라를 피하려고 재빨리 길을 벗어났다. 어떤 일이 있어도 다시는 그 집으로 돌아가지 않겠다는 결심을 새롭게 다짐했다. 그녀는 빨리 걸음을 재촉했다. 마치 맨발로 불이 꺼지지 않은 잿더미 위를 걷는 듯이 발이 아팠다. 불타는 듯한 심한 아픔을 이기려고 생각을 제이콥에게 초점을 맞추었다.

길에서 약 삼십 미터 벗어났을 때 왼쪽발이 눈에 덮여 보이지 않는 조그만 구멍에 푹 빠졌다. 캐런은 썩은 나무둥치처럼 앞으로 고꾸라지고 말았다. 날카로운 칼날로 살을 베듯 무서운 아픔이 전신으로 퍼져나갔다. 썩은 나무 그루터기 옆에 있는 구멍에 빠지면서 발목이 부러졌다. 아픔을 씹으면서 아키라가 보지 못하도록 두 손으로 미친 듯이 눈을 파헤쳤다. 눈 체인 달고 털털거리는 아키라의 픽업이 눈길을 비틀거리며 달려왔다. 아키라는 조심하느라 눈 덮인 길을 바라보며 운전하고 있었다. 창문 와이퍼가 성가실 만큼 조금씩 내리는 눈을 쓸어 버리느라고 헉헉대며 좌우로 쉴 새 없이 움직였다.

아키라가 지나치자 캐런은 구멍에서 다리를 빼려고 애썼다. 그러나 움직이기조차 힘이 들고 아팠다. 다리를 빼내려고 할 때마다 망치로 다리를 후려치는 아픔이 온몸을 떨게 했다. 오른쪽 발로 일어서려고 안간힘을 다했으나 아픔이 더욱 심해졌다. 발목이 부러진 지 이십분이 지났다. 무서움에 쌓여 어두워지는 하늘을 쳐다보았다. 이제는 아픔을 그렇게 심하게 느끼지 못했다. 몸이 얼기 시작하자 살을 에는 추위를 느낄 수 없었다. 부러진 다리가 동상에 걸렸는지 모른다는 두려운 생각이 들었다. 그 생각이 자신의 생명을 구하려는 결사적인 놀라운 힘을 주었다. 그러나 다리를 빼내려는 모든 노력은 헛수고였다.

자동차 한 대가 아키라 집 쪽을 향해 지나갔다. 제이콥은 캐런을 보지 못하고 지나쳤고 캐런도 제이콥을 보지 못했다. 드디어 캐런은 몸을 뒤로 재꼈다. 두 손에 힘을 주면서 몸을 이리저리 비틀면서 성한 다리에 몸무게를 옮겼다. 그리고 마치 게가 옆으로 기어가듯 몸을 옆으로 비틀었다. 다시 무서운 아픔이 몸을 뒤흔들었다. 그러나 캐런은 포기하지 않았다. 얼마 동안 살을 자르는 무서운 아픔과 싸우고 있는데 갑자기 삔 발이 구멍에서 빠졌다. 다리가 쑥 빠지는 타성에 의해 캐런은 뒤로 힘없이 넘어지고 말았다. 눈 위에 반듯이 누워 신음했다.

"아니 캐런이 어디 있는지 모른다구요?" 거실에서 제이콥이 아키라를 무섭게 쏘아보았다. 조금 전에 아키라 집에 도착했다. 그는 두 노인에게 화가 잔뜩 났다.

"몰래 살짝 빠져나간 것 같소. 아마 가까운 마을을 향해 가고 있을지 모르지. 십리가 족한 거리요." 아키라는 흔들의자에 앉아 파이프를 입에 물고 깊은 생각에 잠겨 있었다.

"날은 어둡고 캐런이 어디에 있는지 아는 사람이 없다니." 제이콥은 다시 화가 났다. 저렇게 정직하게 보이는 두 노인이 어떻게 이런 범죄에 연루됐을까 의심스러웠다. "만일 캐런에게 무슨 일이 있다면 두 사람을 모두 집어넣겠어요." 제이콥은 두 노인을 더 짜보겠다고 마음먹었다.

"말만 해 봐야 아무런 도움이 되지 않소." 아키라가 말했다. "캐런을 찾아야 해. 이렇게 추운 밤에 얼어 죽을 거요. 집으로 올 때 보지 못했지만 아직도 어두운 데서 헤매고 있을 것이 틀림없어."

아키라는 일어서서 겨울 나들이옷을 입었다. 미야코는 아키라와 제이콥에게 플래시를 각각 하나씩 쥐어주었다.

"나를 따라올 거야 아니면 그렇게 바보처럼 서 있을 거야?" 아키라는 손에 플래시를 들고 제이콥을 바라보았다. 제이콥은 아키라를 따라 어두운 밖으로 나갔다.

빨리 어두워지는 겨울밤에 제이콥과 아키라는 따로 자동차를 운전했다. 헤드라이트를 켠 채 아키라는 제이콥 앞에서 길 왼쪽을 제이콥은 길 오른쪽을 운전했다.

실망스럽게도 제이콥은 어두움과 눈에 덮인 들과 죽은 듯 소리 없이 내리는 눈발밖에 보이는 것이 없었다. 소리를 잘 들으려고 창문을 열었다. 차가운 눈바람이 안으로 몰려들어 왔다. 캐런의 목소리를 들을까 하고 귀를 쫑긋이 세웠다.

이십분이 지났다. 제이콥은 아키라가 앞에서 차를 세우는 것을 보았다. 아키라는 플래시를 비치면서 제이콥 쪽으로 걸어왔다. "여기서부터 걸어갑시다. 여기까지 오지 못했으리라 생각하지만."

십여 분이 지났다. 눈에 묻혀 있는 캐런의 재킷이 아키라가 비추는 플래시 불빛에 나타났다. "캐런을 찾은 것 같소." 아키라는 제이콥을 향해 플래시를 흔들었다.

제이콥은 아키라 쪽으로 미끄러운 길을 달려갔다. 플래시 불빛에 들어난 빨간 재킷을 보았다. 제이콥은 곧바로 무릎 위에까지 푹푹 빠지는 눈 속으로 뛰어들었다. 아키라도 제이콥의 뒤를 따라왔다.

제이콥은 무릎을 꿇고 캐런을 팔에 안았다. 눈이 캐런의 얼굴을 덮었고 몸은 얼음처럼 차가웠다. 제이콥은 손으로 그녀의 얼굴에 묻은 눈을 털었다. 그때서야 캐런이 겨우 눈을 뜨고 눈물 고인 눈으로 제이콥을 쳐다보았다.

빰에서 눈물이 흘러내렸다. 제이콥은 그때 처음으로 캐런이 눈물을 흘리는 것을 보았다. 제이콥은 입술을 캐런의 얼어붙은 입술에 포갰다.

"올 줄 알았어." 캐런이 웃으려고 애쓰면서 입을 열었다. 제이콥은 코트를 벗어 캐런에게 덮어 주고 그녀의 언 얼굴에 빰을 비볐다. 캐런은 그녀의 얼굴에 떨어지는 제이콥의 눈물을 느꼈다. "애기같이 왜 울어?"

제15장

1.

브라이언은 식당 문을 일찍 닫기로 했다. 다음 날 루스와 같이 버클리에서 있을 제이콥의 결혼식에 참석할 계획이었다. 아파트로 돌아가는 길에 K로(路)에 있는 상해 세탁소에 들러 루스의 드레스와 양복을 찾았다.

아파트로 돌아온 루스가 옷을 입어 보고 뜨거운 목욕을 하려고 욕조에 물을 채울 때 전화벨이 울렸다. 어머니였다.

"엄마, 별일 없어요?" 루스는 걱정스러워 물었다. 왠지 등골에 땀이 흘렀다.

"아버지가 거기 계시니?" 어머니의 걱정스런 목소리가 저쪽에서 들려왔다.

"아뇨. 아버지 여기 오시지 않았어요. 엄마, 무슨 일이 있어요?" 루스는 집에 무슨 일이 있었다는 생각이 들었다.

"아버지를 못 찾겠다. 조반을 드시고 집을 나가셨는데 어디에 계시는지 보이지 않는다."

"어디로 가신다는 말씀 없으셨어요?"

"아니. 아무 말씀도 안 하셨다. 제이콥 때문에 몹시 화가 나 있었다. 밤새 주무시지 않고 집을 나갔다 들어왔다 하셨다."

"싸우셨어요?" 아버지와 어머니는 싸우지 않는다는 것을 알면서도 루스는 혹시나 해서 물었다.

"싸우지 않았다. 제이콥 결혼식에 가자고 여러 번 말했는데도 마냥 야단만 치셨어. 제이콥을 용사하지 못하시겠대. 하나뿐인 아들을 평생 용서하지 않으실 것 같다."

"엄마, 어떻게 하면 좋아요?"

"집으로 오너라. 네 아버지에게 무슨 일이 일어났는지 모르겠다. 네가 도착하면 나랑 같이 아버지를 찾아 나서자." 순자는 흐느꼈다. "나는 미칠 것 같은 심정이다. 어떻게 하면 좋을지 모르겠다. 아버지와 하나뿐인 아들을 모두 잃어버린 것 같다."

"지금 갈게요. 아버지 걱정은 하지 마세요. 집으로 돌아오실 거예요. 한 번도 집을 떠나신 적이 없었잖아요. 엄마, 그걸 기억하세요?" 루스는 어머니의 정신 상태를 확인하고 싶어 물었다.

"알고말고. 지금 올 수 있니?"

"브라이언에게 전화할래요. 나랑 같이 갈 거예요."

삼십분 뒤에 브라이언과 루스는 다이뉴바 길에 올랐다. 루스는 모데스토를 지날 때까지 한마디 말도 하지 않았고 브라이언 역시 그런 루스를 방해하고 싶지 않아서 입을 다물고 있었다.

순자는 부드러운 달빛을 받으며 집 앞 길모퉁이에서 남편을 기다리며 서 있었다. 그녀는 그날 오후 남편을 찾아 리들리로 내려갔다. 길이란 길은 다 돌아다녀 보았으나 남편은 보이지 않았다. 그녀의 절망적인 수고는 헛수고로 끝나고 마음만 더욱더 초조해졌다. 그녀가 기억하기로는 남편이 그녀에게 말없이 어디로 간 적이 한 번도 없었다. 그런 사실이 그녀를 더욱 근심스럽게 했다. 한 번도 만나보지 않은 일본 여자와 제이콥이 집안에 일으킨 파도와 다니엘의 죽음이 지난 몇 달 동안 그칠 새 없이 그녀에게 태풍처럼 밀려왔다. 슬픔이 순자의 꿈과 소망을 조금씩 갉아먹었다. 그날 밤 그녀의 삶이 완전히 빈 것처럼 느껴졌다. 대리석으로 만든 찬란한 고대 성당의 둥근 천장이 지진으로 무너지듯 그녀의 세계가 내려앉는 것 같았다. 부서져 내리는 조각들이 그녀의 몸을 날카롭게 자르고 그녀는 피를 흘리며 혼자 외롭게 서 있었다. 인간의 꿈과 소망이 얼마나 헛되고 헛된 것인지 깨달았다. 남편이 퇴직하고 편안한 노후생활을 기다리던 기대와 기쁨이 사라지고 말았다.

제이콥이 보낸 결혼청첩장이 남편에게 두렵고도 보기 흉한 변화를 가지고 왔다. 하얀 종이에 금박으로 도드라지게 꽃무늬를 낸 청첩장을 받았을 때 유진은 당장 입을 다물고 말았다. 바로 그 순간부터 유진은 아예 입을 다물고 어디로 사라졌고 자정이 넘어서야 그림자처럼 나타나 한마디 말도 없이 잠자리에 들곤 했다.

첫아들의 어머니로서 그리고 남편의 아내로서 두 사람 사이에 끼어 힘들게 살아오면서 즐거웠던 때나 어려웠던 때나 가족과 함께 자신 있게 서 있던 기반이 이제는 바로 발밑에서 가라앉는 것 같았다. 자신이 남편에게 더 이상 필요 없는 존재이고 위로와 기쁨이 아니라는 생각이 그녀의 가슴에 깊은 상처를 남겼다. 한때 난공불락처럼 보이던 그녀는 이제 버려진 옛 성처럼 외롭게 홀로 서 있었다. 그녀에게 진정한 성이 되시는 하나님이 그녀와 함께하시고 두려움에서 그녀를 보호하고 슬픔과 잔인한 삶의 심판에서 그녀를 지켜 주신다는 생각이 위로가 되었다.

순자는 돌아서서 달빛에 멀리 보이는 산을 바라보았다. 옛날 보스웰에 살 때 자주 바라보았던 대처 산이 생각났다. 산 위에 걸려 있는 보름달을 바라보자 첫해 보스웰에서 남편과 같이 쳐다보았던 보름달이 생각났다. 그러자 그녀의 마음이 옛날 그 마을로 달려갔다.

"달 안에 있는 계수나무가 보여?" 유진이 순자에게 물었다. 그때가 달 밝은 초가을 밤이었다. 온종일 밭에서 일하고 집으로 돌아오던 길이었다.

"보여요. 토끼가 방아 찧는 것도 보이고요." 순자는 보름달을 쳐다보면서 대답했다.

두 사람은 걸음을 멈추고 손을 잡았다. "언젠가 우리나라로 돌아가 우리 집 뒷마당에서 저 달을 쳐다볼 거야." 유진은 아내를 위로하며 말했다.

순자는 그날 밤 그녀의 손을 잡아 주던 남편의 손길을 기다리듯 오른손을 폈다. 잠시 남편의 손을 기다렸다. 그러자 남편이 그녀 곁에 없는 차갑고 어두운 현실로 되돌아왔다. 눈물이 뺨을 타고 흘러내렸다.

첫해 보스웰에서 그들은 버려진 오두막에서 살았다. 방이 하나뿐인 오두막은 산 밑에 서 있었다. 유리와 창틀은 부서져 없었고 바닥은 오랫동안 쓸지 않아 먼지투성이였고 나무를 때는 난로는 한쪽 구석에서 거미줄로 잔뜩 덮여 있었다. 그 오두막은 수로 건너편같이 바람이 몹시 불거나 춥지 않았고 아늑했다.

"우리는 마치 돼지 같아요." 순자가 남편에게 말했다. 그날 밤은 보스웰 골짜기에서의 첫날밤이었다. 그들은 추위를 이기느라 담요 밑에서 서로 껴안고 있었다. "고향에 있던 우리 집은 이 집에 비하면 수백 배나 좋았어요. 겨울에는 깨끗하고 따뜻한 온돌방이 너무 좋았어요."

"살 만한 집을 짓겠어요. 약속해." 유진은 자신이 한 약속이 다른 데로 도망가지 못하게 붙잡는 것처럼 아내를 꼭 껴안았다.

첫아이를 위해 서둘러 짓던 집이 완성되기 전에 순자는 산고를 겪었다. 유진은 와이오밍 탄광에서 한 번 당했던 일이라 이번에는 사태에 좀 더 자신을 가지고 임했다. 순자는 분만의 고통 가운데서도 남편에게 어떻게 하라고 일렀다. 그때는 무더운 칠월의 한여름이었다. 순자는 분만의 고통으로, 유진은 이리저리 뛰며 준비하느라 두 사람 모두 땀투성이가 됐다. 트레먼턴에는 매달 한 번씩 마을을 찾아오는 의사가 있었다. 그러나 유진은 아내를 편하게 태우고 갈 교통수단이 없었다. 손수 수리한 늙은 마차가 전부였다. 아내 옆에서 무릎을 꿇은 유진은 아내의 두 손을 꼭 잡고 순자와 함께 하나님의 긍휼을 빌었다.

새벽 두시에 제이콥이 태어났다. 예수의 구유 탄생을 기억나게 하는 어린아이의 탄생이 보잘것없는 오두막을 환하게 밝혔다. 순자는 고통으로 지쳐 있었지만 갓난아이를 씻겨야 했다. 그러나 첫아이를 품에 안는 기쁨은 어떤 고통에도 비할 수 없었다. 천사같이 청순한 아기는 그녀에게 지친 피로를 이길 수 있는 상상할 수조차 없는 힘을 주었다.

"이 아이는 언제나 내 애기야. 어떻게 자라든지 나의 영원한 사랑이야." 순자는 다이뉴바길 모퉁이에 서서 그때 고통을 생각했다. 그때 그녀는 아버지가 손수 만든 구유에 누워 깔깔대며 웃던 제이콥의 웃음소리를 들은 것같이 느꼈다. 그녀는 손등으로 눈물을 닦았다. 이제 모든 것을 잃어버리고 다 사라진 것 같았다.

"엄마." 그레이스가 문에 서서 어머니를 불렀다. 순자는 그 소리에 현실로 돌아왔다.

"여기서 좀 더 기다리겠다." 순자는 딸을 바라보며 말했다.

문지방에 서 있는 그레이스의 얼굴이 희미한 벽 전등 빛에 비쳤다.

"어서 자거라. 언니가 곧 올 게다." 순자가 말했다.

2.

삼월의 포근한 어느 날 머피 목사가 주례하는 결혼식이 거행되고 있었다. 겨우 삼십오명의 축하객들이 신랑과 신부를 축하하려고 참석했다. 캐런의 다친 다리는 완전하게 회복됐고 이미 두 주일 전에 시청에서 다시 일을 시작했다.

쇼지와 아키라 부부 그리고 잔과 로시타가 맨 앞줄 신부가족석에 앉아 있었다. 그들 뒤에는 조나단 사사키가 앉아 있었다. 제이콥 쪽에서는 한 사람도 오지 않았다. 아키라 옆에는 쇼지가 일 년에 겨우 한두 번 입는 검은 양복에 회색 타이를 매고 앉아 있었다. 일본 조그마한 시골에서 태어나고 거기서 자란 쇼지는 미국으로 온 뒤로 사교생활이라고는 전혀 없었다. 그런 이유로 타이 하나와 양복 한 벌이면 족했다. 그는 서양 양복보다는 흙 묻은 작업복이 더 좋았다.

쇼지는 딸을 납치한 게이코의 계략을 발견하자 미친 듯이 날뛰었다. 게이코의 끈질긴 부인이 그의 폭넓은 인내심을 폭파시켰다. 오래 잊어버리고 살았던 상스러운 말이 입에서 터져 나왔고 일본 말 욕이 유수처럼 흘러나와 게이코를 깜짝 놀라게 했다. 그날부터 쇼지는 더 이상 아내의 의견을 묻지 않고 혼자 생각대로 일을 처리했다. 아내의 허락 없이는 아무것도 할 수 없었던 쇼지는 이제 아내를 무시하고 마음대로 일을 결정하는 일에 스릴까지 느꼈다. 그는 둥지를 떠난 독수리같이 알마덴 골짜기 뒷마당에서 한 번도 알지 못했던 자유를 철저하게 즐겼다. 자유는 일본 배보다 더 달콤했다.

머피 목사는 키가 컸고 그의 대머리는 쇼지 집 거실에 있는 흰 일본제 백자를 연상시켰다. 깨끗한 흰 가운을 입은 머피 목사는 신랑과 신부에게 결혼의 진정한 뜻을 말하고 있었고 제이콥 옆에는 아들 스캇이 검은 예복을 입고 서 있었다.

그때 밖에서 출입문이 열렸다. 루스와 브라이언이 순자를 동반하고 안으로 걸어 들어왔다. 순자는 멋을 잔뜩 내고 머리에는 검은 비버 모자를 쓰고 있었다. 뒤에는 그레이스가 따라 들어왔다. 루스는 어머니와 함께 신랑 측 맨 앞줄로 걸어갔다. 순자는 천천히 루스와 브라이언 사이에 앉았다. 그들은 모두 피로해 보였다. 전날 밤 그들은 유진을 찾아 해매고 밤새 그를 기다리느라 잠을 자지 못했고 다이뉴바에서 샌프란시스코는 먼 거리였다.

제시간에 결혼식에 참석하려고 아침 일찍 다이뉴바를 출발했다. 그러나 101번 고속도로에서 자동차사고가 있어서 거의 한 시간이나 지체됐다.

순자는 아들의 뒤만 보았다. 검은 예복을 입은 아들은 키가 더 커 보였다. 그녀는 머리끝에서부터 발끝까지 흰 웨딩드레스로 가린 캐런의 뒤를 자세하게 살폈다. 놀랍게도 캐런을 미워하는 마음이 사라지고 오히려 기쁨이 그녀의 가슴을 채웠다.

머피 목사는 창세기에서 성경말씀을 읽고 있었다. 그러나 순자의 마음은 다른 곳에 있었다. 그녀는 집안을 온통 뒤집어 놓은 장본인인 새 며느리를 만날 마음의 준비를 하느라고 마음이 분주했다. 캐런이 집안을 뒤흔들어 놓기는 했지만 순자는 그것이 캐런의 잘못이 아니라고 생각했다. 마치 인종편견과 미움이라는 독약을 마셨다가 건강을 회복한 것처럼 순자는 자신도 이해할 수 없을 만큼 마음이 가볍고 기뻤다. 상처받은 마음이 순간적으로 회복됐고 캐런을 향한 사랑이 가슴을 채웠다. 순자는 그런 일들이 앞으로 귀여운 손자 손녀들을 낳아 줄 캐런을 위한 것이라고 알고 있었다. 그녀는 기쁨과 큰 기대로 가슴이 뛰었다.

루스는 옆으로 얼굴을 돌려 어머니를 바라보았다. 어머니의 얼굴이 환하게 밝았고 부드럽게 보였다. 루스는 어머니의 손을 가만히 잡고 어머니에게 미소를 보냈다.

"잘 왔다." 순자는 딸의 손등을 도닥거리며 소곤거렸다.

다시 밖에서 문이 열렸다. 이번에는 유진이 가만히 들어섰다. 그는 평복을 입고 있었다. 구겨진 검정바지를 입고 흰 긴소매 셔츠를 걸친 유진은 몹시 피로해 보였다. 그는 잠시 머뭇거리다가 조용하게 맨 뒷줄로 걸어가 앉았다. 아무도 그를 보지 못했다. 피로해 보이기는 했으나 안으로 들어오기 전에 화장실에서 듬성한 머리를 정성들여 빗질했다.

유진은 그저께 아무도 만나고 싶지 않아서 조반이 끝나자 바로 다이뉴바를 떠났다. 다니엘의 묘를 찾아갔다가 종일 프레즈노 차이나타운에서 시간을 보냈다. 저녁을 먹고 나서 딸이 살고 있는 새크라멘토로 차를 몰았다. 루스는 집에 없었다. 유진이 새크라멘토에 도착할 무렵 루스는 브라이언과 함께 어머니를 만나러 다이뉴바로 가고 있었다. 차 안에서 자정까지 딸을 기다리다가 오래전에 농장에서 일했던 우드랜드로 내려왔다. 작은 시골마을은 사십년 전과 다름이 없었다. 일거리를 찾아 이곳저곳으로 같이 돌아다니던 조선인 일차 이민세대들과 잠시 작은 마을을 이루고 살았던 장소를 쉽게 찾았다.

마치 사십년 전에 땅을 밟았던 발자취를 찾기나 하듯 유진은 그 자리를 빙빙 돌았다. 그때 유진은 꿈을 가진 젊은이였다. 그러나 살쾡이처럼 이리저리 피해만 다니던 꿈은 다 부서지고 이제는 늙은이가 돼 다시 그곳을 찾아왔다.

유진은 어둠 속에 홀로 앉아 40년 전 겨울 모닥불 주위에 둘러앉아 술을 마시며 떠들고 웃던 귀에 익은 동료들의 목소리를 듣고 있었다. 그는 고개를 들어 주위를 살펴보았다. 옛날이 그리워 마음이 무거웠다. 그는 아직도 눈에 선한 얼굴들을 찾으며 이리저리 고개를 돌렸다. 그러나 세월을 슬퍼하는 고요와 어둠속에 홀로 앉아 있는 그의 눈에는 아무도 보이지 않았다. 이따금 멀리서 자동차불빛이 나타났다가 다시 어둠속으로 빨리 사라졌다.

유진은 자신의 삶이 고장 날 때까지 한 출발점에서 다음 출발점으로 달려가는 자동차와 같다는 생각이 들었다. 그는 자신이 이곳저곳을 헤매다가 마지막 종착역에 도착한 수리가 불가능한 고물자동차처럼 느껴졌다. 그는 길게 한숨을 쉬었다. "인생은 헛되고 헛된 것이다." 유진은 혼자 중얼거렸다. "나는 이 땅에서 낯선 사람으로 살아왔다. 꿈도 깨지고 이제 나에게 남은 것은 몇 조각 부서진 꿈이 전부이다. 바보처럼 나는 너무 꿈이 컸다. 마치 가엾은 바보처럼 아직도 무엇인가 성취해 보려고 깨지고 깨진 꿈 몇 조각을 끼워 맞추려고 하고 있다." 유진은 독백을 하면서 그런 사실을 부인하려고 머리를 설레설레 흔들었다.

그는 새벽에 버클리로 내려왔다. 운전을 하면서 인간의 이성과 자신을 배신한 꿈과 편견에 맞서 한바탕 크게 싸웠다. 유진은 아들을 나무라지 않았다. 제이콥은 그 나름대로 갈 길을 택한 것이다. 그러다가 제이콥과 캐런은 바보 같은 인종편견이 시작한 피비린내 나는 전쟁과 미움이라는 바퀴에 걸려 넘어진 것이다.

유진은 버클리 번화가에 자동차를 세워놓고 잠이 들었다. 다음 날 아침 한 늙은 할머니가 지팡이로 차문을 두드려 깨울 때까지 단잠에 취해 있었다. 눈을 뜨자 해는 벌써 도시 위에 떠올라 있었다.

머피 목사는 그가 방금 읽은 성경구절에서 설교를 하고 있었다.

다시 밖에서 문이 열렸다. 게이코가 살며시 안으로 들어왔다. 화려한 핑크색 드레스를 입은 게이코는 하얀 플레퍼 모자를 얌전하게 쓰고 있었다. 그녀의 얼굴은 굳어 있었다. 마지막 자리 뒤에 서서 어디에 앉을까 잠시 망설였다. 그녀는 복도 저쪽으로 걸어가 조용히 자리에 앉았다. 어깨 너머로 고개를 돌렸다. 한 번도 만난 일이 없는 게이코와 유진은 눈이 마주치자 누구인지도 모르고 서로 눈인사를 했다.

십분도 채 못 돼서 결혼식이 끝나고 신부와 신랑이 축하객 앞에서 입 맞추었다. 그러자 피아노에서 결혼행진곡이 웅장하게 들려왔다. 축하객들은 자리에서 일어나 행진곡에 맞추어 출입문 쪽을 향해 걸어가는 신부와 신랑에게 축하의 박수를 보냈다.

제이콥은 어머니가 맨 앞줄에 그리고 아버지는 맨 뒷자리에서 손뼉을 치고 있는 모습을 보았다. 믿을 수 없는 장면이었다. 제이콥은 캐런의 손을 잡고 어머니에게 다가갔다.

"어머니, 와 주셔서 반갑습니다." 제이콥이 말했다.

순자는 점잔을 빼며 자리에서 일어났다. 눈에는 눈물이 고여 있었다. "그래, 축하한다." 순자는 아들을 껴안았다.

캐런 역시 외로운 섬으로 표류한 사람이 먼 수평선을 지나가는 배를 향해 손을 흔들어 구원의 신호를 보내는 것처럼 딸에게 웃음을 보내려고 애쓰고 있는 어머니를 보았다. 그녀는 질질 끌리는 웨딩드레스를 손으로 잡고 어머니에게 달려갔다. 어머니와 딸이 힘껏 서로 껴안았다. 두 여인이 기뻐 흐느꼈다.

"캐런, 어미를 용서해라." 게이코가 말했다. "내가 한 짓이 나쁜 줄 안다. 다 너를 위해 한 짓이었다. 너를 보호하려고 내가 너무 지나친 짓을 했구나."

"엄마, 용서할 일이 하나도 없어요. 나를 위해 그러신 줄 알고 있어요."

“내가 부끄럽다. 나는 너에게 용서를 받을 자격도 없다.”

“다 저를 위해서 그리고 우리 집을 위해서 그러신 줄 알아요. 엄마의 미소를 다시 보고 싶어요.”

게이코는 눈물을 닦으며 딸을 보고 웃었다.

제이콥은 어머니의 손을 잡고 아버지를 만나러 복도를 걸어왔다. 유진은 천천히 자리에서 일어났다. “아버지, 와 주셔서 고마워요.” 제이콥이 아버지에게 말했다.

“그래, 나도 그렇다.” 유진은 겸연쩍어 헛기침을 하면서 아내를 흘깃 바라보았다. “늦을까 걱정돼서 아침 일찍 왔다.”

“며느리를 만나셔야죠.” 제이콥은 부모의 손을 잡고 캐런과 게이코에게 걸어갔다. 캐런과 게이코도 그들을 만나려고 오고 있었다. 그때 쇼지는 친척들과 게이코를 만나러 걸어왔다.

“다들 뵙게 돼서 기쁩니다. 우리에게는 오늘이 가장 행복한 날입니다.” 제이콥이 쇼지와 게이코에게 말했다. 그리고 순자에게 말했다. “어머니의 며느리 캐런입니다.”

캐런은 순자를 껴안았다. 양가 사람들과 축하객들이 그들을 지켜보았다. 순자는 캐런을 쳐다보면서 며느리의 뺨을 부드럽게 만졌다. “우리 집안에 온 것을 환영한다.”

“고마워요, 어머니.” 캐런이 쌩긋 웃었다.

“아름답구나. 내 아들은 아주 행운아야.” 순자는 캐런을 다시 껴안았다.

양가 부모가 복도에 서서 악수를 했다. 양가의 적대관계를 들어 알고 있는 축하객들이 기뻐 손뼉을 쳤다. 그들은 두 가족을 축하하기 위해 복도로 쏟아져 나왔다.

브라이언의 손을 잡고 있던 루스가 브라이언에게 물었다. "다음은 누구 차례일까?"

브라이언은 웃으며 답했다. "우리 차례야."

그날 오후 늦게 두 가족이 알마덴 골짜기에 있는 쇼지 집에 모였다. 샌프란시스코에서 피로연이 끝나자 게이코가 그 일을 제안했었다. 제이콥과 캐런은 다음 날 아침 하와이로 신혼여행을 떠나기로 돼 있었다. 게이코와 로시타 그리고 루스와 브라이언은 갑작스런 모임을 준비하려고 서둘러 집에 도착했다. 정원에 있는 참나무 아래에 큰 테이블을 차려 놓았다. 벌써부터 봄 향기가 공기 속에 어슬렁거렸고 집 뒤에는 엷은 황갈색과 연한 초록색으로 옷을 갈아입은 언덕과 산이 겨우 잠에서 깨어나 길게 하품을 했다. 귀에 익은 새들의 합창소리가 집 뒤에 있는 과수원에서 흘러나왔다. 참나무 숲과 카요테 관목 숲이 산기슭 여기저기에 흩어져 서 있었고 완만하게 능선을 이루고 있는 언덕은 이른 봄 향기를 맡고 있었다. 곧 야생 꽃들이 계곡을 덮을 것이고 새 소망의 계절이 계곡을 다시 찾아올 것이다.

방이 세 개인 쇼지의 집은 아담하게 깎인 산언덕 아래 자리 잡고 있었다. 집으로 들어오려면 좁은 먼짓길을 따라 오다가 참나무 뒤로 흐르는 작은 개울 옆으로 차를 꺾어야 했다. 개울 옆에 서면 저 아래 평평하게 퍼져 있는 계곡에 여기저기 흩어져 있는 농가들과 마구간의 빨간 양철지붕이 내려다 보였다.

게이코는 순자를 손님으로 맞이해 정원을 보여 주고—특히 집 서쪽에 만들어 놓은 그녀가 사랑하는 장미꽃 정원—여기저기를 소개하느라 분주했다. 로시타와 루스 그리고 그레이스는 상을 차리는 일을 맡았고 잔과 브라이언은 그들을 도와주느라 바빴다.

유진은 쇼지가 집 뒤에 일본 배나무를 심어 놓은 과수원에 쇼지와 같이 있었다. 회색의 평복으로 갈아입은 쇼지는 그가 일구어 놓은 과수원을 유진에게 보여 주고 있었다. 쇼지는 예외일 만큼 최고 기분이었다. "배나무 오십주를 내 손으로 심었습니다." 쇼지는 자랑스럽게 말했다. "일본에서 키운 배처럼 맛이 좋을지는 모르겠습니다만." 쇼지는 어린 배나무들을 자랑스럽게 바라보았다.

"우리나라에도 배나무가 많아요. 그 달콤한 맛을 아직도 잊지 못하고 있습니다." 유진은 자랑스럽게 말했다. "제사상에는 반드시 배가 올라갑니다."

"그래요?" 쇼지는 흥미를 보였다. "우리도 제사를 지냅니다."

"우리나라에는 감나무도 많지요." 유진은 갑자기 무식한 일본 농부에게 기름진 조국을 소개하고 기름진 땅에서 무엇이 생산되는지 교육을 시켜야 하겠다고 마음먹었다. "가을이면 마을마다 빨갛게 익은 감이 나무에 주렁주렁 달린 것을 볼 수 있어요. 추수 때가 가까워지면 빨간 감나무와 빨갛게 물든 단풍나무가 마치 산과 언덕이 불붙은 것처럼 보이게 만들어요. 너무 아름답지요. 그야말로 숨이 막히는 광경입니다. 암. 그렇고말고요."

"하!" 쇼지가 감탄했다. "일본에도 감나무와 단풍나무가 많아요. 그야말로 산불이 난 것처럼 보입니다. 내가 어렸을 때 아버지가 나를 교토에 데리고 간 일이 있었지요. 기차에 앉아 빨간 단풍나무가 차창을 지나가는 것을 보았어요. 너무 아름다워서 아버지에게 산이 불탄다고 말했습니다." 쇼지는 기가 조금 꺾였지만 보라는 듯이 자랑했다.

"조선에는 아름다운 산도 많아요. 북에 있는 금강산이 대표적인 산입니다. 그 산이야말로 신을 위해 만든 산이에요. 너무 경건한 산이니까요."

"하, 혼토!" 쇼지는 마치 유진의 이야기에 정신이 홀린 듯 고개를 한쪽으로 갸웃거렸다. "우리 일본의 후지 산을 보셔야 하는데…." 쇼지는 눈을 가늘게 뜨고 유진을 바라보았다. 그는 일본이 자랑거리가 훨씬 더 많다고 자신하고 있었다. "후지 산이야말로 신을 위해 만든 산입니다. 수백 리 먼 거리에서도 눈 덮인 산꼭대기를 바라볼 수 있으니까요."

"우리나라에는 또 유명한 산이 있습니다. 바로 백두산이 그 산입니다. 그 산은 신의 신을 위해 만들었다고들 하지요." 유진은 마음속으로 쇼지에게 지지 않겠다고 다짐했다.

쇼지는 유진과 끝까지 대결하기로 마음먹었다. "일본에는 미녀들이 많습니다."

"조선에도 미녀들이 많습니다."

"일본에는 개도 많고 소도 많아요."

"조선에도 개와 소가 많아요."

두 사람은 서로 바라보다가 갑자기 폭소를 터뜨렸다. 두 사람은 모두 박장대소하느라 얼굴이 빨개졌다. 유진은 손뼉을 치고 쇼지는 배를 쥐어 잡고 통쾌하게 웃다가 옛 친구처럼 서로 손을 덥석 잡았다. 그리고 팔이 떨어지도록 정열적으로 악수했다.

쇼지는 그들의 어린아이 같은 놀음이 하도 우스워 허리를 꺾고 흥분한 늙은 닭처럼 웃었다. "내가 성인이 되고 나서 이렇게 재미

있게 웃는 일은 처음입니다." 그는 손등으로 눈에 고인 눈물을 닦았다. 그들은 어릴 때 친구처럼 서로 팔짱을 끼고 가족들이 기다리는 앞마당으로 걸어갔다.

그들이 앞마당으로 나타나자 모두 일하던 손을 멈추고 멍하게 바라보고 서 있었다. 두 사람은 여전히 통쾌하게 웃으며 음식을 차려 놓은 상으로 걸어갔다. 쇼지는 상머리에 앉고 유진은 상 아래 앉았다. 게이코는 궁금하여 남편에게 무슨 일이 있었는지 물어보려고 빠른 걸음으로 쇼지에게 다가갔다. 쇼지는 게이코 얼굴 앞에 손을 내저으며 아내가 아예 성가신 질문을 하지 못하도록 막아 버렸다. 남자는 웃고 싶을 때 마음대로 웃어야 한다. 여자가 감히 남편에게 왜 웃느냐고 묻다니! 쇼지는 좋은 친구를 만난 것에 만족하여 상 너머로 유진을 흐뭇하게 바라보았다.

모두 상에 앉았다. 하얀 식탁보 위에 놓인 잘 닦은 은제품이 저녁노을을 받아 반짝거렸다. 맛있는 냄새가 주위에 퍼졌다.

남편 옆에 앉아 있는 게이코는 순자와 유진에게 말했다. "조선 음식을 준비하지 못해 죄송합니다. 언젠가 조선요리를 가르쳐 주시면 고맙겠습니다."

순자가 친절하게 대답했다. "물론이죠. 저는 조선 음식밖에 요리할 줄 몰라요."

"자, 어서 드세요." 쇼지는 젓가락으로 구운 생선을 한 점 집어 입으로 가져가면서 말했다.

"우리는 기독교인이라 식사 때마다 감사기도를 합니다." 유진이 쇼지에게 말했다. "괜찮으시다면 잠시 기도를 하겠습니다."

쇼지는 얼굴을 붉혔다. "용서하세요. 무식해서 그 생각을 못 했군요. 기다릴 터이니 어서 기도하세요.”

야마모토 가족이 숨을 죽이고 지켜보는 가운데 박 씨네 가족과 브라이언이 고개를 숙이자 유진이 기도를 했다.

기도가 끝나자 유진이 쇼지에게 감사를 표했다.

“캐런이 사돈댁 종교를 받아들이겠군요.” 쇼지는 딸을 바라보며 말했다.

“그건 캐런의 자유입니다.” 제이콥이 장인에게 말했다. 그리고 캐런에게 얼굴을 돌려 웃으면서 말했다. “같은 종교를 믿으면 이상적이겠지?”

“제이콥과 결혼하기로 결정했을 때 이미 결정했던 일인걸.” 캐런이 말했다. “나는 불교신자가 아니었어.”

“그 말 용서하마.” 게이코는 딸을 바라보며 웃었다.

“고마워요. 엄마.”

순자는 이틀 전에 꾸었던 이상한 꿈을 생각하면서 며느리를 바라보았다. 심상치 않은 꿈이었다. 아무에게도 꿈 이야기를 하지 않았다. 그러나 그날 사돈댁을 떠나기 전에 며느리에게 꿈 이야기를 하려고 마음먹고 있었다.

“우리 집에 귀하신 손님이 오신 건 오래만이에요.” 게이코는 제사상에 술을 따르듯 엄숙한 자세로 남편의 술잔에 술을 따르면서 말했다. “이렇게 자주 만나면 좋겠어요. 루스와 브라이언이 와서 기뻐요.”

“루스와 브라이언은 손님이 아니고 우리 집안사람이에요.” 쇼지가 기분이 좋아서 말했다.

“그렇습니다. 브라이언은 우리 식구예요.” 순자가 브라이언을 보고 웃었다.

"암, 그렇고말고." 유진은 친아들 같은 브라이언을 대신해서 말했다. *브라이언은 내가 저 나이였을 때처럼 이상주의자가 아니야. 젊은 시절의 헛된 꿈을 가지고 있긴 하겠지만 한낮에 꿈을 꾸는 그런 사람이 아니다. 내 딸이 소설가가 되고 싶어 하니 루스에게는 현실적이고 부지런한 남편이 필요해.*

"좀 과음을 했나 보다." 식사가 끝나자 쇼지가 마지막 잔을 들이켰다. "그러나 아직도 서너 잔은 더 마실 수 있어."

"아빠, 괜찮으세요?" 캐런은 얼굴이 하얗게 변한 아버지를 바라보았다. 아버지는 술이 취하면 얼굴이 하얗게 되는 것을 알고 있었다.

"괜찮아. 아직 취하지 않았다."

"사실은…" 유진은 기쁜 마음을 억제하면서 말했다. "첫손자 이름을 생각해 봤습니다. 다들 좋아할지 모르겠습니다만."

"말씀해 보세요." 순자는 남편을 쳐다보았다. "나에게는 한마디 말씀도 안 하셨잖아요. 돌림자가 뭐예요?"

유진은 돌림자를 몰라 당황하여 헛기침을 하며 엉뚱한 말로 돌려댔다. "미국에 살고 있는데 돌림자를 따질 일이 아니에요."

"그렇지만 나는 당신의 진짜이름이 더 좋은 걸요." 순자가 말했다.

"어떤 이름인지 말씀해 보세요. 사내아이 이름과 여자아이 이름을 생각하셔야 해요. 어느 쪽일지 모르니까요." 캐런이 유진에게 말했다.

"사내아이다." 순자가 끼어들었다.

"어머니, 그걸 어떻게 아세요?" 제이콥이 궁금했다.

"나중에 캐런에게 말하려고 마음먹고 있었다만." 순자는 차를 마시며 꿈을 생각했다. "너무 이상한 꿈을 꾸었다. 보스웰 우리 집에 있던 우물가에 내가 서 있었어요." 순자는 게이코에게 말했다. "갑자기 흰 말이 하늘에서 날아오더니 우리 집 안으로 들어갔어요. 그때 나는 캐런이 유명한 사람이 될 아들을 낳을 줄 알았어요."

"혼토!" 다른 사람들이 서로 쳐다보고 있는 사이에 쇼지가 감탄하면서 말했다. "아주 좋은 꿈입니다."

잔이 일어나 술잔을 높이 들었다. "우리 그 꿈과 신랑과 신부의 건강을 위해서 축배를 듭시다." 모두 자리에서 일어나 잔을 높이 들었다. 유진과 순자는 서로 바라보고 웃으면서 물이 담긴 잔을 들었다.

"이제 일본인과 조선인이 한 가족이 됐습니다. 자, 축배를 듭시다." 쇼지가 흥분해 말했다. 두 가정의 대표가 즐거운 마음으로 잔을 맞대고 축배를 들었다. 순자와 게이코도 남편들을 흉내 냈다. 잔이 부딪치는 달콤한 소리가 상쾌한 저녁 공기를 깜짝 놀라게 했다. 언덕 위에는 캘리포니아 메추라기들이 믿지 못할 장면을 내려다보고 있었다. 저녁 산책을 나왔던 노루 한 가족이 걸음을 멈추고 놀라운 장면을 곁눈질로 바라보았고 목덜미에 빨간 줄을 두른 까만 새들이 군것질할 것을 찾아 뒤뚱거리며 상 주위를 돌아다녔다.

"이제 우리는 원수관계가 아니고 한 가족입니다." 유진이 말했다. "미움도 사라졌습니다. 서로 미워하는 사람들이 우리처럼 미워하지 않기를 기도합시다."

쇼지가 끼어들며 말했다. "다시는 미워하지 맙시다."

"그리고 우리는 서로를 참아주는 데서 끝내지 말고 서로 사랑합시다. 하나님의 가르치심은 사랑이지 그냥 참아 주는 것이 아닙니다." 유진은 상 위로 허리를 굽혀 키가 조금 작은 쇼지에게 손을 내밀었다. 쇼지는 유진의 손을 덥석 잡았다. 두 사람은 빙그레 웃으며 다시 뜨겁게 악수했다.

"남자들은 만나기만 하면 악수예요. 지겹지도 않는지 모르겠어요." 게이코는 순자 쪽으로 걸어왔다. 순자도 게이코를 향해 걸어가고 있었다. 두 여인은 팔을 크게 벌리고 서로 껴안았다.

캐런을 안고 서 있던 제이콥은 그 장면을 흐뭇하게 지켜보았다. "이제 새로운 시작이야."

"그래. 제이콥 말이 맞아. 새로운 출발이 지금 막 시작된 거야." 캐런이 속삭였다.

3.

캐런은 서부지역의 일본인들을 위한 격주 영자신문에 실을 기사를 쓰고 있었다. 제이콥과 캐런은 러시안 힐에 침실이 두 개인 집을 세내어 살고 있었고 캐런은 대개 집에서 일했다. 앞에는 작은 뜰이 그리고 뒤에는 조금 더 큰 정원이 있었다. 샌프란시스코 만이 내려다보이는 언덕에 집을 짓고 싶어 하는 캐런의 꿈을 위해 제이콥은 가장 비싼 지역인 러시안 힐에 셋집을 얻었다.

캐런이 여덟 살 때 처음으로 샌프란시스코로 나들이를 나왔다. 깡충 걸음으로 부두와 공원을 뛰어다닐 때 캐런은 바쁜 도시의 소음과 샌프란시스코의 아름다움에 매혹되고 말았다. 저녁 때 러시안 힐 언덕을 내려오다가 한 아름다운 집을 필름처럼 마음에 담아 놓았다. 그 뒤로 러시안 힐에서 보았던 집처럼 넓은 정원과 창문이 많고 샌프란시스코 만이 내려다보이는 아름다운 집을 짓고 싶어 했다.

집을 살 만큼 여유가 없었다. 그러나 제이콥이 말했듯이 러시안 힐에 사는 것이 그들에게는 첫 시작이었다. 캐런은 직장을 그만두고 지방 뉴스와 캘리포니아 주 뉴스 기사를 쓰는 일에 힘을 기울였다. 제이콥 혼자서 버는 수입이 많지는 않았지만 두 사람이 겨우 먹고 살기에는 그렇게 어렵지 않았다. 노랑이에 가까운 그녀의 알뜰한 살림살이가 제이콥을 놀라게 했다.

캐런은 그 일을 좋아했고 꿀이 흐르는 달콤하고 행복한 결혼생활을 하고 있었다. 바쁜 생활이었지만 그녀는 집에서 더 많은 시간을 보냈다. 주로 기사를 타이프 치는 일에 많은 시간이 걸렸다. 제이콥은 시간이 있을 때마다 캐런을 밖으로 불러내 같이 점심을 먹었다. 캐런은 제이콥과 같이 불란서 카페에 앉아 만을 내려다보며 점심을 먹는 것을 무척 좋아했다. 그러나 돈을 모으기 위해 집 뒤 포치를 아름답게 꾸며 거기서 가끔 남편과 함께 식사를 하기도 했고 때로는 화려한 정원 파라솔 아래서 식사를 했다.

캐런은 사사키로부터 소액의 보수를 받았다. 아직 큰 광고주가 없어서 조그만 광고란이 수입의 전부였다.

내일 시부모가 오기로 돼 있었다. 그들은 현재 루스와 새크라멘토에 머물고 있었다. 친정어머니가 시부모를 초대했기 때문에 루스와 며칠을 보내고 산호세 친정부모를 방문하러 내려올 것이다.

캐런은 타자 치던 손을 멈추고 책상시계를 보았다. 오후 두시였다. 제이콥이 그날 오후 그녀를 제러드 윌슨 의사 사무실로 데리고 가기로 돼 있었다.

캐런은 직업여성이기에 애기를 가지기에는 너무 이르다는 생각을 하고 있었다. 제이콥이나 양가의 부모님들이 첫 애기를 기다리고 있었다. 캐런에게는 남편의 행복이 먼저였다. 그녀는 이런저런 생각을 하면서 의자에 앉은 채 기지개를 폈다. 임신을 했는지 의심스럽기도 했지만 어머니가 된다는 생각이 너무 현실적이 아닌 것 같았다.

그녀는 유리문을 열고 조용한 뒤뜰로 나갔다. 가디니어의 달콤한 부드러운 향기가 짭짤한 바닷바람을 타고 퍼졌다. 여러 가지 색의 장미꽃이 높은 담벼락을 끼고 자랑스럽게 서 있었다. 화려한 색의 일년생 꽃과 버배니아 그리고 노랗고 자주색이 섞인 팬지가 아스파라가스 고사리와 진홍색 버찌 숲과 아름다운 조화를 이루었다.

부모는 그녀의 결혼식 때 화해를 한 뒤 별문제가 없는 것 같았다. 그러나 어머니는 옛날과 너무 대조적이었다. 어머니는 지나칠 만큼 너무 지배적이었고 싸우기를 잘하는가 하면 매사를 마음대로 처리했었다. 아버지는 어머니의 희생의 재물이었다. 쇼지는 오랫동안 아내의 강요에 짓눌려 살아왔고 마치 거리에 매달아 놓은 종처럼 사람들이 지나가면서 어느 때나 마음대로 때릴 수 있는 그런 존재였다. 그는 평화를 찾으러 일본으로 돌아가기를 오랫동안 소원했다. 고향마을 소나무 아래 앉아 있을 때면 마음이 너무나도 평화스러웠던 때가 자주 머릿속에 떠올랐다.

하루는 캐런이 오렌지 밭 뒤에서 울고 있던 아버지를 본 일이 있었다.

"네 아버지는 울 줄도 모르는 위인이다." 캐런이 어머니에게 아버지 말을 하자 어머니는 그렇게 말했다. "고향이 그리워서 울었겠지. 정작 울어야 할 사람은 나야. 아버지는 나를 조금도 이해하지 못해. 나를 사랑하는지 의심스럽기도 하다. 네 아버지는 나를 너무 불행하게 만들고 있어."

"엄마는 스스로를 불행하게 만들어요." 어머니처럼 속에 있는 말을 스스럼없이 내뱉는 캐런이 대꾸했다. "엄마는 아빠 기분이 어떤지 생각하지 않아요. 그저 엄마 기분만 말씀하세요. 엄마는 아빠와 우리를 위해 얼마나 희생했다는 것만 내세워요."

"엄마에게 어떻게 감히 그렇게 말을 할 수 있니?" 게이코가 딸을 노려보았다.

"엄마는 하고 싶은 말을 다 하시면서 아빠 말은 무시하고 아빠가 엄마 생각에 동의하지 않거나 엄마 요구를 들어주지 않으면 아빠를 마구 찢어 놓으세요. 왜 아빠가 늘 일만 하시는지 아세요? 엄마와 같이 있고 싶지 않기 때문이에요."

놀랍게도 캐런은 최근에 어머니가 많이 달라진 것을 보았다. 쇼지에게도 그렇게 보였다. 캐런은 어머니의 변화가 진실하고 영구적이기를 바랐다.

루스의 결혼식이 이주일 앞으로 다가왔다. 캐런은 루스 결혼준비를 위해 발 벗고 나섰다. 브라이언의 아버지 상태가 매 시간마다 악화됐기 때문에 아들의 결혼식에 참석할 수 있을지 아무도 몰랐다. 캐런과 루스는 서로 좋아했다. 캐런은 루스를 친동생처럼 여겼다. 때로 루스의 지나칠 만큼 세심한 성격을 염려했다. 캐런에게는 아무것도 아닌 일을 루스는 지나치게 신경을 썼다. 그렇지만 캐런은 자신도 제이콥을 만나기 전에 루스와 같은 성격이었기 때문에 루스를 잘 이해할 수 있었다. 백인들만 살고 있는 고장에서 자랐기 때문에 지나치게 자신의 행동에 신경을 써야 했고 그 때문에 예민하고 자기방어적인 성격으로 변했던 것이다. 게다가 루스는 캐런에게 아직도 로버트를 사랑하고 있다고 고백했다. 그러나 캐런에게는 그것이 고등학교 여학생의 짝사랑으로 보였다.

그날 오후 의사를 방문한 결과가 놀라웠다. 의사가 캐런의 임신을 확인했다. 제이콥과 캐런에게 너무나 반가운 소식이었다. 캐런은 걱정이 됐지만 제이콥은 양가 부모에게 그 기쁜 소식을 당장 알리자고 졸랐다. "우리 축하하자고." 제이콥이 집으로 돌아오는 길에 말했다. "샌프란시스코에서 가장 비싼 식당으로 모실게. 우리 아기에게도 좋은 일이야. 아늑한 분위기에서 맛있는 음식을 먹는 일 말이야."

"좋아, 어서 가." 캐런은 제이콥의 손을 꼭 잡았다.

제6부
제2차 세계대전

제16장

1.

　아침식사를 만들려고 제이콥이 계단을 내려와 부엌으로 들어갔다. 캐런은 아직도 자고 있었다. 그들은 지난밤 쇼지와 게이코를 방문하고 늦게 돌아왔다. 제이콥은 커피 끓이는 여과기에 커피와 물을 붓고 전기 스위치를 켰다. 냉장고를 열고 아침식사에 무엇을 먹을까 냉장고 안을 들여다보았다. 캐런은 베이컨과 토스트 그리고 오렌지 주스를 좋아했다. 제이콥은 베이컨과 식빵을 꺼내 스토브 옆에 올려놓았다. 그런 다음 냉장고 위에 놓여 있는 콘플레이크 시리얼 박스를 집었다. 캐런이 토스트와 시리얼 어느 것을 좋아할까 선택하느라 잠시 망설였다. 시리얼 박스를 다시 올려놓았다. 커피 향이 부엌에 퍼졌다. 아침식사를 준비하기 전에 여느 때처럼 먼저 커피 한 잔을 마시기로 했다. 커피 잔을 들고 거실로 나갔다. 자리에 앉기 전에 매일 아침 일과 가운데 하나인 라디오를 틀었다. 자리로 돌아오려고 돌아섰을 때 라디오에서 흥분한 목소리가 마치 귀신의 손이 라디오에서 튀어나와 그의 목덜미를 낚아채듯 제이콥을 소스라쳐 놀라게 했다.

"진주만에 있는 미국 해군기지가 공격을 당했습니다!"

제이콥은 걸음을 멈추고 나머지 방송을 들으려고 돌아섰다. 흥분한 목소리는 쉬지 않고 말을 내뱉었다. "첫 공격에 비행기 188대가 파괴됐고 150여 기가 큰 피해를 입었습니다. 96척의 함대 가운데 18척이 가라앉았거나 큰 피해를 입었습니다. 우리 해군의 자랑인 전함 애리조나호가 오클라호마호와 유타호와 같이 파괴됐습니다."

"일본은 오전 일곱 시 오십오 분 오하우 섬에 있는 진주만 기지를 공격했습니다. 우리의 전함 캘리포니아호, 네바다호, 웨스트버지니아호 그리고 기뢰부설함 으글랄라호가 가라앉았습니다."

제이콥은 커피 잔을 탁자 위에 놓고 캐런을 깨우려고 2층으로 뛰어올라갔다. "일어나! 일본 공군이 진주만을 공격했대. 방금 라디오에서 들었어."

"무슨 말을 하고 있는 거야?" 캐런은 무거운 눈을 뜨면서 제이콥을 쳐다보았다.

"하와이가 공격당했어. 라디오를 들어보라고." 제이콥이 빨리 말했다. "이천 명 이상이 죽었어."

두 사람은 아래층으로 뛰어 내려가 라디오 앞에 섰다. 제이콥은 라디오 음향을 높였다. 캐런은 놀라 제이콥을 바라보면서 말을 하지 못했다.

"토조 수상과 일본 지도자들은 아시아에 세력권을 확대하는 데 미군이 방해가 된다고 생각했습니다." 라디오 해설자가 말했다. 그날 오후 제이콥과 캐런은 그들이 즐겨 찾는 불란서 카페 러 세인에서 점심을 먹었다. 작은 카페 안에는 손님들이 모여 앉아 진주만 공격에 대해 떠들고 있었다. 그들의 흥분한 목소리는 마치 하와이 섬 위를 날아다니는 일본 항공기처럼 높아졌다 낮아졌다 했다. 제이콥과 캐런은 산모 옷과 첫아이 옷을 사느라 아침시간을 바쁘게 보냈다. 귀여운 애기 옷, 쪼그만 양말과 가슴받이를 고르는 일이 실감나지 않았다. 그러나 앞으로 태어날 새 생명을 위해 필요한 것들을 준비하는 일은 즐거운 경험이었다.

"진주만 공격이 불안해. 어떻게 그렇게 작은 개미가 큰 코끼리를 공격할 수 있어?" 제이콥은 보스웰에서 월터와 나누었던 이야기를 기억하면서 말했다.

"내가 두려워하는 건 미국에서 살고 있는 일본 사람들에게 미국이 보복하지 않을까 하는 거야." 캐런이 조심스럽게 말했다. "나도 그 가운데 한 사람이니까."

"이 일에 지나치게 신경을 쓰기 때문일 거야." 비록 캐런의 걱정을 덜어 주려고 그 말을 했지만 제이콥은 자신의 생각이 옳은지 확신이 없었다.

"내 생각이 틀리기를 바라. 우린 아직도 독일과 전쟁을 포고하지 않았지만 미국정부는 수백 명의 독일과 이태리계 미국 시민들을 수용소에 가두었잖아."

"너무 지나치게 생각하지 마."

"두려움은 사람의 이성이나 논리를 뛰어넘어."

"진주만 공격 더 이상 생각하지 마. 우리 아이 건강에 해로우니까." 제이콥은 탁자 너머로 캐런의 손을 잡았다. 임신했기 때문에 신경이 날카로울지 모른다고 생각했다. 아마 그 때문에 백화점에서 캐런답지 않은 행동을 했는지 모른다. 캐런은 백화점에서 그녀가 원하는 브랜드를 찾아 주느라고 수고하던 직원에게 발끈 화를 냈다. "이건 싸구려 물건이에요." 캐런은 여직원을 노려보았다. "내가 가난한 사람으로 보여요? 비싼 물건을 사지 못할 만큼 가난하게 보이느냐고요?"

캐런도 똑같은 생각을 하고 있었다. "백화점에서 왜 그랬는지 모르겠어." 캐런은 얼굴을 붉혔다. "피곤했던가 봐." 제이콥에게 미소를 보내며 말을 이었다. "루스와 브라이언이 이삼 일 안으로 우리를 방문하러 올 거야. 행복한 부부야."

"그런 것 같아."

젊은 두 사람은 가게를 닫고 창문 밖을 내다보며 앉아 있었다. 루스는 차를 마시고 브라이언은 커피를 마셨다. 그들은 이상하리만큼 조용한 어두운 거리를 바라보았다.

"내 나라가 나를 부르면 가야지." 브라이언이 말했다. "일본이 우리나라와 내 가족 위에 폭탄을 투하하는 것은 참을 수 없는 일이야. 수단과 방법을 가리지 않고 그들을 물리쳐야 해. 내 가족이 무엇보다도 가장 소중한 건 사실이지만 나는 나라에 대한 책임도 있어." 브라이언은 진주만 공격 이후 두려움에 쌓여 있는 루스를 바라보았다. "왜 말이 없어."

루스는 대답하지 않았다. 그녀가 피부로 느끼고 있는 것이 싫었다.

브라이언은 루스가 왜 말을 하지 않는지 그 이유를 알고 있었다. 진주만 공격에 대한 소식은 그녀에게 많은 걱정을 가져왔다. 브라이언은 ROTC훈련을 다 마쳤고 대학 재학 시 예비군에 편입돼 있었다. 또 전쟁이 코앞에 다가왔고 브라이언이 곧 현역으로 복무하게 될지 몰랐다. 루스는 임신 오개월이었고 시아버지는 오늘내일하는 형편이었다. 게다가 식당업은 남편이 항상 붙어 있어야 했다. 아직까지 선전포고를 하지 않은 전쟁은 이미 매일매일 생활에 많은 변화를 가져왔다. 한때 손안에 꼭 쥐었다고 믿었던 정신적, 경제적인 안정감이 서서히 루스에게서 빠져나갔고 그 대신 두려움이 자리를 잡기 시작했다.

어두운 밤거리를 내다보면 루스는 얼마 전에 브라이언과 함께 극장에 갔을 때 보았던 뉴스 영화가 생각났다. 히틀러의 제삼제국의 군대가 행진하는 우렁찬 발소리와 히틀러가 열변을 토하는 모습이 눈앞에 떠올랐다.

"무슨 일이 일어날지 아무도 몰라. 그러니 우리는 그날그날 충실하게 살면 돼. 전쟁이 우리 생활을 어지럽게 하지 않도록 하자고." 브라이언이 말했다. "우리나라는 아직 일본에 선전포고를 하지 않았어. 아시아와 유럽 두 전선을 동시에 싸우는 것이 쉽지 않기 때문일 거야."

"피곤해." 루스는 브라이언에게 얼굴을 돌렸다. "졸려. 집에 가."

그해 12월 8일, 루스벨트 미국 대통령은 일본이 미국을 공격한 12월 7일을 일본이 미국에 오명을 입힌 날이라고 미국의회에서 한 연설에서 말했다. 바로 그날 오후 미국의회는 일본에 선전포고를 했다.

12월 10일, 제이콥은 캐런을 태우고 산호세로 내려갔다. 캐런은 전날 부모를 방문하러 갈 계획이었으나 심한 두통 때문에 다음 날로 미루었다. 제이콥이 처갓집 농장을 향해 먼짓길로 들어서자 길 앞에 소수의 무리가 길을 막고 서 있었다. 그들은 제이콥 차를 가로막았다. 제이콥은 차를 세웠으나 창문은 열지 않았다. 한 젊은이가 야구 배트로 창문을 두드렸다. 제이콥은 그들이 왜 길을 가로막고 있는지 짐작하고서 창문을 반쯤만 열었다.

"야, 일본 놈아. 지금 어디로 가고 있어?" 젊은이가 말했다. 그의 목소리는 거칠고 행동이 무례하고 위협적이었다.

"누구에게 말하고 있는 거요?" 제이콥은 젊은이의 눈을 빤히 쳐다보면서 물었다.

"너에게 말하고 있는 거야. 일본 놈아." 젊은이가 소리쳤다.

"나는 일본 사람이 아니요. 길 한가운데서 이게 무슨 짓들이요?"

"너 지금 거짓말하는 거지? 이 길 끝에는 집이 한 채밖에 없어. 일본 놈이 사는 집이야. 그놈은 우리의 적이야." 젊은이는 제이콥을 무섭게 노려보았다. "운전면허증 내놔 봐. 거짓말했으면 대갈통을 부숴 버릴 거야. 어서 운전면허증 내놔." 그 젊은이는 겁주느라 손으로 야구 배트를 이리저리 돌려가며 제이콥에게 운전면허를 내놓으라고 으름장을 놓았다.

제이콥은 지갑에서 운전면허를 꺼내 그 사람 코밑에 들이댔다. 젊은이는 제이콥의 이름을 읽느라고 머리를 이리저리 돌렸다.

"길을 비키시오." 제이콥은 운전면허증을 다시 지갑에 넣으면서 말했다.

"저 여자는 누구요?" 젊은이가 물었다. 그는 아직도 제이콥의 말을 믿지 않았다.

"내 와이프 캐런이요. 이제 길을 비켜 주실까요?"

"그 일본 놈을 만나러 가는 길인가요?"

"그렇습니다. 사업관계로 상의할 일이 있어서요."

"그 새끼에게 전해 주쇼. 빨리 떠나라고. 적이 우리 마을에 사는 걸 원하지 않아요."

그때 캐런이 무슨 말을 하려고 입을 열려고 하자 제이콥이 얼른 손으로 입을 막았다. 젊은이는 제이콥을 노려보면서 퉁명스럽게 말했다. "당신 일본 놈같이 생겼는데 코리언이 확실해요?"

"나는 내가 누구인지 잘 알고 있어요. 보아하니 당신은 일본 사람과 조선 사람을 분간 못 하는군요. 그리고 보니 당신 독일 사람처럼 보이는데 히틀러와 친척관계가 아닌가요?" 제이콥은 의도적으로 그 사람이 어리석은 짓을 저지르기 전에 다시 생각을 하도록 슬며시 그 말을 던졌다. 사실 그 사람은 독일계 미국인이었다.

젊은이가 동료들에게 길을 열어 주라고 손을 흔들었다. 그들은 천천히 길옆으로 물러섰다.

제이콥은 캐런의 손을 잡았다. "걱정하지 마. 아무 말도 하지 마. 사정이 그렇게 나쁘지 않은 것 같으니까." 그러나 제이콥은 열성애국자들의 출현과 그들이 멋대로 일을 저지르지 않을까 걱정되었다.

제이콥은 포치 옆에 차를 세웠다. 캐런을 도와 함께 문으로 갔다. 집 안은 조용했다. 보통 때라면 게이코가 달려 나왔을 것이다.

계절은 인간들이 저지르는 범죄를 모르고 있는 것처럼 나무와 언덕을 계절에 맞는 새 옷으로 갈아입히느라 분주했다. 제이콥은 여러 번 문을 두드렸다. 안에서는 아무 대답이 없었다. 캐런은 핸드백에서 열쇠를 꺼내 열쇠구멍에 꽂았다. 그녀는 조심스럽게 문을 안으로 밀고 잠시 기다리다가 안으로 들어갔다. 아무도 보이지 않았다. 갑자기 소름끼치는 생각이 캐런의 마음을 스치고 지나갔다. *일을 당하지 않았을까?* 그 생각에 비틀거렸다. 제이콥은 재빨리 캐런은 부축해서 소파에 앉혔다.

"문을 잠그고 안에서 기다려. 내가 나가서 찾아볼 테니까." 그 말을 마치고 제이콥은 밖으로 나가 문을 잠갔다. 과수원이 있는 집 뒤쪽으로 달려갔다. 과수원과 채소밭은 겨울비를 위해 쟁기질이 잘 돼 있었고 발가벗은 나무들은 봄이 빨리 오지 않는다고 벌써부터 툴툴대고 있었다. 제이콥은 쇼지와 게이코를 찾았다.

쇼지와 게이코는 언덕 위에 있는 참나무 뒤에 숨어서 망보고 있었다. 게이코가 집을 내려다보려고 고개를 들자 쇼지는 아내의 머리를 마치 애견처럼 손으로 눌렀다. 쇼지는 분명히 길 저쪽에서 나는 자동차 소리를 들었다고 생각했다. 잠시 후에 쇼지는 과수원을 왔다 갔다 하고 있는 제이콥을 보았다. 두 사람은 마음이 놓여 서로 보았다. 그리고 사위를 만나러 분주히 언덕 아래로 걸어 내려왔다. 게이코는 아직도 겁에 질려 몸을 부들부들 떨며 쇼지 뒤를 바짝 따라왔다.

"아무 일 없었어요?" 제이콥이 장인과 장모를 껴안으며 물었다.

"라디오에서 뉴스를 듣고 숨었지." 게이코가 말했다. 머리는 빗질을 하지 않아 헝클어졌고 두 사람이 다 피로해 보였다. "무슨 일이 있을지 짐작했으니까."

"자동차 소리를 들었어." 쇼지는 낡은 파카를 입고 작업화를 신고 있었다.

"이곳을 떠나셔야 합니다. 여긴 안전하지 않아요. 일본인들에 대한 사정이 점점 나빠지고 있어요."

“나는 아무 데도 안 가.” 쇼지는 성질이 고약한 아이처럼 입술을 쭉 빼고 고개를 흔들며 퉁명스럽게 말했다.

“길 아래 미친 녀석들이 길을 막고 있었어요. 그 사람들은 두 분이 여기 있는 것을 달갑지 않게 여기고 있어요. 어두워지면 우리가 두 분을 모시고 가겠습니다.”

“여기는 내 땅이고 누구도 나에게 이래라저래라 할 권리가 없어. 이건 내 집이고 내 땅이야. 내가 땀과 피를 흘려 모은 돈을 주고 산 땅이야.” 쇼지는 화가 나서 고개를 흔들었다.

“저이는 보통 고집이 아니야.” 게이코는 안달하며 제이콥을 보고 한숨을 쉬었다. “히로히토는 우리를 공격해서 죄 없는 사람들을 죽일 권리가 없었어요. 그런데 당신은 이 마당에서 권리를 따져요? 그놈들은 우리 집을 불태우고 과수원을 망쳐 놓을 거예요. 당신이 어떻게 그놈들을 막는다고요? 어디 말 좀 해 보세요.”

“죽을 팔자라면 우리 집에서 죽겠어.”

“나는 어떻게 하구요? 또 애들은요?” 게이코는 사위 앞에서 성깔을 죽이려고 애쓰며 남편을 쏘아보았다.

“당신은 제이콥과 같이 여길 떠나요. 나는 뒤에 남아 과수원을 돌볼 테니까. 나는 아무 데도 안 갑니다.”

제이콥이 말했다. “하나도 돌볼 것이 없을 겁니다. 지금까지 이루어 놓은 것을 다 버리고 떠날 수 없다는 기분을 이해하겠습니다. 어머니도 그 기분을 아시겠지요?” 제이콥은 장인이 손수 일군 과수원이 얼마나 소중하고 그것을 다 버리고 떠나는 것이 얼마나 어려운 일인지 장모가 이해하기를 바랐다.

“나도 알고 있어. 그렇지만 생명보다 더 소중한 것은 없어. 가족을 보호하는 것이 남편의 책임이야. 어찌 그 책임을 외면한다는 말이야?”

“필요한 짐을 꾸리세요. 차 트렁크를 비워 두었으니까 짐을 많이 실을 수 있을 거예요. 사정이 좋아질 때까지 저희들과 같이 있도록 하세요.”

“어쩔 거예요?” 게이코는 짜증스러운 얼굴로 쇼지를 바라보며 대답을 기다렸다.

“제이콥 말을 듣기로 하지.” 쇼지는 마음이 내키지 않았다. “이것이 악몽이라면 좋으련만.”

쇼지와 게이코가 제이콥에게 옮긴 다음 날인 12월 11일, 미국은 독일과 이태리 그리고 일본에 선전포고를 했다. 토요일인 12월 13일 루스와 브라이언은 유진과 순자를 태우고 샌프란시스코로 내려왔다. 순자는 며느리가 몸을 풀면 한 달가량 머물면서 집안일을 돌보기로 했다. 첫 임신 때 무거운 몸으로 하루 열 두 시간씩 노동을 하며 어려워했던 지난날을 잊을 수 없었다.

쇼지는 초조하고 속이 답답한 도시 생활에 견딜 수 없어서 손바닥만 한 정원에서 일을 했으나 별로 일거리가 없었다. 갑작스러운 전쟁이 농사일로 몸이 굳은 쇼지의 생활은 어지럽게 만들었다.

게이코는 방 안에서 끙끙대고 누워 있었다. 그녀는 성격이 강한 여자였으나 평생 쌓아 온 재산과 꿈을 잃어버리자 정신적으로 크게 타격을 받았다. 그녀는 지난 밤새 라디오에서 일본인을 미워하는 운동이 불같이 퍼져나간다는 뉴스와 소위 국제정세 전문가라는 사람들이 그들의 정세분석을 통해 시민들을 반일본인 운동으로 몰고 가는 말을 듣느라 밤을 새웠다. 그녀는 바보 같은 일본정부를 원망했다. 그러다가 이른 아침에는 일본정부를 향해 히스테리를 일으켰다. "평생 모은 재산을 몽땅 뺏겼어. 어느 나라가 우리나라고 어느 나라 사람이 우리나라 사람들이지? 미국인들? 그렇다면 그들은 왜 일본계 미국 시민들에게 대들고 지랄들이야?" 게이코는 잠자리에서 새벽까지 울며 신세한탄을 하다가 잠이 들었다.

미국 연방정부는 쇼지를 포함해서 서부지역에 살고 있는 일본인들의 은행구좌를 동결시켰다. 하루아침에 야마모토 집안은 빈털터리가 돼 버렸다. 마치 쥐새끼가 벽 구멍으로 도망가듯이 그들의 꿈도 그렇게 사라지고 말았다. 신문과 라디오는 일본계 미국 시민을 향한 인종차별을 쉬지 않고 부채질했고 거짓 이야기를 꾸며내 일본계 시민들을 미워하게 만들었다.

어제 미연방 중앙은행은 서부지역의 일본인들이 한 달에 백 달러씩 은행구좌에서 꺼내도록 허용했다. 쇼지의 말을 인용한다면 미국 연방정부가 발동시킨 반일본인 운동 때문에 쇼지를 포함한 일본계 미국 시민들은 양말과 속옷만 빼놓고 다 뺏기고 하루아침에 알거지가 됐다.

쇼지는 자신의 빈털터리 신세를 잊어버리려고 집 안에서 할 일을 부지런히 찾았다. 아내는 끙끙거리며 잠자리에 누워 일본과 미국에 욕을 퍼부었고 아예 두문불출 상태였다. 쇼지는 재산을 모으는 데 사십년 동안 피와 땀을 흘렸다. 그러나 그와 전혀 관계가 없는 일본의 진주만 공격이 그의 인생을 바꿔 놓았다. 자신이 일생 동안 쌓은 모래성이 전쟁이라는 파도에 휩쓸려 가는 것을 허탈하게 바라보고만 있었다. 그의 인생이 바다거품같이 보였다. 그는 바

다를 좋아하지 않았다. 바다는 무서울 뿐만 아니라 여자처럼 변덕
이 많아서 싫었다. 아내 게이코가 대표적인 예였다. 여자란 바닷가
의 여름 날씨 같다고 생각했다. 예고도 없이 언제 변할지 모르기
때문이었다.

2.

　캐런은 사무실에서 전화를 걸고 있었다. 그녀는 계속 신문기사를
써야 할지 몰라 지난 며칠 동안 조나단에게 전화를 걸었다. 조나단
에게 마지막으로 전화를 걸었을 때 조나단이 신문사를 그만두었다
는 말을 들었다. 아파트로 전화를 걸었으나 전화가 끊겨 있었다.
제이콥이 그녀에게 조언했듯이 당분간 쉬기로 했다.

　"십이월에 생일이 세 번이나 있다." 순자가 말했다. 집안이 거실
에 모여 차와 커피를 마시고 있었다. 순자는 마룻바닥에 앉아 제이
콥과 캐런이 산 애기 옷을 구경하고 있었다. "아버지와 네 생일이
십이월이고 첫 손자 생일도 십이월이다. 이제 석 달 남았다. 같은
달에 생일이 세 번이니 기분이 좋지 않니?"

　제이콥이 어머니에게 말했다. "저는 모르고 있었어요. 십이월에
는 몹시 바쁘겠어요. 생일이 세 번이고 또 크리스마스가 끼어 있으
니까요."

　조나단과 통화하려던 노력이 실패하자 캐런은 거실로 나왔다.

　제이콥이 캐런을 바라보았다. "캐런, 어떻게 생각해? 십이월에
세 번 생일을 축하하는 것 말이야."

캐런이 대답했다. "거뜬히 해낼 수 있어. 생일은 언제나 신나거든."

"좋은데. 무슨 말인가 하면 생일을 네 번씩이나 지내니까 신나는 일이야."

"십이월에는 생일이 세 번 들었다. 네 번이 아니고." 순자는 아들이 잘못 계산한 것을 일러주었다.

"어머니, 사실 12월에는 생일이 세 번이지만 가장 중요한 생일을 잊어선 안 돼요."

순자는 제이콥이 무슨 말을 했는지 몰라 아들을 바라보았다. 드디어 아들의 말뜻을 알아차렸다. "네 말이 옳다. 예수님의 생일을 계산하지 않았구나. 내가 늙어 가나 보다."

"왜 당신이 늙은 할망구야?" 유진은 그 말이 못마땅했다.

순자는 남편을 바라보며 웃었다. "당신, 고마워요. 네 아버지는 내가 진달래꽃처럼 아름답다는구나."

유진은 얼굴을 붉히며 아내를 보고 얼굴을 찡그렸다. *애들 앞에서 우리 두 사람의 비밀을 말하는 게 아니에요.* 순자는 남편의 눈에서 그 메시지를 살며시 읽었다.

"아버지 말이 맞아요. 엄마는 항상 아름다워요." 루스가 말했다. "나이를 생각하지 마세요. 엄마 나이가 육십이라고 생각하면 육십 노인처럼 느껴져요. 젊다고 생각하면 젊게 느껴지는 거예요."

"루스 말이 맞아." 유진이 말했다. "어느 날 내가 무릎을 꿇고 기도할 때 일이었어. '주님, 저는 늙어서 몸도 마음도 옛날 같지 않습니다.'라고 말하자 주님께서 나에게 이렇게 물으셨어. '너는 내가 몇 살이라고 생각하니? 나는 너보다 훨씬 나이가 많지만 지금도 너의 기도를 들을 수 있고 네가 하는 일을 다 볼 수 있다. 내 앞에서는 감히 늙었다는 말을 꺼내지도 말아라.'고 말씀하시는 소리를 들었어."

순자가 말했다. "부끄럽지 않았어요?"

"왜 부끄럽지 않았겠소. 그 이후로 내 나이를 생각하지 않기로 결심했지. 나이를 먹긴 했지만 주님이 말씀하신 대로 아직도 내 처자식들을 사랑하고 보고 들을 수 있으니 그보다 더 좋은 것이 뭐겠어?"

"아버지." 루스가 아버지를 불렀다. "브라이언이 걱정돼요."

"왜? 무슨 일이 있니?"

"아뇨. 다 좋아요. 그렇지만 전쟁 때문에 걱정이에요. 징집될지 모르잖아요."

"나도 그 생각을 해 봤다. 제이콥은 외아들이니 징집되지 않겠지만 브라이언이 걱정이다." 그 말에 모든 눈길이 루스 옆이 앉아 있는 브라이언에게 쏠렸다.

"부르면 가야지. 나라를 위한 임무가 있으니까." 브라이언이 루스에게 말했다.

"알아요. 그렇지만 당신과 우리의 안전이 걱정돼서 그래요." 루스는 브라이언을 빤히 쳐다보았다. 브라이언은 루스의 걱정하는 마음을 이해했다. 두 달 있으면 첫아이가 태어나고 그 아이를 품에 안고 아내와 함께 기쁨을 나눌 것이다. 그는 앞으로 무슨 일이 다가올지 알고 있었으나 터놓고 말하고 싶지 않았다.

"브라이언, 잘 생각해 봐." 유진이 말했다. "만일 징집될 경우를 생각해서 매사를 잘 준비하는 것이 현명한 일일 게다."

"그렇게 하겠어요. 작은 섬나라가 우리를 공격할지 누가 생각이나 해 봤겠어요? 루스와 아이를 두고 떠나야 하니 그것이 가슴 아파요. 루스 혼자서 식당을 운영하기 힘들 거고요." 브라이언은 고개를 흔들며 루스를 위로하려고 그녀의 손을 잡았다.

"나라가 부르면 지체하지 말고 가야 한다. 유럽에서 태평양까지 군대를 유지하려면 많은 군인이 필요할 게다. 정부는 몸이 성한 사람이면 다 징집할 거라고 생각한다." 유진은 두려워 속에 감추어 두었던 말을 꺼냈다.

브라이언은 루스에게 말했다. "내가 없는 동안 동생에게 당신을 도와주라고 부탁해 놓겠어."

"이제 20살인 동생이 무엇을 안다고 그러세요? 당신보다 먼저 징집될지 몰라요." 루스는 브라이언의 손을 꼭 잡았다. 임신, 식당 일 그리고 브라이언이 곧 집을 떠날 일이 마음을 무겁게 짓눌렀다. "아버지에게 부탁하겠어요. 좀 도와 달라구요. 만일 당신이 떠나게 되면요."

"부탁할 필요가 없다." 유진이 말했다. "나는 이미 퇴직한 거나 마찬가지고 시간이 많아. 브라이언이 떠나면 내가 와서 도와주마." 유진은 순자를 바라보았다. "네 어머니도 도와줄 게다. 밥하는 일이나 애기 보는 일은 할 수 있을 게다."

"걱정할 것 없다. 어미가 도와주마." 순자는 딸을 바라보며 말했다. 그녀는 자신의 염려스러운 생각을 말하지 않았다. 며느리가 출산한 뒤 그녀의 도움이 필요 없을 때 딸에게 가서 도와주기를 계획하고 있었다. 그러나 브라이언과 전쟁이 떼놓을 수 없는 관계가 있는 것은 미처 생각을 못 했다.

"우리가 루스를 잘 돌볼 터이니 걱정하지 마라." 유진은 상상력이 부족한 아내를 바라보았다. 아내는 그때까지도 브라이언과 전쟁

사이에 흩어져 있는 점들을 연결시키지 못하고 있는 것을 유진은 알고 있었다. 그것은 순자만의 잘못이 아니었다. 가끔 신문기사의 표제만 읽어 주는 남편으로부터 세상이 어떻게 돌아가는지 듣고 아는 정도였다.

"불려 갈 것 같으냐?" 순자는 드디어 브라이언과 전쟁 사이에 피할 수 없는 관계가 있는 것을 깨닫기 시작했다.

"그럴 것 같아요." 브라이언이 대답했다. "언제 닥칠지는 모르지만요. ROTC 신분이니까 조만간 오라고 할 거예요."

"곧 올 게다." 유진은 그 말을 남기고 머리를 식히려고 뒤뜰로 나갔다. 전쟁 이야기는 너무 우울했다. 사위는 곧 태평양이나 유럽으로 가서 싸울 것이다. 그는 한 번도 군인으로서 나라를 섬길 기회가 없었다. 조국은 수많은 침략을 받고 싸워야 했다. 영국함정이 인천 앞바다에 나타나 조국을 정탐하느라 정박했고 불란서 상선이 나타났고 곧이어 러시아와 일본이 경쟁에 뛰어들었다. 유진은 정원 옆에 서서 온종일 목을 죄던 어두운 육감에 짓눌려 있었다. *최악의 경우를 위해 딸아이를 준비시켜야지.* 유진은 길게 한숨을 쉬었다.

"브라이언, 가지 말아요." 루스가 남편에게 하소연했다. "나는 겁이 나서 못살겠어요."

브라이언은 루스를 품에 안았다. 제이콥과 캐런은 순자와 함께 조용히 거실을 나갔다.

"이건 내가 선택한 것이 아니고 나라를 적으로부터 지켜야 하는 임무야. 이건 선택의 여지가 없어." 브라이언은 처음으로 독일과 일본을 미워했다. 아버지로부터 조선인에게 저지르는 일본의 야만적 행위에 대해서 여러 번 들었다. 브라이언은 이제야 조선인들이 왜 일본인들을 그렇게 미워하는지를 이해했다. 가끔 일본인들을 미워하는 조선인들의 공개적인 태도에 대해 생각해 본 일이 있었으나 개인적으로 아무런 관계가 없다고 생각했었다. 아버지가 왜놈들의 잔악한 범죄행위를 이야기할 때마다 브라이언에게는 마치 먼 나라의 이야기같이 들렸다. 적이 문 앞에 와 있는 지금 그 이야기는 자신의 이야기였고 그가 태어난 나라의 이야기였다.

"그렇지만 가족을 위한 책임이 당신에게 있잖아요? 곧 첫애가 태어날 것이고 나는 두려워 떨면서 당신이 돌아올 때를 기다려야 해요. 나는 그것이 싫어요. 나는 그렇게 살고 싶지 않아요. 당신은 항상 내 곁에 있어야 해요. 그것이 결혼선서였잖아요?" 루스는 두려운 생각에 몸을 떨면서 입술을 깨물었다. "왜 그들이 우리 가정을 위협하죠? 우리가 무엇을 했다고? 그들에게 나쁜 일을 한 일이 없어요." 루스는 눈물을 닦았다.

"나는 이제야 왜 아버지와 어머니 그리고 조선 사람들이 일본을 그렇게 미워했는지 알겠어." 브라이언은 부엌으로 가서 냅킨을 한 주먹 쥐고 돌아왔다. 루스 옆에 앉아 냅킨을 루스 손에 쥐어 주었다. 루스는 브라이언을 쳐다보았다. "보고 싶어 어떻게 하죠? 당신을 내 생명이에요." 루스는 냅킨으로 코를 풀었다.

"지금 당장 가는 게 아니잖아? 언제 통지서를 받을지 모르는 일이야."

"그건 사실이 아니에요. 당신은 곧 전쟁터로 갈 거예요." 루스는 허탈하게 브라이언을 바라보았다. "모든 것이 부서지고 손가락 사이로 빠져나가는 것 같아요. 이 전쟁은 수많은 가정에 실망을 가져왔고 수많은 생명이 희생당할 거예요. 우리에게 무슨 일이 일어날지 몰라요. 지난밤 한숨도 못 잤어요."

"당신 잘못이 아냐. 온 세상이 땅 밑으로 가라앉고 있어. 이런 기분이 너무 싫어. 몇 악인들이 온 세상을 파괴하고 있어. 놀라운 일 아냐? 어린 아기가 집이 불타는 것을 어쩔 수 없이 바라보고 있 듯이 우리도 파괴를 바라보고만 있을 뿐이야." 브라이언은 손을 뒤 주머니에 찔러 넣고 거실을 왔다 갔다 했다. 잠시 동안 무거운 침 묵이 그의 뒤를 따랐다.

루스는 브라이언이 그녀를 혼자 두고 떠나야 하는 아픔을 알고 있었다. 그녀는 브라이언의 눈에서 그때까지 한 번도 본 일이 없는 무엇인가를 보았다. *저것이 미움일까?*

그레이스는 퍼터를 만나러 가고 있었다. 고등학교를 졸업한 뒤 그레이스는 김 사장의 과일 포장회사에서 일했다. 유진의 자녀 가 운데 그레이스만 대학교육에 관심이 없었다. 그녀는 다른 길을 선 택할 수도 있었지만 대학교육이 행복으로 안내하는 유일한 길이라 고 스스로를 설득할 수 없었다. 아마 보다 나은 삶을 위해 도움이 될지 모르지만 학교 앞에도 가 보지 못한 사람들이 행복하게 사는 것을 그레이스는 많이 보았다. 비록 나이가 어렸지만 그레이스는 성공과 행복을 분간할 수 있었고 성공과 행복은 전혀 다르다는 것 도 알았다.

"사람의 진정한 가치는 그 사람의 교육수준이 아니라 선행이다." 딸에게 대학교육의 중요성을 애써 설득하다가 드디어 포기한 어머 니가 그렇게 말했었다. 순자 역시 교육이 여자에게 미치는 영향에 대해 깊이 생각해 보았다. 막내딸은 가정주부가 되기에는 충분한 교육을 받았다고 생각했다. *나이가 어릴 때 결혼해서 애 낳고 남편 위해 밥 짓는 것보다 바람직한 일이 없어.* 어느 날 순자가 딸에게 그렇게 말했다.

그레이스는 자동차 정비사사 되고 싶어 하던 피터를 몇 달 동안 만나지 못했다. 피터는 그레이스에게 정비사가 되면 돈도 많이 벌고 젊어서 정비소 사장이 될 수 있다고 말한 적이 있었다. 피터는 고등학교를 졸업하자 마을에 있는 주유소에서 일했다. 거기서 일하면서 정비기술을 익히고 싶어 했다. 그러나 피터는 그레이스와 달리 한 직장에서 몇 달을 넘기지 못했고 큰소리쳤던 일도 빈말로 끝나고 말았다. 피터는 감옥을 집처럼 드나드는 아버지와 같이 살고 있었다. 어머니는 아버지와 이혼하고 같은 마을에 사는 농부와 재혼했다. 어쩌다가 길에서나 식품점에서 어머니와 마주치면 고개를 돌려 버렸다. 어머니를 무시하지 않았지만 정숙한 여자라고 생각하지는 않았다.

그레이스는 고치기 힘든 문제를 많아 가지고 있는 피터와 친구 이상의 관계는 아니었다. 학교 운동장에서 고집 세기가 당나귀 같은 피터와 치고받고 싸웠던 그날 이후부터 둘은 친한 친구가 됐다. 피터는 누구 말도 듣지 않았으나 그를 돌대가리라고 부르는 그레이스 말은 잘 들었다.

그레이스는 남쪽으로 자전거 페달을 열심히 밟았다. 피터가 살고 있는 집은 마을에서 조금 떨어진 곳이었다. 거기서 아버지와 셋집에서 살고 있었다. 그레이스는 피터에게 아버지를 떠나라는 메시지를 전하려고 가고 있었다. 그녀는 피터가 아버지의 나쁜 영향을 받고 있다는 것이 걱정됐다.

그레이스는 자전거를 복숭아나무 아래 두고 피터 집으로 걸어갔다. 고동색 페인트가 벗겨진 문에는 발에 얻어맞은 상처가 많이 보였다. 문을 두드렸으나 대답이 없었다. 그레이스는 집 뒤로 갔다. 자동차를 고치고 있는 남자의 등이 보였다. 피터의 아버지 프랭크였다. 프랭크를 보자 등에 소름이 끼쳤다. 그레이스는 잠시 주저하다가 조심스럽게 프랭크를 향해 걸어갔다. 프랭크가 가는 곳마다 나쁜 일이 일어났기 때문이었다.

"미스터 윌러스, 안녕하세요?" 그레이스는 프랭크로부터 조금 떨어져 말을 걸었다.

프랭크는 돌아서서 그레이스를 바라보았다. 그는 얼굴을 찡그리면서 걸레로 손에 묻은 기름을 닦았다. "피터 만나러 왔니?"

"예. 집에 있어요?"

"집에 없다. 프레즈노에 일거리를 알아보러 갔다." 프랭크는 젊은 동양 여자를 바라보았다. 귀엽고 깜직스러워 깨물고 싶었다.

"그럼 다음에 올게요. 다음 주에요. 피터가 돌아오거든 그렇게 전해 주세요." 그레이스는 다시 소름이 끼쳤다.

"알았다. 잠시 들어와 시원한 걸 마시고 가거라."

"괜찮아요. 갈게요." 그레이스는 세워 둔 자전거 쪽으로 돌아섰다. 어느새 프랭크는 그레이스의 어깨를 잡고 당겼다. 그레이스는 소스라쳐 놀랐다. "시원한 걸 마시고 가라고 하지 않았니. 어서 안으로 들어가자." 프랭크는 징그럽게 웃으며 그레이스 팔을 끌고 가서 집 안으로 밀어 넣었다.

"이 팔 놓으세요." 그레이스는 있는 힘을 다해 저항하면서 소리쳤다.

"잠깐 쉬었다 가거라. 좋은 시간을 가질 테니." 프랭크는 그레이스를 거실로 끌고 갔다.

"이거 놔요." 그레이스는 다시 소리쳤다. "나는 피터의 애인이에요. 이런 짓 당장 그만두세요."

"그런 바보 녀석을 사랑한다니 웃을 일이로구나. 그놈은 아무 데도 쓸모가 없어. 진짜 남자가 어떤 것인지 내가 보여 주마." 프랭크는 그레이스의 블라우스를 찢고 더러운 바닥에 깔고 앉았다.

그레이스는 힘을 다해 저항했으나 덩치가 큰 사내와 싸우기에는 힘이 너무 모자랐다. "제발 이러지 마세요. 이러시면 안 돼요." 그레이스는 밑에 깔려 애원했다.

"너 일본 년이지? 백인이 더러운 일본 년에게 무슨 짓을 할 수 있는지 보여 주겠다." 프랭크는 그레이스 얼굴에 대고 식식거렸다.

"피터가 알면 죽일 거예요." 그레이스는 작은 손으로 프랭크의 어깨를 힘껏 밀쳤다. 그러나 프랭크를 멈추게 할 수 없었다. 프랭크는 혀를 그레이스 입안으로 밀어 넣었다. 그레이스는 너무 놀라 소리 지르면서 프랭크의 머리를 뜯었다. 절망적인 그녀의 노력은 물통에 담긴 고기가 살려고 발버둥 치는 것과 같았다. 그레이스가 마지막 본 것은 그녀의 몸 위로 올라갔다 내려갔다 하는 늙은 남자의 발가벗은 몸이었다.

일이 끝나자 프랭크는 그레이스를 놓아 주었다. 정신을 잃은 상태인 그레이스는 늙은이가 다시 그녀를 잡으려고 따라오는 것처럼 밖으로 뛰쳐나가 도망쳤다. 저주와 분노가 뿜어내는 무서운 힘으로 자전거에 뛰어올라 탄 그레이스는 무서운 속도로 페달을 밟았다. 눈물이 솟아나와 눈앞을 가렸다. 자전거는 먼짓길을 비틀거리며 달렸다. 그러다가 길옆으로 미끄러지면서 복숭아 과수원 옆에 있는 도랑에 빠졌다. 손과 팔꿈치가 벗겨져 피가 났다. 그러나 아픔을 못 느꼈다. 그레이스는 일어나 자전거를 도랑에서 꺼냈다.

다시 페달을 밟았다. 아직도 악취 나는 늙은이의 입김이 그녀의 입안에 남아 있었고 프랭크의 몸이 그녀 몸 안에서 여전히 뱀처럼 꿈틀거리는 것 같아서 자전거를 타고 가며 계속 토했다.

마을 입구에 닿자 그레이스는 자전거에서 내려 길옆으로 걸어가 앉았다. 추한 세상을 보지 않으려고 얼굴을 손으로 가리고 큰 소리로 울었다. 작은 어깨가 경련했다. 잠시 후에 그곳을 떠나기로 결심했다. 부모의 얼굴을 대할 수 없을 것 같았다. 아버지와 어머니가 그 사실을 안다면 죽을 것이다. 그렇게도 사랑하던 세상이 추하고 악하게 변하여 그녀를 배신했다. 행복하게 살려고 원했던 때 묻지 않은 젊은 꿈도 부서지고 말았다.

이제 내가 추구할 것이 아무것도 없어. 다 사라진 거야. 그녀는 다시 흐느꼈다. *나는 이 골짜기를 떠나야 해. 아빠와 엄마에게 수치스러운 일이야. 어서 이곳을 떠나자.*

3.

제이콥은 캐런을 태우고 윌슨 의사에게 갔다. 아침 일찍 아랫배에 심한 고통이 왔다. 두 사람은 대기실에서 오랫동안 의사를 기다렸다. 고통은 여전했다. 제이콥은 기다리다 못해 접수원에게 걸어갔다.

"고통이 너무 심해서 더 기다릴 수 없어요." 제이콥은 잡지책을 보고 있는 여자 접수원에게 말했다. 그러나 접수원은 대답 없이 월슨 의사 사무실 문을 열고 방금 제이콥이 한 말을 의사에게 되풀이했다.

"일본 의사에게 가라고 해." 월슨 의사의 화난 목소리가 문 뒤에서 흘러나왔다. 캐런과 제이콥은 어이가 없어 서로 바라보았다. 그 순간 제이콥은 세상이 변한 사실을 깨달았다. 전쟁이 모든 것을 바꿔 놓았다. 우정, 신뢰 그리고 인간성마저도 밑도 없는 미움의 깔때기 속으로 빨려 들어가고 말았다.

그날 아침에 제이콥은 그가 태어난 나라와 국가의 양심을 전쟁이 바꿔 놓았다는 사실을 알았다. 자신이 그런 변화를 느낄 만큼 감수성이 예민하지 않았던 것뿐이었다. 제이콥이 의사에게 항의하려고 하자 캐런이 그의 손을 잡고 그녀 쪽으로 제이콥을 당겼다. "집으로 데려다 줘. 모든 게 다 변했어."

그러나 제이콥은 그냥 돌아서지 않고 소리쳤다. "캐런은 당신의 환자예요. 캐런은 내 아내이고 지금 해산으로 고생하고 있어요. 당신은 의사로서 도와줄 의무가 있어요. 당신의 비양심적인 행동을 법적으로 처리하겠습니다. 캐런이 일본계 미국 시민이기 때문에 죽게 내버려 두는 겁니까?"

접수원이 문 뒤로 사라졌다.

"그래야 아무 소용이 없어." 캐런은 고통을 이기느라 애쓰며 말했다. "엄마가 도와주실 거야. 어떻게 하는지 아실 거야."

"잘못되면 어떻게 하려고?"

"당신 어머니에게 연락해. 지금 루스와 같이 계셔."

이틀 뒤 새벽 네시에 캐런은 침실에서 아름다운 첫 애기를 낳았다. 이름을 다니엘이라고 불렀다. 순자와 게이코는 위급한 상황을 잘 처리했다. 순자가 훨씬 더 효율적이었다. 순자와 같이 내려온 유진은 첫 손자를 보자 크게 흥분했다. 순자와 게이코가 다니엘을 씻기고 있을 때 흥분한 유진과 쇼지는 번갈아가면서 집 밖으로 분주하게 들락거렸다. 유진은 손자가 반은 일본인의 피를 받아서 조금 걱정스러웠다. 비록 온 나라가 반일본구호를 외치며 들고일어났지만 유진은 아무도 손자에게 손을 대지 못하게 보호할 것이다. 손자는 조선인의 피를 타고 태어난 미국 시민이기 때문이다.

다음 날 캐런이 다니엘에게 젖을 먹이고 있을 때 조나단에게서 전화가 왔다.

조나단은 긴장한 목소리로 말했다. "나는 목이 잘렸어. 로스앤젤레스 신문과 캘리포니아 프레스는 반일본 운동 열광에 앞장 나서고 있어. 독일과 이태리 후손들에게 일어난 일을 봤잖아."

"알고 있어. 나는 내 나라에서 불안에 떨고 있어." 캐런이 말했다. 순자가 방으로 들어와 다니엘을 받아 안고 조용히 밖으로 나갔다.

"제럴드 비들 캘리포니아 주 법무장관은 일본인에 대한 보복을 금지하는 법령을 발포했지만 우리 주위에 일어나고 있는 일을 보라고. 진주만 사건 이후 일어나고 있는 일을 믿을 수 없어. 루스벨트와 광대들은 미국이 싸워 온 근본적인 자유와 인권을 파괴하고 있어."

"신문은 어떻게 할 거야?"

"때가 때인 만큼 접어둬야 해. 지금 내가 할 수 있는 일이 하나도 없어. FBI가 내 뒤를 쫓고 있어. 내가 일본 스파이라는 거야. 이

미친 소리 믿어지느냐고.”

“정말이야?”

“신문발행 때문에 나를 스파이라고 딱지를 붙인 거야. 캐런, 조심해. 너를 체포할지 몰라. 너도 알지만 수백 명의 더러운 일본인들이 미국정부에 허위정보를 팔고 있어. 동족을 팔아먹는 놈들이야. 캐런, 너는 이제 너 성은 야마모토가 아니지만 그래도 조심하라고.”

“나를 쫓아올까?” 캐런은 갑자기 위험을 느꼈다.

“그래서 내가 전화를 건 거야. 뒤를 잘 살피고 다녀.”

“지금 어디서 전화를 거는 거야?”

“그건 말할 수 없어. 로스앤젤레스에서 멀리 떨어진 곳이야. 당분간 안전해.”

“정말?”

“당분간이라고 하지 않았어? 그렇지만 루스벨트가 우리를 수용소로 보낼 것은 확실해. 그러니 조심해. 혼자서는 아예 외출하지도 말라고. 정보가 모아지는 대로 다시 전화할게.” 전화가 끊어졌다.

유진은 차를 길옆에 세웠다. 그는 순자와 아침 일찍 새크라멘토를 떠났다. 여느 때처럼 유진은 차에서 내리는 아내를 두고 혼자서 집을 향해 뚜벅뚜벅 걸어갔다. 유진은 자신의 그런 행동을 이상하다고 생각해 본 일이 없었고 순자 역시 남편에게 도와 달라는 부탁을 하지 않았다.―조선 남자들은 남들 앞에서 아내를 도와주지 않는 버릇이 있었다. 어느 날 순자는 한 조선 남자가 뻔뻔스럽게도 남들이 들도록 큰 소리로 하던 말을 들었다. “아내를 도우려고 빗

자루를 들면 곧 업어 달라고 조른다." 아무도 없을 때 순자가 남편에게 부탁하면 도와주기는 하겠지만 남들 앞에서는 귀머거리처럼 못 들은 체할 것이다.

"그레이스, 우리 집에 왔다." 순자는 딸이 뛰어나올 줄 기대하고 안으로 들어갔다. 남편이 곧 일을 가야 하니 조반을 만들어야 했다. 일년 후에는 남편이 퇴직할 것이다. 유진과 딸이 같은 회사에서 일을 했기 때문에 그레이스는 아버지 차로 출퇴근했다. 그녀는 포장창고 뒤쪽에 있는 사무실에서 일했다. 유진은 매일 딸을 포장창고 앞에 먼저 내려 주고 직장으로 갔다. 일이 끝나면 그레이스는 아버지가 데리러 오기를 기다려야 하는 일이 싫어서 그해 겨울에 새 차를 사기로 했다.

순자는 작은 가방을 거실에 두고 삼십분 안에 직장으로 떠나야 하는 남편의 조반을 만들려고 곧바로 부엌으로 갔다.

유진은 막내딸 침실로 갔다. 그레이스가 방에 없었다. 침대는 잘 정돈돼 있었고 책장에는 먼지 하나 없이 깨끗했다. 이상하게 보이는 것이 없었다. 그는 딸의 벽장을 열어 보았다. 벽장은 반이 비어 있었다. 갑자기 겁이 났다. 그는 그레이스의 옷장을 열었다. 옷장이 텅 비어 있었다. 두려움에 쌓인 유진은 침실 한가운데 서서 무슨 일이 있었는지 생각을 모아 보았다.

부엌에서는 순자가 바쁘게 아침을 하고 있었다. 갑자기 집 안이 너무 조용한 것을 알았다. 두려운 생각이 마음을 스쳤다. 왜 그런지 다리와 손이 들들 떨렸다. 다 팽개치고 부엌을 뛰어나갔다. 그레이스 방에 들어가니 얼굴이 하얗게 질린 남편이 방 한가운데 미라같이 서 있었다.

"무슨 일이에요?" 순자는 두려운 눈으로 벽장을 바라보며 물었다.

"그레이스가 집을 나갔어." 유진은 순자를 보지도 않고 중얼거렸다.

"집을 나갔다니 그게 무슨 소리예요?" 겁에 질린 순자가 소리 질렀다.

"도망갔어."

그 말에 순자는 정신을 잃고 쓰러졌다. 다행히 유진이 순자가 바닥에 넘어지기 전에 아내를 붙잡고 침대에 눕혔다. "그레이스를 찾아야 해. 사랑하는 내 딸을 반드시 찾아야 해." 그는 약물에 취한 사람처럼 두서없이 중얼거렸다.

자정이 가까워 제이콥과 캐런이 프레즈노에 있는 병원에 도착했다. 어머니는 응급실에 있었다. 유진은 텅 빈 대기실에서 몸을 앞으로 푹 숙이고 앉아 있었다. 그는 낙담하여 정신이 혼란한 상태였다.

"아버님, 어떠세요?" 캐런은 유진의 손을 잡으며 물었다. 멍하니 바닥을 내려다보고 있던 유진은 고개만 끄덕였다. 눈도 마음도 흐려 무엇을 생각하고 있는지 몰랐다.

"몹시 피곤하신 것 같아요." 제이콥이 말했다. "루스에게 알렸어요?"

"아니. 임신 중이니 알리지 마라."

"잘하셨어요. 의사를 만나고 오겠습니다." 제이콥은 캐런과 아버지를 대기실에 남겨 두고 밖으로 나갔다.

복도는 희미한 불빛으로 창백했다. 공동묘지처럼 너무 조용했다. 제이콥은 간호사 대기실을 향해 걸음을 빨리 옮겼다. 꾸벅꾸벅 졸고 있는 당번 간호사에게 의사를 만나고 싶다고 말했다. 간호사는 문 뒤로 사라졌다. 제이콥은 간호사 대기실 쪽을 바라보며 벽에 기댔다. 큰 두 개의 사건을 치른 어머니의 건강이 걱정됐다. 다니엘이 죽은 뒤 어머니의 건강은 급속도로 쇠약해져서 또 다른 큰 충격을 감당할 수 없었던 것을 깨달았다.

흰 가운을 입은 의사가 복도 저쪽에서 제이콥 쪽으로 걸어왔다. "미세스 박 친척이 되세요?" 의사가 제이콥을 바라보며 물었다.

"아들입니다. 어머니는 어떠세요?"

"주무시고 있습니다. 뇌졸중이라 완전히 회복되기는 어려울 겁니다. 몸 한쪽이 반응이 없습니다."

"뇌졸중이라고요?"

"그렇습니다. 그러나 위험은 지났습니다. 생명이 위험하진 않습니다. 최선을 다하겠습니다만 상태를 지켜보기 위해 며칠간 병원에 계셔야 합니다."

의사와 헤어지고 나서 제이콥은 마지막 한 가닥 희망을 찾으면서 대기실로 돌아왔다. 어머니가 응급실에서 다시 생명을 찾으려고 싸우고 있다는 사실이 믿어지지 않았다. 제이콥이 돌아오자 캐런이 자리에서 일어났다. 그녀를 딸같이 사랑하는 시어머니 건강상태를 알고 싶었다. 제이콥은 아버지 옆에 무겁게 앉았다.

"벌써 알고 있다." 유진은 여전히 바닥을 내려다보며 말했다.

"어머니는 혼자서 걷는 일이나 전에처럼 좋아하시던 일도 못 하실지 몰라요. 어떻게 하실지 생각해 보세요." 부모를 걱정하는 제이콥의 마음이 찢어지듯 아팠다.

"생각해야 할 일이 많다. 뭐 그렇게 많지 않을지도 모른다." 정신이 혼란한 유진이 말했다. "어차피 퇴직할 생각이었으니 하루라도 더 빨리 일을 그만두고 네 어머니를 간호해야겠다. 내가 늘 옆에 있어야 할 게다.”

“저희들과 같이 사시면 좋겠어요. 여기 오면서 캐런과 그 일로 의논했습니다. 여기를 떠나셔야 해요. 샌프란시스코도 좋은 병원이 있어요.”

“우리 걱정은 하지 마라. 내가 어머니를 잘 돌볼 테니. 그레이스를 기다려야하고 또 다니엘이 이곳에 있지 않니.”

“저가 최선을 다해서 그레이스를 찾아보겠습니다. 베이크스필드가 아니면 로스앤젤레스에 있을 거예요. 그렇지만 다니엘 때문에 다이뉴바에 사실 필요가 없어요. 이런 말 하고 싶지 않지만 다니엘은 죽었어요. 원하실 때는 언제든지 다니엘 묘지를 찾아오시면 돼요. 다니엘이 죽었다는 사실을 받아들여야 해요.” 어려운 형편에서 죽은 동생 말을 하는 것이 쉬운 일이 아니었다.

“나는 그런다고 하더라도 네 어머니는 그 사실을 받아들이지 않을 게다.”

캐런이 시아버지에게 물었다. “그레이스가 왜 집을 나갔는지 아직도 그 이유를 모르세요?”

유진은 고개를 흔들었다. 말하기조차 피곤했다.

“안 돼!” 루스는 신경질적으로 소리 질렀다. “못 가요. 우리를 두고 못 떠나요.” 루스는 소리 내어 흐느꼈다. 브라이언은 루스를 품에 안았다. 그날 오후 배달된 징집통지서가 방바닥으로 떨어졌다.

아침 늦게 둘은 크리스마스 쇼핑을 나갔다 돌아왔다. 루스는 일주일 전에 남편을 잃은 시어머니를 위해 순모로 짠 스웨터와 코트를 샀다. 예상했던 시아버지의 죽음은 동생 다니엘의 갑작스러웠던 죽음만큼 충격적이지 않았으나 시아버지의 죽음 역시 가슴 아픈 사건이었다. 눈을 감기 전에 손자를 그렇게도 보기를 원했으나 첫 손자가 출생하기 오 개월 전에 세상을 떠났다.

그날 오후, 산다는 것이 너무 힘들어 보였다. 루스는 혼자서 식당을 운영해야 하고 아이를 돌봐야 한다. 시어머니는 손자가 출생하면 같이 와서 있겠다고 했으나 루스는 친정어머니가 와 주기를 바라고 있었다. 누가 그녀를 도와주든지 브라이언이 없는 생활은 예전 같지가 않을 것이다. 게다가 브라이언은 유럽과 아시아의 평화를 위해 전쟁에 가야 한다. 그날 오후 루스에게는 평화란 사람의 노력으로 얻어지는 것이 아니라고 깨달았다.

"브라이언, 가면 안 돼요. 나도 우리 아기도 당신이 필요해요. 당신을 뺏어 가는 건 공평하지 않아요." 루스는 브라이언의 품 안에서 울었다.

"내가 선택한 일이 아냐. 나는 루스 곁을 떠나고 싶지 않아."

"그럼 가지 말아요. 못 가겠다고 그들을 설득시켜요."

"루스, 가야해. 루스가 나에게 얼마나 소중한지 알아. 그렇지만 나에게는 나라를 지켜야 하는 임무가 있어."

루스는 고개를 들고 브라이언을 쳐다보았다. 브라이언은 루스의 눈에서 눈물을 보았다. 그리고 태아가 루스의 배 안에서 움직이고 있는 것을 느꼈다. "누가 당신 가족을 지키고 당신 가족을 책임져요?"

"내 가족은 내 책임이야. 그렇지만 나라를 지키기 위해 우리는 값을 치러야해. 그렇지 않으면 우리는 노예가 될 것이고 악당들은 우리를 짓밟을 거야. 늦기 전에 그들을 막아야 해."

"당신은 우리를 두고 가고 싶어 해요. 안 그래요?" 루스는 브라이언에게 설득당하는 것을 거부했다. 남편 없이 혼자서 첫아이를 출산하는 것이 두려웠다. *누가 브라이언의 적이야? 브라이언은 어디에서 전쟁을 할까? 유럽? 아니면 아시아?*

"나도 가고 싶지 않아. 내 말 안 믿어?"

"안 믿어요. 우리 깊은 산중으로 피해 거기서 살아요. 우리가 함께 사는 한 우리는 행복할 거예요."

브라이언은 루스를 소파에 앉히고 옆에 앉았다. "내가 평생 도망 다니면서 숨어 사는 것을 원해?"

"나는 당신이 위험할까 봐 겁이 나요." 루스는 남편의 목을 껴안았다. 브라이언은 루스의 심정을 이해했다. 가슴이 아팠다.

"걱정 마. 아무 일 없을 거야. 기도 열심히 해."

루스는 가슴이 쓰렸다. "나는 이제 하나님을 믿지 않아요. 하나님은 동생을 뺏어 갔고 나를 친딸처럼 사랑하시던 당신 아버지도 뺏어 갔고 이제는 당신마저도 뺏어 가려고 하고 있어요."

"나를 뺏어 가는 것은 우리나라의 적이지 하나님이 아니야."

루스는 눈물을 흘리며 브라이언을 쳐다보았다. "정말 안전하겠어요?"

"루스가 열심히 기도하는 한 절대로 안전할 거야."

"그럼 당신의 안전을 위해 늘 기도할래요. 늘 두려운 마음으로 어떻게 혼자서 이 무거운 짐을 지고 살겠어요? 식당, 우리 아기 그리고 당신 어머니…." 루스는 마음의 안정을 찾기 위해 어려운 현실을 받아들이려고 안간힘을 썼다.

그날 저녁, 제이콥은 캐런을 서재로 불렀다. 마음이 무거웠다. "현실을 냉정하게 직시해 보라고." 손에 찻잔을 들고 서재로 들어오는 캐런에게 제이콥이 말했다. 캐런은 제이콥 옆에 조용히 앉았다. "내 생각으로는 서부지역에 사는 것이 위험해. 히틀러와 무솔리니와 동맹관계를 맺은 일본은 태평양지역을 쉽게 포기하지 않을 거야. 그건 일본과 미국의 전면전쟁이 다가온 것을 뜻하는 거야." 제이콥은 책상 위에 놓인 로스앤젤레스 타임스와 샌프란시스코 크로니클 신문을 캐런에게 건네주었다. "우리 안전을 위해 동부로 이사해야겠어. 이 신문들은 반일본구호 기사로 꽉 차 있어. 여기서 사는 것이 안전하지 않아."

"지금 상태로는 일본인에게 절대로 안전한 곳이 없어. 일본인 2세도 마찬가지야." 캐런은 달갑지 않은 눈길로 손에 들고 있는 신문을 내려다보았다.

"정확한 판단이야. 미국은 당신이 일본에서 출생했든지 미국에서 출생했든지 상관하지 않아. 그러니 여기서 사는 것이 위험하다는 말이야."

캐런은 잠시 제이콥을 쳐다보다가 말했다. "이 얼굴을 가지고 어디로 가면 안전할까?"

"글쎄, 두고 보자고. 당신은 이제 야먀모토가 아니지만 성이 바뀌었다 해서 안전할까? 아직은 일본인에 대한 감정이 누그러진 것 같이 보이지 않고 신문과 방송 그리고 정치인들은 반일 감정에 부채질을 하고 있어. 우리는 소수민족에 대한 정부의 차별대우를 보아 왔고 앞으로도 그런 일은 계속될 거야."

"사정이 어떻게 변할지 두고 봐. 아직은 예측하기엔 일러."

제이콥이 말했다. "바로 그것이 캐런과 내 생각이 다른 점이야. 사정은 위험해지고 있고 파도가 얼마나 높은지 그 높이를 재 볼 시간이 없어. 서둘러 여길 떠나야 해.”

“내가 사랑하는 도시에서 도망가지 않겠어.”

“도망가자는 게 아냐. 우리를 위해서 안전한 곳으로 옮겨 살자는 거지.”

“내 혈통 때문에 우리 집에서 도망가지 않겠어. 그것이 불공평하다는 걸 제이콥도 알잖아.”

“사람은 이론에 근거를 두고 서로 미워하는 것이 아니라 무지 때문에 그런 거야. 불타는 집에서 살 수 없어. 살려면 밖으로 빠져 나가야 해. 구해 줄 사람이 오지 않으면 자신을 구할 사람은 자기 자신뿐이야.”

캐런은 창가로 걸어가 어두운 밖을 내다보았다. “당신은 다니엘을 데리고 다른 곳으로 옮겨. 나는 여기서 남아 내 권리를 위해 투쟁하겠어.”

“너무 바보스러운 짓이야. 누구를 대상으로 싸워야 하는지 알고 있어?”

“알고 있어. 인간이 만든 제도에는 항상 문제가 있어. 그걸 보여 주는 것이 우리의 책임이야.”

제이콥은 불안해하는 캐런의 심정을 달래려고 품에 껴안았다. “보지 않겠다고 한다면?”

“그것 또한 도전이야. 좀 더 참아줘. 기다려 보자는 거야. 지나친 부탁이야?”

“그렇게 하지. 그동안 장인장모님을 우리가 모시도록 해.”

“신문 읽고 싶지 않아.” 캐런은 신문을 제이콥에게 다시 돌려주었다. “불안하기만 해.”

“캐런이 안전하도록 최선을 다할게.”

“나를 보고 우리나라의 적이래. 웃기는 일이야. 어려울 때마다 왜 소수민족을 괴롭히는 거지?”

“소수민족은 그들의 먹이야. 다수를 위한 희생양이야. 다이뉴바 목사님의 말이 생각나. 인종차별은 주님이 다시 오실 때까지 계속된다고 하셨어. 그러니 인종차별이 존재하지 않는 것처럼 하지 말고 우리더러 인종차별에 익숙해지라고 하셨어.”

4.

1942년 1월 두 번째 주에 루스는 남편과 같이 시어머니를 만나러 샌프란시스코로 내려왔다. 그들의 방문은 유독 그 이유 때문만 아니었다. 나흘 뒤에는 브라이언이 포트 캠벨에 있는 부대로 떠난다. 브라이언은 루스와 그를 만나게 해 준 도시에서 하룻밤을 보내고 싶었다. 샌프란시스코에 온 김에 제이콥을 방문하기로 했다. 샌프란시스코로 다시 내려올 시간이 없었기 때문이었다. 브라이언은 다음 날 다이뉴바로 장인장모를 방문하고 작별인사를 하기로 했다. 브라이언과 루스는 집안에 무슨 일이 있었고 순자가 지난 주 병원에서 퇴원한 일도 모르고 있었다.

“어디로 배치될지 모르냐?” 어머니가 브라이언에게 말했다. 어머니는 전보다 건강하게 보였다. 병든 남편을 돌보면서 세탁소 일을 보느라 앞뒤로 뛰어다니지 않아서 건강이 많이 좋아졌다. 남편의 죽음은 그녀 삶에 큰 구멍을 남겼지만 그의 죽음은 혼자서 감당할 수 없는 무겁고 무거운 짐에서 벗어나게 했다.

"아직 몰라요." 브라이언이 대답했다. "그렇지만 다친 데 없이 건강한 몸으로 돌아올 거예요. 제 걱정은 하지마세요. 저를 잘 아시잖아요."

"그래서 더 걱정이다."

"왜요?"

"너는 항상 너 자신보다는 남들을 더 생각하지 않니? 영웅이 되지 않도록 해라. 너는 실제적이지 못하다고 아버지가 늘 말씀하셨다. 루스와 아이를 위해서 항상 너 자신의 안전이 누구의 안전보다도 더 중요하다는 걸 기억해라. 너는 혼자 몸이 아니다."

"어머니, 알고 있어요. 루스가 있어서 얼마나 다행인지 몰라요. 만일의 경우를 생각해서 루스를 위해 필요한 걸 다 준비해 놓았어요. 루스는 어머니의 도움이 필요할 거예요."

"내가 살아 있는 한 루스를 도울 게다."브라이언의 어머니는 루스에게 얼굴을 돌렸다. "애가 태어나면 너랑 같이 있겠다. 애기 때문에 바쁠 게야."

"혼자서도 잘해낼 거예요." 루스가 시어머니에게 말했다.

"너무 자신하지 마라. 밥은 잘 먹니?"

"예. 아직은 식욕이 좋아요." 루스는 애써 웃었다. 그녀가 한 말은 사실이 아니었기 때문이었다. 몸이 너무 말라 그 말을 믿을 사람이 없었다.

"잘 먹어야 한다. 입맛이 없을 때는 억지로라도 먹어야 해. 너 건강이 애기건강이니까. 어미가 먹고 마시는 걸 태아가 나누어 먹는 거야."

“기억할게요.” 음식생각에 루스는 속이 메스꺼웠다.

“남편 안전을 위해서 기도 많이 해야 한다.” 시어머니는 사랑하는 눈으로 며느리를 바라보았다. 그녀는 아들이 떠나가는 것을 염려했다. 떠나가는 아들에게 그날 아침부터 마음을 눌리던 어두운 느낌을 감추기로 마음먹었다.

밤늦게 브라이언과 루스는 제이콥과 캐런을 찾아갔다. “작별인사를 하려고요.” 브라이언이 거실에 앉으며 말했다.

“언제 떠나?” 제이콥이 물었다.

“이틀 뒤에요. 닷새 안으로 신고해야 해요.”

캐런이 다니엘을 안고 나왔다. 루스는 조카를 안고 싶어 팔을 벌렸다. “안아보고 싶어요.” 다니엘을 안고 사랑스러운 얼굴을 내려다보았다. “진짜 무럭무럭 자라네요. 너무 귀여워요.”

캐런이 웃으며 말했다. “제 아빠를 닮아서 식욕이 좋아. 뭐 좀 마실 거야?”

브라이언이 대답했다. “아뇨. 일전에 말했던 불란서 식당에서 많이 먹었어요.”

“제이콥, 우리도 한번 가 봐야겠네.” 캐런은 브라이언 옆에 앉았다.

“한번 가야지. 브라이언이 모래 떠난대.”

“그렇게 빨리?”

“신고할 일자를 삼주 밖에 주지 않았어요.”

“어느 전선으로 갈지 알고 있어?”

“몰라요. 실전을 경험할 걸 생각하니 흥분돼요.” 브라이언은 루스를 바라보았다. “모두 무척 보고 싶을 거예요. 특히 태어날 애가 무척 보고 싶겠죠. 안 갈 수 있다면 좋겠어요.”

“내일 우리 다이뉴바로 가요.” 루스가 말했다.

제이콥과 캐런이 긴장했다. 아무 말도 하지 않았기 때문이었다. 캐런은 걱정스러운 눈으로 제이콥을 바라보았다. “걱정 마.” 그녀는 제이콥 귀에 대고 말했다. “말해 줘야 해.” 캐런은 루스에게 말했다. “할 말이 있어. 다니엘은 아빠에게 맡기고.”

“너무 귀여워요.” 루스는 다니엘 뺨에 입 맞추고 나서 제이콥에게 맡겼다. 그리고 캐런을 따라 부엌으로 갔다. 캐런을 불을 켜고 루스를 바라보았다. “어머니 일이야. 뇌졸중으로 쓰러지셨어.”

루스는 소스라치게 놀랐다. 그녀의 아름다운 눈이 똥그랗게 커지며 입을 벌린 채 캐런을 바라보았다. “엄마가요?”

“그레이스가 집을 나갔어. 남자친구랑 도망갔는지 모르는 일이야.”

“그레이스가요?” 루스 입에서 겨우 말이 나왔다. “왜요? 어머니는 괜찮아요?”

“목숨이 위험한 건 아니지만 몸 한쪽을 쓰지 못해서.”

“왜 일찍이 말해 주지 않았어요?”

“아버지 명령이었어. 애기에게 해롭다고 하시면서.”

“어떻게 된 일이에요?”

“그레이스가 집을 나가자 일어난 일이야. 아버지에게 우리와 함께 살자고 권했는데 다이뉴바를 안 떠나시겠대. 그러니 고모가 아버지를 설득해 봐요.”

“아버지는 집안일이라곤 아무것도 모르세요. 어머니를 보살필 수 없어요.” 루스는 손으로 얼굴을 가리고 흐느꼈다.

캐런은 루스를 안았다. “얼마나 놀랐는지 알아. 우리 모두에게 너무나 놀라운 일이야. 현재 잘하시고 계시니 그것으로 감사해야 해.”

루스는 냅킨을 한 줌 쥐고 코를 풀었다. "믿을 수 없는 일이에요."

"인생이란 탁자 모서리에 놓인 유리병과 같다고 생각해. 언제 누가 지나가면서 떨어뜨릴지 아무도 몰라. 예언할 수 없는 것이 우리 삶이야."

순자는 흔들의자에 앉아 낮잠을 자고 있었다. 병원에 입원해 있는 동안 치료에 좋은 반응을 보였고 의사가 처음 생각했던 것보다 뇌에 심한 상처를 입지 않았다. 그러나 완전한 회복은 전혀 불가능했다. 병원에서 퇴원한 뒤 집에서 근육을 움직이는 운동을 열심히 했다. 지팡이와 남편에게 의존했으나 집 안에서 아주 쉬운 일을 시작했다.

유진은 소파에 앉아 한때 진달래같이 아름답던 아내를 바라보았다. 이제 아름다움은 사라지고 그녀를 피해 도망 다니던 꿈을 버리지 못한 한 늙은 할머니가 흔들의자에서 낮잠을 자고 있었다. 그녀는 건강을 회복하기 위해 병과 싸울 만큼 강한 여자였으나 남편의 도움 없이는 걷지도 못했다. 목소리는 옛날처럼 여전히 부드럽고 아름다웠지만 어떻게 웃는지 그리고 왜 웃는지 다 잊어버린 것처럼 웃음이 그녀의 얼굴에서 아주 사라졌다. 그녀는 스물네 시간 남편의 도움이 필요했다. 유진은 그 나름대로 기본적인 요리방법이나 집안 청소하는 일을 익혔다. 남편이 부엌에서 일할 때 순자는 남편에게 무엇을 어떻게 해야 하는지 일러 주며 남편을 도왔다.

유진은 일생 동안 인내와 수고로 한 번도 불평 없이 가정을 이끌어 온 아내의 인내와 수고를 재발견하지 않는 날이 없었다. 미련하게도 아내의 수고를 당연하게 생각했던 자신을 부끄럽게 여겼다.

남자는 무슨 엄청난 사건이 일어날 때까지 고마운 것을 모르는 둔한 존재야. 유진은 가끔 그런 생각을 하며 무디고 미련한 자신을 한탄하기도 했다.

아내의 불구가 일생 동안 인내하며 겪어 왔던 그녀의 모든 수고에 대한 유일한 대가인가? 때때로 유진은 하염없이 그런 생각을 해 보았다. 성경에서 말씀하시는 대로 하나님이 진정 자비로우시다면 왜 아내에게 자비를 베풀지 않았을까? 그 생각으로 유진의 영혼이 탄식했다. 아내가 엄청난 쇼크를 받고 불구가 됐고 게다가 사랑하는 막내딸이 집을 나갔다. 유진은 가끔 막내딸이 캐런처럼 악당에게 납치되지 않았을까 생각해 보았다. 아들을 잃고 막내딸은 자취도 없이 사라졌고 아내는 불구가 됐다. 아내는 상태가 더 악화될지 모르고 그 결과로 일찍이 죽을지 모른다. 어떻게 될지 모르는 여러 가지 일을 앞에 두고 유진은 가끔 하나님에게 비통한 영혼을 다 쏟아 놓았다. 그러나 하나님은 피를 흘리는 그의 상처를 외면하는 것 같았다.

"고양이를 피하면 곧 범을 만난다."는 옛말을 기억했다. *불평하지 말고 하루하루를 감사하며 살자. 그렇지 않으면 마귀가 내 목덜미를 물어뜯을 것이다.* 그런 마음의 자세로 하루하루를 감사하는 마음으로 자신을 위로하며 살았다.

유진은 찢어지는 가난과 배고픔을 유산 받으려고 세상에 태어났다. 그래서 조국을 등지고 신세계를 향해 떠났다. 허리가 부러지도록 땀 흘리며 열심히 일했다. 무서운 배고픔이 다시는 그림자처럼 그의 뒤를 쫓아다니지 않았고 이제는 찢어지는 가난도 그를 위협하지 않았고 돈을 벌어 고향으로 돌아가 노후를 편안하게 살 날을 고대해 왔다. 그러나 아내의 불구가 모든 것을 다 바꿔 놓고 말았다. "하나님, 왜 이렇게 나를 벌하십니까?" 지난 밤 유진은 방바닥에 납작 엎드려서 울부짖었다.

유진은 자신의 신세를 길만과 비교해 보았다. 그것마저도 말이 되지 않았다. 길만은 학교를 다닌 일도 없는 일자무식인 데다가 불경스럽기 짝이 없는 그런 사람이었다. 그러나 하나님은 그런 자에게 넘치는 복을 주셨다. 유진은 일생 동안 신앙이 돈독한 기독교인이었으나 하나님은 그에게 가장 소중한 것까지 뺏어 갔다.

유진은 깊은 한숨을 내쉬면서 방바닥에 있는 리들리 익스포넌트 신문을 다시 집어 들었다. 이미 여러 번 읽은 신문이었다. 신문을 펴자 순자가 부스스 잠에서 깨어났다.

"다니엘을 봤어요." 순자는 유진에게 말했다. "묘지로 데려가 줘요. 왜 발걸음을 끊었느냐고 다니엘이 나에게 물었어요."

유진은 신문을 접고 아내를 바라보았다. 순자는 정신이 혼란해 보였다. "몸이 회복될 때까지 외출하면 안 돼요. 의사의 지시를 지켜야지."

"매일 온종일 집 안에만 가둬 놓지 말아요. 당신의 도움 없이는 걷지도 못하는 신세가 됐지만 아들 묘지를 다녀와야 하겠어요." 말을 똑똑하게 발음하기 위해 많은 노력이 필요했다. 갑자기 오른쪽 입술이 경련처럼 씰룩거렸다.

"스트레스를 피해야 해요." 유진은 불구의 몸으로 텅 빈 조개껍질처럼 흔들의자에 앉아 있는 늙은 여인의 얼굴에서 아름다운 젊은 처녀의 얼굴을 보았다. "날씨가 풀리면 가도록 합시다. 그때까지는 꼼작하지 말고 집 안에서만 있어야 해요."

“나는 아직 죽지 않았어요. 그리고 당장 죽지도 않을 거고. 그러니 뭔가 하고 싶고 움직이고 싶어요. 아무데도 쓸모없는 늙은 할망구로 여기지 마세요.”

“내일 병원에 가는 날이니 그때 의사에게 물어보리다. 외출해도 되느냐고. 날씨가 아직도 차고 바람이 많이 불어요.”

“그레이스를 불러요. 내가 먹고 싶은 것을 만들어 달라고 해야겠어요.”

유진은 한숨을 쉬었다. “한 시간 전에 점심을 먹었는데 벌써 배가 고파요?”

“배고파요.” 꿈속을 헤매는 듯 유진을 바라보는 순자의 눈은 생기가 없었다.

“그러면 내가 뭘 좀 만들지. 무엇이 먹고 싶소?” 유진이 자리에서 일어났다. 아내에게 걸어가서 허약한 아내의 몸에 담요 한 장을 더 덮어 주었다.

“따끈한 차를 한잔 마시고 싶어요. 차를 어떻게 끓이는지 아세요?”

“그냥 물만 뜨겁게 끓이면 되지 않소.”

순자는 고개를 끄덕였다. “당신은 머리가 좋아요.”

“머리가 좋은지 나쁜지 그건 모르겠지만 물 끓이는 정도야 알지. 뭐 다른 것 먹고 싶지 않소? 숭늉은 어때요?”

“그게 좋겠어요.”

“그럼 숭늉을 끓여 오리다. 그리고 보니 나도 배가 출출한 것 같소.” 그때 문 두드리는 소리와 귀에 익은 목소리가 들렸다. 유진이 문을 여니 루스와 브라이언이 문밖에 서 있었다.

루스는 한마디 말도 없이 안으로 뛰어 들어와 어머니에게 달려갔다. 어머니 앞에 무릎을 꿇고 앉아 어머니를 껴안았다. 어머니와 딸이 울었다.

순자는 어린 딸을 위로하듯 딸의 머리를 사랑스럽게 매만졌다. "울지 마라." 순자는 손수건으로 딸의 눈물을 닦아 주었다. "더 나빠질 수 있었는데 이 정도인 것에 감사해야 한다."

"엄마, 괜찮으세요?"

"괜찮다. 의사는 포기했던 거야. 처음 며칠 동안은 좋은 반응이 없었으니까. 내가 전신마비가 된 줄 알았다는구나." 순자는 딸을 보고 가냘프게 웃었다. 퇴원한 뒤 처음으로 웃는 얼굴이었다. 순자는 옆에 서 있는 사위에게 눈을 돌렸다. "브라이언, 그동안 잘 지냈니?"

"예. 잘 지냈어요. 우리는 이런 일을 모르고 있다가 지난밤에 캐런이 말해서 알았어요." 브라이언은 루스 옆에 앉았다. "그레이스 일도 모르고 있었어요."

"네 아버지는 좋지 않은 일을 알리고 싶지 않았던 거야. 혹시 네가 스트레스를 받으면 애기에게 나쁠까 그랬다." 순자는 사위에게 손을 내밀었다. "자네 손을 잡아 보고 싶네."

브라이언은 장모의 앙상한 손을 잡았다.

"더 빨리 올 수 없었어요." 루스는 어머니의 머리를 손가락으로 빗겨 올리며 말했다. "내가 너무 피곤하니까 브라이언이 샌프란시스코에서 쉬라고 해서요."

"너무 신경 쓰이는 일은 피해야 한다. 왜 그렇게 야위었니?" 순자는 딸을 바라보았다. "잘 먹어야 한다. 어미가 먹는 것이 태아에게 간다. 그래도 너는 다행이다. 내가 임신했을 때는 먹을 만한 것도 없었다. 게다가 일하고 밥 짓고 청소해야 했다."

루스는 허탈하게 어머니를 바라보았다. "엄마가 쓰러졌다니 믿을 수 없어요."

"네 엄마도 사람이다." 순자는 브라이언을 바라보며 잠시 웃었다. "내 딸과 행복하게 살고 있느냐?"

"예. 너무 행복해요. 루스는 저에게 매우 소중한 선물이에요." 브라이언은 루스를 보며 웃었다.

"너는 마음을 다해서 남편을 존경해야 한다. 어떤 여자들은 남편을 손톱 밑의 때보다 못하게 여긴다. 그런 따위 여자들을 사귀지 마라. 너를 그들과 한패로 만들 게다." 생각보다 말이 훨씬 늦게 입 밖으로 나와 순자는 잠시 입을 닫았다. 순자는 그것이 안타까웠다. 말을 더듬는 일에 익숙해지고 그것을 사실로 받아들이려면 몇 달이 걸릴 것이다. "너의 이익을 위해 남편을 사랑하는 일이 있어서는 안 된다. 너의 행복은 이차적인 것이다. 나는 더러 많은 여자들이 자기들의 행복을 위해 남편을 멋대로 요리하는 것을 보았다. 그러니 그런 여자를 아내로 가진 남정네들은 불쌍한 기계야. 여자들이 자신의 행복을 위해 남편을 멋대로 부려먹는 여자들을 더러 봤다. 순자는 얼굴을 찡그렸다. 혀가 입안에서 미끄러지더니 참새 날개처럼 펄떡이다가 아교로 붙인 것같이 입천장에 붙어 버렸다.

"나는 브라이언을 너무 사랑해요. 브라이언을 행복하게 해 주고 싶어 사랑하는 거예요. 브라이언을 위해서라면 못 할 일이 없어요."

"어미가 알고 있다. 내 딸은 다른 여자들과 다르다. 애를 낳으면 너를 도와주고 싶었는데 이 꼴이 됐으니 미안하구나." 순자는 사랑스러운 딸의 얼굴을 쓰다듬어 주었다.

“내 걱정은 하지마세요. 브라이언 어머니가 와서 계실 거예요.”

유진은 쟁반을 들고 부엌에서 나오면서 브라이언에게 물었다.

“언제 떠나느냐?”

“내일요.”

“그렇게 빨리 떠나다니.” 유진은 루스에게 숭늉을 담은 그릇을 건네주었다. 그가 먹을 숭늉을 들고 자리로 돌아와 앉았다. “남자란 해야 할 일을 반드시 해야 한다.”

“말하기는 쉬워요.” 루스는 어머니에게 숭늉을 떠먹이며 말했다.

“울거나 바보 같은 짓은 하지 마라. 나라를 지키기 위해 떠나는 남편의 아내답게 나라를 사랑하는 공동 의식이 있어야 한다. 나라는 브라이언이 필요하다.” 유진은 브라이언에게 얼굴을 돌리고 말했다. “사내들이 여자들의 변덕이나 요구에 항복한다면 나라를 위해 싸울 사람이 한 사람도 없을 게다. 잘 싸워라. 적이 너를 치기 전에 먼저 적을 쳐야 한다. 네 부모님이 이 땅에서 성공한 것처럼 너도 이 땅에서 성공해야 한다.”

5.

1942년 2월의 어느 화창한 금요일 오후 캐런은 부모를 방문하고 집으로 돌아왔다. 북가주에서는 반일 운동이 다소 고개를 수그렸고 생활이 정상으로 돌아갔으나 케런은 가까이서 뭔가 보이지 않는 것이 부글부글 끓어오르고 있다고 느꼈다. 연방정부와 지방정부 차원에서 반일본인을 겨냥한 일들이 이루어지고 있었다. 구일 전에

캘리포니아 주정부 인사국에서는 샌프란시스코 시의 뒤를 따라 주
정부에서 일하는 일본인 후세들을 모두 해고시키기로 결정했다. 기
자로서 캐런은 정보출처가 많았고 정보를 분석해 보니 불안하기만
했다.

캐런이 가깝게 알고 지낸 몇몇 가정은 동부로 이사를 갔다. 그녀
의 어머니마저 동쪽으로 이사할 생각을 하고 있었다. 잔 L. 드위트
장군은 캘리포니아 주지사 올손에게 서부지역에 살고 있는 적의
후손들을 다른 곳으로 대피시키라고 지시했다. 그러나 올손 주지사
는 연방정부가 일본인들을 다른 곳으로 이주시킬 경우 발생할 노
동력 부족을 걱정했다. 그 경우 캘리포니아는 엄청난 노동력 부족
을 메우기 위해 타주에서 노동자들을 데려와야 한다.

캐런은 다니엘을 침대에 눕히고 조용히 밖으로 나왔다. 저녁식사
를 준비하려고 부엌으로 걸어갈 때 거실에서 전화가 울렸다. 제이
콥이었다.

"지금 집으로 오고 있는 중이야?" 캐런이 물었다.

"아니, 손님이 있어서." 제이콥이 약간 흥분한 목소리로 말했다.
"고등학교 선생님 미스터 와이너가 찾아오셨어. 그래서 저녁을 같
이 먹기로 했어."

"반가운 일이야."

"저녁식사가 끝나면 곧바로 갈게. 다니엘은 어때?"

"잠자고 있어." 그때 문에서 벨소리가 들렸다. "누가 벨을 눌리
고 있어, 좋은 시간 가져. 사랑해." 캐런은 수화기를 다시 놓고 문
으로 갔다.

정장을 하고 모자를 손에 들고 있는 두 남자가 문밖에 서 있었

다. "FBI에서 왔습니다." 한 남자가 말했다. "나는 코디이고 이 친구는 같이 일하는 프레드 모리스입니다."

"왜 그러세요?" 캐런은 그들의 얼굴에서 문제를 읽었다.

"잠깐 말하고 싶은 일이 있습니다." 코디가 말했다.

"지금 집에는 나 혼자뿐이에요. 남편은 아직도 사무실에 있고요."

"오래 걸리지는 않을 겁니다. 들어갈까요?" 프레드가 말했다. 캐런은 그의 갈색 눈에서 적대감을 보았다. "우리는 공무로 찾아왔습니다." 그들은 캐런의 허락을 기다리지도 않고 안으로 들어섰다.

캐런은 커피 탁자 앞에 앉았다. "뭐를 알고 싶으세요?" 캐런은 태풍이 방금 문을 지나 거실로 불어온 것을 알았다.

"지금도 격주로 발행하는 일본신문사에서 일하세요?" 프레드가 물었다.

"아뇨. 나는 일본신문사에서 일한 적이 없어요."

"영어와 일본어로 발행하는 신문 말입니다."

"아, 그 신문요." 캐런은 일부러 태연스럽게 말했다. "퍼시픽 타임스에서 일하다가 그만두었어요." 그녀는 조나단이 했던 말이 생각났다.

"왜 그만뒀지요?" 코디의 차가운 눈이 캐런을 쏘아보았다.

"일본이 진주만을 공격했기 때문이에요. 우리는 신문발행을 무기 연기하기로 했어요. 때가 때인 만큼 신경을 써야죠."

"우리라니요? 조나단 타카하시 말인가요?"

"그래요. 편집부장이에요."

"미세스 박은 그 사람 행방을 알고 있다고 생각하는데 그 사람 지금 어디 있어요?"

캐런은 결혼한 뒤 법적으로 바꾼 성을 비꼬듯이 이상하게 발음하는 코디의 말투에 기분이 상했다. "어디 있는지 모릅니다. 내가 조나단이 어디 있는 것을 어떻게 안다고 생각하세요?" 캐런은 그 질문에 불편함을 느꼈다. 마치 범인심문을 받고 있는 기분이었다.

"우리는 많은 정보망을 가지고 있습니다." 코디가 말했다. "우리의 정보에 의하면 조나단은 캘리포니아 일본 스파이망의 일원입니다. 그 때문에 신문사에서 해고당한 겁니다."

"조나단은 좋은 사람이에요. 신뢰할 수 있는 명예로운 시민이에요. 방금 하신 말을 믿지 않아요. 우리는 고등학교 때부터 서로 가까이 지내온 친구 사이예요. 조나단은 정직하고 명예스러운 사람입니다."

"유유상종이라더니." 프레드는 터놓고 캐런을 비웃었다.

"모리스 씨, 그렇게 비꼬지 마세요. 내가 무슨 범죄로 심문을 받고 있는 건가요?"

"몇 가지만 알고 싶습니다. 미세스 박이 일본정부를 위해 조나단 밑에서 일 해 온 것을 압니다. 협조하신다면 우리는 조나단에 대한 정보와 미세스 박의 자유를 교환할 용의가 있습니다."

"자유라고요? 나를 놀리는 거예요?" 캐런은 자리에서 벌떡 일어났다. "나는 내 나라에서 자유인이에요. 우리나라 헌법이 나의 권리를 보장하고 있어요. 조나단이 어디 있는지 모릅니다. 그리고 나는 친구를 파는 사람이 아니에요."

"최근에 많은 일본인들이 포함된 간첩망이 우리나라의 안전을 파괴하려고 활동하고 있다고 육군정보국이 보고했습니다. 연방정부는 그들을 국가의 안전을 위협하는 일급 적으로 분류하고 있습니다. 미세스 박은 미국에서 태어났지만 국가의 안전에 위협적인 일본 사람입니다." 코디가 말했다. 그는 계획적으로 캐런을 화나게 해서 그녀가 홧김에 조나단의 스파이 활동에 대한 정보를 뱉어 내도록 유도했다.

캐런은 그들의 의도를 눈치 채고 그들의 덫에 걸리지 않도록 태연하려고 마음먹었다. "우리 집에서 당장 나가 주세요. 나는 당신들에게 할 말이 한 마디도 없어요. 빈정대는 말을 듣고 싶지 않아요. 어서 나가세요." 캐런은 두 남자를 매섭게 노려보았다.

두 사람은 천천히 자리에서 일어나 서로 쳐다보았다. 코디가 입을 열었다. "불법무기를 숨겨 두고 있는지 찾아보겠습니다."

"불법무기라뇨? 지금 무슨 말을 하는 거예요? 이 집에는 불법무기가 없어요." 캐런은 그들이 게슈타포식으로 그녀를 위협하고 있다고 느꼈다.

"신문기자니까 단파 송수신기나 어떤 종류의 카메라는 소유금지라는 것쯤은 잘 아시겠죠. 아직도 그런 물건을 서부지역 방위사령부에 넘기지 않은 걸로 생각합니다."

"그렇지만 그건 영주권자들에게만 적용돼요. 우리 집에는 그런 불법무기가 없고 이 집은 미국 시민인 내 남편 집이에요. 이 집을 수색하겠다면 수색영장을 가지고 오세요. 어서 나가 주세요."

두 남자는 캐런의 화난 항의를 무시하고 2층으로 뚜벅뚜벅 걸어 올라갔다. 캐런은 거실에 남아서 입술을 깨물며 무례한 가택침입을 참았다. 그러다가 2층으로 올라갔다. 코디는 캐런의 침실로 프레드는 다니엘 방으로 들어갔다. 그들은 특별하게 찾는 것도 없으면서도 정부의 손길이 얼마나 멀리까지 뻗칠 수 있고 얼마나 파괴력을 가지고 있는지를 연약한 여자에게 전시하느라 벽장과 가구 서랍을 뒤집어 모조리 방바닥에 쏟았다.

그들의 난폭한 행동에 놀란 캐런은 다니엘 방으로 들어갔다. 프레드가 다니엘 가구의 서랍을 거꾸로 들고 마구 흔드는 꼴을 멍하게 바라보았다. 서랍에 들어 있던 다니엘의 옷이 방바닥에 쏟아졌다. 서랍이 다 비었는데도 프레드는 정부의 위력과 그 무서운 위력이 뼈만 남을 때까지 사람을 마구 털어 버릴 수 있다는 것을 보여 주었다.

침대에서 천사처럼 자던 다니엘은 방에서 나는 소리에 몸을 뒤척거렸다. 캐런은 다니엘을 안고 밖으로 걸어 나왔다. 코디는 그녀의 개인적인 물건인 속옷, 브래지어와 양말을 뒤적거리느라 분주했다. 캐런은 코디가 그녀의 몸에 더러운 손을 대는 것 같은 모욕감을 느꼈다. 캐런은 모욕을 당하지 않으려고 다니엘을 안고 아래층으로 내려갔다.

제이콥과 와이너 선생은 브라이언이 추천하던 불란서 식당에 도착했다. 그들이 식당 안으로 들어설 때 어느 젊은 손님이 식사 후 돈을 지불하려고 계산원에게 걸어왔다. 그 사람은 삼십대의 젊은이였다.

"맛이 좋았어요?" 카운터 뒤에 서 있던 계산원이 젊은 손님에게 친절하게 물었다.

"아주 좋았어요." 그는 계산원에게 돈을 건넸다. 그때 그는 한 백인과 아시아인이 자리로 안내받으려고 그의 뒤에 서 있는 것을 보았다. "길을 잘못 든 사람이 있구먼." 젊은 손님이 계산원을 보고 말했다. 계산원은 짐짓 못 들은 척했다. "여기가 일본 식당이 아닌 줄 알아야지." 그는 어깨 너머로 제이콥을 흘겨보다가 다시 계산원에게 얼굴을 돌렸다. "일본 놈들은 생선을 산 채 그냥 먹는 다고 들었어요. 상상을 할 수 있겠어요?"

계산원은 그 손님이 문제를 일으키려는 줄 알고 걱정스러운 눈으로 제이콥을 힐끗 바라보았다. 그리고 손님에게 돈을 거슬러 주었다. "감사합니다."

손님은 잔돈을 바지 주머니에 넣으면서 말했다. "어느 친구가 말하는데 아시아 사람들은 반은 사람이고 반은 사람이 아니래요."

"날 들으라고 하는 말입니까?" 듣다못해 제이콥이 입을 열었다. 제이콥은 그 사람이 자신을 두고 하는 말인 줄 알고 속이 매스꺼웠다.

"아뇨. 당신에게 말하지 않았어요. 그렇지만 일본 타운에 일본 식당이 더러 있다고 알려 드리려고 하던 참이었어요. 도움이 됐으면 좋겠습니다." 그는 제이콥을 터놓고 비웃었다.

"우리는 일본 식당에 온 것이 아니고 이 사람은 일본 사람이 아니오." 와이너 선생이 젊은 사람에게 말했다. 그는 기분이 언짢았다.

제이콥은 와이너 선생의 팔을 잡고 말렸다. 그리고 자신을 비웃은 젊은 사람을 바라보았다. "내가 어디 있는지 관심을 둘 필요가 없습니다. 나는 내가 지금 어디에 있는지 분명히 알고 있으니까."

"그래서?" 그 사람은 제이콥을 노려보았다. 주먹으로 칠 것처럼 한 발자국 성큼 다가섰다.

그때 계산원이 제이콥과 와이너 선생을 자리로 안내하려고 두 사람 사이에 섰다. 유명한 식당에서 싸움이 일어나서도 안 되고 저녁식사를 하러 고객들이 곧 몰려올 것이다. "저를 따라오세요." 계산원이 제이콥에게 말했다. "부두가 내려다보이는 창가에 자리가 비어 있어요."

제이콥과 말썽꾸러기는 한 치도 양보하지 않고 서로 노려보았다. 와이너 선생이 제이콥의 팔을 잡고 끌었다. 두 사람이 자리로 안내되는 동안 젊은 말썽꾸러기는 두 사람의 등에 대고 입에 담지 못할 욕설을 마구 퍼부었다.

"미안합니다." 두 사람이 자리에 앉아 계산원이 말했다. "전쟁으로 나라가 어수선하니까 모두 신경이 곤두서 있어서요. 죄송합니다."

"괜찮아요." 와이너 선생이 말했다. "내가 별로 대단하지 않은 이 나라의 대통령이라면 저런 미친놈들은 몽땅 잡아다가 시베리아로 보내 중노동을 시킬 거야. 정말이야."

"재미있는 일이 되겠는데요." 제이콥이 빙긋이 웃었다. "아직도 트레먼턴에서 교편을 잡고 계세요?"

"아니. 오래전에 그만두고 지금은 로스앤젤레스에서 일하고 있어." 와이너 선생이 말했다. 그는 나이에 비해 훨씬 늙어 보였지만 아직도 힘이 넘치고 민첩해 보였다. "정부의 관료주의와 소수민족에 대한 차별대우에 신물이 나서 그만둔 거야."

"아일랜드인, 독일인, 이태리인 그리고 중국인들이 힘들었죠. 이제는 일본인에게 칼을 들이대고 있어요." 제이콥은 캐런을 생각하며 눈에 익은 와이너 선생의 털이 덥수룩한 얼굴을 바라보았다. "무슨 일로 샌프란시스코에 오셨어요? 선생님 전화를 받고 놀랐습니다."

"모임이 있어서 왔네. 나는 정치단체에 가입돼 있어. 그건 그렇고 여기서 어떻게 지내는지 말해 보게." 와이너 선생은 그가 어떤 정치단체에 속해 있는지 말하지 않았고 제이콥 역시 그런 일에는 관심이 없었다.

"여기는 유타의 조그마한 마을과 많이 다릅니다." 제이콥이 빙긋이 웃었다. "아무 불평이 없이 지금까지 잘 지내고 있습니다. 선생님은 어떠세요? 언제 트레먼틴을 떠나셨어요?"

"떠난 지가 십년은 됐을걸. 나는 뭔가 변화를 찾고 있었어. 선생 노릇도 괜찮기는 했지만 사실 지겨웠네. 친구가 같이 일하자고 해서 로스앤젤레스로 옮겼어. 할리우드에서 영화제작을 하고 있는 좋은 친구야. 재미있는 생활을 하고 있어."

"잘됐군요. 선생님 가족은요? 지금도 유타에 있나요? 선생님 가족을 만난 기억이 없어서요."

"딸이 하나 있어. 딸이 다섯 살 때 아내가 질병으로 죽었지. 딸은 지금 배우로 크게 활약하고 있어." 그는 제이콥을 물끄러미 바라보았다. "자네, 날 용서해 주게."

"용서라뇨? 무슨 말씀이세요?" 와이너 선생의 두꺼운 안경이 불빛에 반짝거렸다. 그때 웨이터리스가 커피를 들고 식사주문을 받으려고 왔다.

"자네가 고등학교에 다닐 때 말일세. 자네가 받아 마땅할 점수를 주지 못한 일을 자네도 알고 있을 거야. 그건 내가 결정한 일이 아니었어."

"아, 그것 말씀이세요?" 제이콥은 그냥 웃어 버렸다. "선생님을 용서하고 말 것도 없는 걸요. 저는 그때 일을 다 잊어버렸습니다. 사실 선생님의 전화를 받기 전에는 선생님이나 다른 사람을 생각해 본 일이 없었어요."

"자네는 항상 정직해." 와이너 선생은 마음이 편했다. "잔 맥코이는 부자가 됐고 시장에 출마한다고 들었어. 시장 맥코이!” 그의 입가에 냉소가 떠올랐다. “비꼬는 걸까?” 제이콥은 의아스러웠다. “맥코이는 제 애비처럼 피도 눈물도 없는 사업가가 돼 엄청나게 돈을 많이 벌었어. 나는 자본주의를 혐오해.”

“우리는 자본주의 속에서 살고 있는 걸요.”

“알고 있어. 알고말고.” 와이너 선생이 짜증스러운 듯 말했다. “세상에는 두 가지 정치체제밖에 없어. 자본주의와 공산주의가 그것이야. 우리는 하나를 택해야 해. 자본주의 사회에서는 모든 것을 자본가들이 손에 넣고 있어. 그들이 그렇게 나쁘게 보이지 않는 이유는 가끔 가난한 사람들을 위해 여기저기에 동전을 뿌리기 때문이야. 그러나 공산주의 사회에서는 사회가 생산하는 모든 것을 똑같이 분배받는다고. 나는 우리 정부가 원주민들과 소수민족들에게 한 짓을 보아 왔어.”

“인간이 만든 제도는 완전할 수가 없어요. 왜냐하면 우리는 모두 불완전하니까요.”

“자네 생각은 항상 공평하고 어느 한쪽으로도 치우치지 않아. 자네 결혼이야기를 해 주게. 같은 대학을 다니다가 만났나?”

“예. 도서관에서 만났습니다. 처음에는 문제가 더러 많았어요.”

“어떤 문제가 있었나?” 와이너 선생은 제이콥의 사생활에 깊은 관심이 있었다.

“상대는 일본 여자였거든요. 미국에서 태어나긴 했지만요. 아시겠지만 일본과 조선은 원수관계입니다. 그러니 우리에게 어떤 어려움이 있었던지 상상하실 수 있을 거예요.”

와이너 선생은 안경 너머로 제이콥을 뚫어지게 바라보았다. 마음이 무거워 보였다. "자네 문제는 끝이 나지 않았어. 연방정부는 서부지역에 살고 있는 일본인들을 잡아 가두기로 결정했어. 영주권자든 시민권자든 다 잡아들일 거야. 나는 정확한 정보통을 가지고 있는 사람이야. 법무성은 서부지역을 전략지역으로 발표했고 2월 24일까지 전략지역에서 모든 일본인들을 이주시키도록 군 당국에 권한을 넘겼어. 이것이 자네에게 무슨 뜻인지 알겠는가?"

제이콥은 커피를 마시면서 고개를 끄덕였다. "집사람은 미국 시민입니다."

"자네 너무 순진하구먼. 연방정부는 자네 처를 국가의 위협요소로 보고 있어. 미국 시민권이 있다고 해서 달라질 것이 없어." 와이너 선생은 잠시 말을 그쳤다가 다시 이었다. "로스앤젤레스로 오게. 큰 고객들을 소개해 줄 테니까. 서부지역을 떠나고 싶다면 뉴욕에 자리를 잡도록 힘써 주겠네. 어느 쪽이든 너무 늦기 전에 빨리 결정을 하게."

"걱정해 주셔서 감사합니다. 생각해 보겠습니다."

"일본인 제보자들이 자네 처를 스파이라고 팔아넘길지 모르네. 자네와 결혼한 것을 알면 그럴 가능성이 있다는 말이야. 연방정부는 그놈들에게 어떤 정보든지 다 사들일 거야. 어서 이곳을 떠나게. 사정이 몹시 불안정해. 시간을 낭비하지 말게."

"선생님 도움이 필요하면 전화 드리겠습니다."

자정이 지나서 제이콥은 아래층으로 내려가 캐런이 집 뒤에 만든 카페로 갔다. 왠지 잠이 오지 않았다. 와이너 선생이 한 말이 마음을 무겁게 했다. 창가에 서서 정원을 내다보았다. 마음은 거기에 없었다. 와이너 선생과 나누었던 말이 머리에 떠올랐다. 캐런에게 무슨 일이 다가오고 있다는 느낌이었다. 서부지역 일본인 사회를 뒤덮으려고 검은 구름이 빨리 몰려오고 있기 때문이 아니라 미국정부의 법제도를 신뢰하는 자신의 믿음 때문이었다. 사람의 자유와 권리는 타협할 수 없는 것이고 소수의 정부지도자들에 의해 조작돼서도 안 된다.

그는 정부가 서부지역에 있는 일본인에게 편견 없는 올바른 판단을 할 것이라고 믿고 있었다. 그러나 정부를 믿는 자신의 믿음이 스스로를 미혹한 느낌이었다. *와이너 선생님이 말한 대로 내가 너무 순진할까?* 정부는 이미 그의 가정을 침입했고 캐런은 일본인이기 때문에 정부에 의해 모독을 당했다. 내일 아침 일찍이 법무성에 정식으로 항의하기로 마음먹었다. 제이콥은 정부가 그의 가족을 24시간 지켜보고 있다는 사실을 모르고 있었다는 자신이 어리석어 보였다. *나는 다른 미국을 보고 있는가? 히틀러 발아래 짓밟히고 있는 유럽과 같은 나라를 바라보고 있는 것이 아닐까?*

"여기서 뭘 하고 있어?" 잠옷을 입은 캐런이 들어왔다.

희미한 불빛을 받고 서 있던 제이콥이 돌아섰다. "잠이 오지 않아서."

"나도 잠이 안 와. 우유 따끈하게 데워 줄까?" 캐런은 염려스러운 눈으로 제이콥을 바라보았다.

"아니. 아무것도 싫어."

캐런은 제이콥 옆에 섰다. "잠이 안 올 때는 따끈한 우유가 좋아."

"그레이스를 찾으러 로스앤젤레스를 다녀와야겠어."

"어디 있는지도 모르잖아?"

"잔 머가 내려오라고 했어. 그레이스가 어디 있는지 알고 있대."
제이콥은 캐런을 바라보았다. "캐런 안전을 걱정하고 있었어. 우리
집을 함부로 뒤진 두 녀석들 때문에 기분이 안 좋아. 지금도 화가
풀리지 않고 있어. 샌프란시스코에 이대로 남아 있는 것이 안전하
다고 생각해?"

"우리가 캘리포니아를 떠나면 전쟁광들에게 내가 스파이였다는
것을 확신시켜 주는 것밖에 안 돼. 그들은 내가 한밤중의 도적같이
살짝 도망쳤다고 생각할 거야. 마치 내가 뭔가 숨길 것이 있었던
것처럼 생각하고 나를 찾을 거야." 캐런은 제이콥의 손을 잡았다.
"만일 그냥 여기 남아 있으면 수용소 신세가 될지 몰라. '나는 누
구야?'라고 내 자신에게 묻고 있어. 여기가 내 나라이고 그러면서
도 나는 이방인이고 우리 사회에 위험한 존재야. 제이콥, 나는 누
구야?" 그녀는 남편을 바라보았다. 제이콥은 아내의 눈에서 분노와
아픔이 끈끈해지는 것을 보았다.

"캐런은 내 생명의 일부야." 제이콥은 캐런을 가만히 품에 안았
다. "나의 반쪽. 나는 처음으로 내가 태어난 나라에서 멀어지는 것
을 느꼈어. 아마 그들에게는 우리가 아예 존재하지 않는지 몰라.
나는 고향에서 어린 나이에 놀라운 사실을 배웠어. 아무리 노력해
도 나는 그들을 따라가지 못한다는 것을 배운 거야. 성적이 잔 맥
코이보다 못할 때 나는 백인으로 태어나지 않은 내 자신을 미워했
어. 어린아이의 비틀어진 마음이었어. 그렇지만 그건 철부지 어린
아이의 생각만은 아니었어. 피부색은 모든 것을 바꿀 수 있다고 생
각한 거야. 그들이 다른 종족보다 우수하다고 믿는 이유가 뭘까?"

"다른 종족보다 우월하다고 믿는 그들이 대답해야 할 질문이야.

그들은 내가 일본인의 피를 받았다는 이유로 나를 노리고 있어. 그 이유 하나만으로도 나의 애국심을 의심할 만해.”

제이콥은 캐런의 두 어깨를 잡고 그녀의 눈을 들여다보았다. “정말 캘리포니아를 안 떠날 거야?”

“안 떠날 거야. 미국은 내가 사랑하는 나라야. 그리고 이곳은 내 가족이 살고 있는 곳이야. 나는 범인같이 도망가지 않겠어. 나는 숨길 것도 없고 내 나라를 해치는 일도 한 일이 없어.”

“그렇지만 우리나라는 전쟁 중이야. 캐런이 그렇게 사랑하는 나라, 그러나 캐런의 나라는 캐런에게 등을 돌리고 있어. 국민들은 당장 일본인들을 수용소에 가두라고 요구하고 있고. 캐런이 태어난 나라는 캐런의 출생권리까지 뺐고 있어.”

“그래도 나는 도망 안 가. 우리를 마치 미친개처럼 취급하지 못하도록 싸워야 해. 우리의 권리와 명예를 위해 투쟁해야 해. 그렇지만 총을 들거나 그들을 미워하지 않고 모범적인 행위와 인내로 싸워야 해.”

전화벨이 울렸다. 두 사람은 거실로 갔다. 그러나 아무도 수화기를 집어 들지 않았다. 전화벨이 끊어졌다. 비록 누가 새벽 한 시에 전화를 걸었는지 몰랐지만 전화벨소리가 끊어지자 마음이 놓였다. 그러자 전화벨이 다시 울렸다. 불길하게 보이는 전화는 마치 마귀 눈같이 두 사람을 쳐다보았다. 제이콥이 수화기를 집었다.

“제이콥? 나 조나단이야.” 다른 한쪽에서 목소리가 들렸다. “캐런과 할 말이 있으니까 바꿔 줘.” 조나단의 목소리는 매우 위급하게 들렸다.

제이콥은 캐런에게 수화기를 건네주었다. “조나단이야.”

“조나단? 나야 캐런. 어떻게 지내니?”

“잘 지내고 있어. 사정이 급해서 이 시간에 전화를 건 거야. 미안하다.”

“무슨 일이야?” 캐런은 제이콥을 바라보았다. “FBI가 우리 전화를 도청하고 있을 거야. 너 목소리를 듣고 좋아하겠다.”

조나단이 킬킬대고 웃었다. “재미있는 일이군. 캐런, 이제 내 말 잘 들어. 캘리포니아를 당장 떠나. 며칠 안에 떠나라고. 그들은 일본인 사회지도자들을 잡아 싫증난 애완동물을 버리듯 수용소에 가둘 거야. 너도 그 가운데 한 사람이야. 이 전화가 마지막 전화일지 몰라. 캐런, 듣고 있어?”

“그래, 듣고 있어. FBI에서 두 남자가 와서 네가 어디 있느냐고 물었어.”

“그 녀석들은 내가 일본정부를 위해 일한 스파이라고 믿고 있어. 마친 놈들 같으니라고. 정신이 나간 녀석들이야. 나도 그들만큼 나라를 사랑해. 그렇지만 이놈의 얼굴 생김새와 피부색 때문에 의심받고 있어. 내 얼굴이 나를 이런 곤경으로 몰아넣은 거야. 수술을 받을까? 어떻게 생각해?” 조나단이 다시 킬킬 웃었다.

“웃기지마. 너 안전해?”

“그럼, 안전하고말고. 캐런, 나는 이 새벽에 농담하려고 전화 걸지 않았어. 아직 시간이 있을 때 거기를 떠나. 나 심각하게 이 말을 하는 거다.”

“고맙지만 나는 내 나라에서 도망가지 않을 거야. 나는 이 나라에 속해 있고 나를 두렵게 하는 그런 피라미들을 피하려고 도망가지 않겠어.”

"그렇지만 그들은 그렇게 생각하지 않는다고. 너나 나는 이제 나라가 없는 신세야. 너 혼자만 그렇지 않다고 생각하고 있어. 내 위치가 폭로되기 전에 전화 끊어야겠어. 내가 한 경고 기억해" 캐런은 저쪽에서 전화교환수가 스페인어를 하는 소리를 들었다. 갑자기 전화가 끊어졌다. 캐런은 수화기를 다시 놓고 제이콥을 바라보았다. "조나단은 외국에 나가 있는 것 같아."

"뭐라고 그래?"

"캘리포니아에서 떠나라고 했어. 조나단답지 않은 경고였어."

"조나단 말에 귀를 기울여야 한다고 생각 안 해?"

"나는 도망자가 되고 싶지 않아." 캐런은 제이콥의 손을 잡고 웃었다. "조나단의 안전을 위해 같이 기도해."

"캐런" 제이콥은 천천히 소파에 앉았다. "만일 캐런이 체포되면 다니엘은 어떻게 되지? 이런 말 하고 싶지 않지만 캐런 자신의 안전을 생각해 봐. 이런 웃지 못할 인종차별과 히스테리에 희생될 캐런의 아들을 생각해 봐."

캐런은 제이콥 옆에 와서 앉았다. "그럴 경우 내가 돌아올 때까지 당신이 다니엘을 키워야 해. 당신은 나의 석방을 위해 열심히 싸워야 해. 친정어머니가 도와주실 거야. 내 자신의 안전을 생각하다 보니 부모님이 걱정돼."

"왜 고집이 그렇게 세지? 우리는 아직도 몇 가지 선택이 있어."

"어떤 선택? 도망자와 배신자가 되는 일?" 캐런은 자신이 알고 있는 한 다른 선택의 여지가 없다고 생각했다. "내가 체포되면 당신과 다니엘과 떨어져야하니 가슴이 아프겠지. 내가 그런 생각 해보지 않았다고 생각해?"

제이콥은 그녀의 눈에서 뭔가 반짝거리는 것을 보았다. 캐런의 눈물이었다. "그럼 우리 여길 떠나자. 시간이 없어."

"나는 당신을 도망자로 만들 수 없어. 다니엘을 어쩌고? 다니엘은 도망자의 자식이 될 거야. 우리 아이들이 이런 일을 당하지 않도록 우리는 권리를 위해 굽히지 말고 싸워야 해. 제이콥, 미안해." 그녀는 제이콥을 껴안았다. "나 때문에 이 고생을 하고 있어."

아침 일찍 제이콥이 사무실로 떠나려고 문을 열었을 때 전에 왔던 FBI 요원이 체포영장을 들고 찾아왔다. 캐런은 샤워를 하고 있었다. 제이콥으로서는 어찌할 수 없는 일이었다. 체포를 방해한다면 공무집행 방해로 감옥에 갈 것이다.

세 사람은 문 앞에 서 있었다. 제이콥은 수색영장을 읽고 나서 코디에게 돌려주었다. "일전에 수색영장도 없이 내 집을 수색했던 사람이 당신들이었어요?" 제이콥은 두 사람을 주의 깊게 쳐다보았다.

"그렇소. 부인에게 빨리 준비하라고 하세요. 온종일 여기서 이러고 있을 시간이 없어요." 코디는 제이콥을 비웃었다.

"수색영장도 없이 남의 집을 뒤지다니. 그런 식으로 공무를 집행합니까?"

"법무성에 항의하십시오."

"그렇게 할 생각입니다." 목마른 소리로 제이콥이 말했다.

"부인이 어디 있습니까?"

"지금 샤워를 하고 있습니다."

"준비할 시간을 삼십분 드리겠습니다."

제이콥은 두 사람을 거실에서 기다리게 하고 침실로 갔다. 캐런은 아직도 샤워를 하고 있었다. 제이콥은 침대 모서리에 걸터앉아 사태를 진단해 보았다. 캐런은 적국을 도와 국가안전을 해치는 여러 가지 혐의로 구속될 것이다. 그런 혐의는 캐런을 일생동안 감옥에 가두어 둘 만큼 큰 반역행위이다. 한 사람의 일생을 망치는 것은 너무나 쉬운 일이었다. 조작된 혐의일지라도 사람의 일생을 파괴할 수 있다. 형사사건 변호사인 제이콥은 혐의를 벗은 사람에게 무슨 일이 일어나는지 잘 알고 있었다. 어떤 혐의로 구속되든지 한번 구속되면 혐의에서 풀려나도 일생 동안 사람들의 의심을 받게 된다. 의심의 씨앗이 대중의 마음속에 떨어지면 영원히 없어지지 않는다.

제이콥은 여러 형사사건을 맡아서 피고인들을 변호했지만 아내의 무죄를 변호할 수 없었다.

"아직 안 갔어?" 캐런은 수건으로 머리의 물기를 닦으며 욕실에서 밖으로 나왔다.

"체포영장을 가지고 왔어."

"날 체포하려고?" 예상하고 있었던 일이기에 캐런은 태연하게 말했다.

"캐런, 내가 어떻게 할 수 없는 일이야. 로이 타커에게 이 사건을 맡겨 당신을 빼내겠어."

캐런은 침실 한가운데 서서 남편을 바라보았다. "잘하는 사람이야?"

"샌프란시스코에서는 최고로 꼽히는 변호사야. 장모님에게 연락하겠어. 내가 다니엘과 온종일 같이 있을 수 없으니까." 제이콥이 일어서며 캐런에게 염려스러운 눈으로 물었다. "괜찮아?"

"아무렇지도 않아. 이건 정치적인 음모야. 그렇지만 진실이 이길 거야. 준비할게. 내 걱정 하지 마.”

“바로 빼낼 테니 걱정 마.” 제이콥은 캐런을 꼭 껴안았다. 두 사
람은 서로를 위로할 말을 찾느라 한동안 말없이 서 있었다.

이십분 뒤에 캐런이 거실로 나왔다. 제이콥이 다니엘을 안고 뒤
따라 나왔다. 그녀는 빨간색의 드레스를 입고 있었다.―그녀는 왜
빨간색 드레스를 입고 싶었던지 이유를 몰랐다. “준비됐어요.” 캐
런은 두 손을 FBI 요원에게 내밀었다.

“수갑을 채울 필요는 없습니다.” 프레드가 차갑게 말했다. 캐런
은 돌아서서 제이콥과 다니엘을 바라보았다. 그러고 다니엘 뺨에
입 맞추었다. “엄마 걱정 마. 모든 게 다 잘 풀릴 거야.” 다니엘은
엄마를 보고 귀엽게 웃었다. 그 웃음은 언제나 캐런의 마음을 말로
표현할 수 없는 기쁨으로 채워 주었다. “엄마를 위해 울지 마. 엄
마와 아빠는 네가 이런 일을 당하지 않도록 투쟁할 거야.”

로이 타커와 회의를 마친 뒤 제이콥은 다니엘을 데리고 캐런의
부모를 만나러 갔다. 쇼지와 게이코는 과수원에서 배나무 뿌리 주
위에 짚을 깔고 있었다. 다니엘은 차에서 담요 속에서 편안하게 잠
자고 있었다. 제이콥은 차에서 내려 과수원 쪽으로 걸어갔다. 그는
여러 번 그 집을 오가고 했으나 처음으로 산과 황토색 언덕에 점점
이 흩어져 있는 참나무의 초록색 얼룩에 눈길이 끌렸다. 높은 산
위에는 맑은 남색 하늘이 문제밖에 모르는 소란한 인간들의 세계
를 위엄 있게 내려다보고 있었다. 제이콥은 성공, 전쟁 그리고 개
인의 영광을 위해 줄달음질치는 인간사를 잠시 생각해 보았다. 모
든 것이 헛되게 보였다.

“제이콥, 우리 여기 있어.” 게이코는 제이콥을 보자 손을 흔들었다.

제이콥은 과수원으로 올라가 장모를 껴안았다. “안녕하셨어요?”

“가족들은 어디 있어?” 쇼지가 허리를 쪽 펴고 일어서면서 말했다.

“FBI가 캐런을 체포했습니다.” 제이콥은 그 말을 하기가 무척 어려웠다. 그러나 감정에 쌓일 때가 아니었다.

“아니 왜? 무슨 혐의로?” 게이코는 겁에 질려 얼굴이 하얗게 질렸다.

“캐런이 일본 스파이조직의 일원이라고 생각하고 있어요.”

쇼지와 게이코는 하도 놀라 입을 벌리고 멍하게 서로 쳐다보았다. 게이코는 눈에 보일 정도로 벌벌 떨고 있었다.

“친구 변호사를 보냈습니다. 걱정하지 마세요. 곧 집으로 돌아올 겁니다.”

“그 작자들은 거짓말을 하는 거야.” 드디어 게이코가 히스테리를 일으켰다. “그런 거짓말을 하다니! 그놈들은 내 딸의 장래를 아주 망쳐 놓을 거야!”

게이코의 마음을 안정시키려고 제이콥은 장모를 껴안았다.

“아니. 그놈들이 왜 우리를 못살게 굴어?” 한 번도 감정을 내타낸 일이 없던 쇼지가 화를 냈다.

게이코는 계속 몸을 떨었다. “자네, 무슨 일이 일어날 거라고 생각해?”

“아무 일 없을 겁니다. 곧 집으로 돌아올 거예요.”

“그놈들은 자네까지 못살게 굴 거야. 그렇게 하고도 남지. 죄 없는 사람들을 망쳐 놓는 전문가들이니까. 이 땅에는 정의가 사라졌어.” 긴장된 쇼지의 목소리가 껄껄했다.

"캐런에게는 서부지역이 안전하지 못해요. 캐런이 돌아오면 이사할 생각입니다." 제이콥이 쇼지에게 말했다. "다니엘을 데리고 오겠습니다. 지금 차 안에서 자고 있어요."

"여기 있게. 내가 가서 안고 올 테니." 게이코는 언덕 아래로 걸음을 빨리 옮겼다. 그녀는 정신이 없었다. 쇼지도 마찬가지였다. 제이콥의 차에 닿자 게이코는 차문을 열려고 손을 내밀었으나 손이 떨려 차문을 잡을 수 없었다. 그녀는 손을 멈추고 잠시 숨을 크게 쉬었다. 그런 다음 차문을 열고 그때까지도 잠을 자고 있는 다니엘을 품에 안았다. 다니엘을 보는 순간 강풍에 밀려나가는 짙은 안개처럼 딸을 걱정하는 두려운 마음이 사라졌다. 다니엘을 안고 연이어 입을 맞추면서 과수원으로 올라왔다.

"다니엘 좀 보세요." 게이코는 남편에게 말했다. "우리 배나무보다 빨리 자라요." 쇼지는 아내의 바보 같은 소리에 얼굴을 찌푸렸다. 그러나 다니엘을 보자 게이코가 일생 동안 보지 못했던 따스한 미소가 쇼지 얼굴에 떠올랐다.

"입 함부로 놀리지 말아요." 쇼지는 아내에게 경고했다. "제이콥, 자네가 샌프란시스코에서 사라지면 일생을 망치고 말거야. 이런 미친 짓이 오래가지 않을 것이고 일본인과 아시아 사람들에 대한 인종차별과 맞서 싸울 기회가 있을 거야. 자네 일생을 망치지 말게. 평생 도망 다닐 수는 없는 일이야. 놈들의 세력을 당해 낼 수 없어. 시골 장터에서 뛰어다니는 벼룩이도 잡아내는 조직이니까. 그러나 두려워하지 말게."

"믿음이 점점 약해지기는 하지만 저는 아직도 우리 정부를 믿고 있습니다."

“그런 소리 말게. 자네가 숨어 살면서 무엇을 하겠다는 거야? 다 굶어 죽을 걸세. 좋은 싸움을 싸우게. 캐런을 사랑하는 마음은 알지만 지나치게 감정적이 되지 말게. 샌프란시스코를 떠나지 말게.”

“장인 말을 듣게.” 게이코는 제이콥을 권유했다. “자네 자식을 생각해야지.”

오후 늦게 낡은 시보래 픽업이 고막이 터질 만큼 음악을 크게 틀고 털털거리며 길을 달리고 있었다. 피터 월리스가 신나게 음악에 맞추어 손으로 핸들을 치면서 운전하고 있었다. 일이 끝나고 집으로 가고 있었다. 그의 아버지는 아직도 피터에게 더부살이를 하고 있었다. 주유소에서 받는 쥐꼬리만 한 월급으로 아버지를 부양하는 것이 쉽지 않았다. 그날은 월급날이었다. 주머니에 현금 몇 푼이 들어 있어서 기분이 좋았다. 그레이스를 저녁식사에 초대할까 생각해 보았다. 매일 혼자서 먹는 똑같은 저녁식사 메뉴를 생각하자 기분이 언짢았다. 통조림, 우유 한 잔 그리고 마른 빵이 전부였다.

피터와 그레이스는 사랑하는 사이가 아니었다. 피터는 자신이 그레이스같이 영리한 여자에게 너무 부족한 존재라는 것을 알고 있었다. 그러나 그레이스는 그 동네에서 그에게 유일한 여자 친구였다. 여러 번 그레이스를 찾아가볼까 생각을 해 보았지만 용기가 나지 않았다. 게다가 그레이스는 피터에게 아버지가 얼마나 구식사람인지 귀띔해 준 일이 있었다.

피터는 집에 도착하자 편지통에서 우편물을 꺼냈다. 매달 한 번도 거르지 않고 정확하게, 그것도 똑같은 날 도착하는 고지서 밖에 다른 우편물을 기대하지 않았다. 독립생활을 하기 때문에 벌금을 낸다고 생각했다. 피터는 눈에 익지 않은 편지에 눈이 멎었다. 기분 좋은 소식을 기대하지 않은 피터는 성가신 얼굴로 봉투를 뜯었다. 예쁜 필체가 눈에 익은 것 같기도 했다. 그러나 그 필체의 주인이 누구인지 몰랐다. 그레이스한테서 온 편지였다. 피터는 갑자기 흥분했다.

"너의 아버지가 나에게 한 짓 때문에 한동안 너를 미워했어." 편지는 그렇게 시작했다. "그러나 네가 한 짓이 아니기 때문에 너를 미워하는 것이 공평하지 않다고 느꼈어. 너를 만나러 갔을 때 너의 아버지는 나를 더러운 바닥에 눕혀 놓고 강간했어." 피터는 감각이 마비된 것처럼 손을 떨어뜨렸다. 눈에는 무서운 불길이 확 타올랐다.

피터는 편지를 읽다 말고 상처 입은 짐승처럼 냅다 소리를 지르며 허름한 집을 향해 달려갔다. 거실에는 아버지가 마치 부러진 늙은 나뭇가지처럼 소파에 늘어져 누워 코를 골며 자고 있었다.

"개보다 못한 짐승아!" 피터가 소리쳤다. 그러나 아버지는 술에 취해 성난 고함소리를 듣지 못했다. "이 더러운 짐승아. 일어나! 일어나라고!" 피터는 아버지의 멱살을 잡고 목을 졸랐다. 술에 취해 곤드레만드레가 된 프랭크가 눈을 부스스 떴다. 아들이 야수같이 그를 공격하는 것이 보였다. 그는 목숨을 구하려고 있는 힘을 다해 아들을 뒤로 밀었다. 그러나 피터는 만만치 않았다. 아들이 그를 죽인다는 공포에 질린 프랭크는 아들의 얼굴에 무서운 주먹세례를 퍼부었다. 피터는 피를 흘리며 바닥으로 쓰러졌다.

"이 개새끼야. 애비를 죽이려 하다니!" 깜작할 사이에 술에서 깨어난 아버지가 소리 질렀다. 그는 미친 듯이 바닥에 쓰러져 있는 아들의 얼굴을 후려갈겼다. 피터는 움직이지 않았다. 프랭크는 피를 흘리며 정신을 잃고 늘어져 있는 아들을 마치 개선장군처럼 내려다보며 일어섰다.

잠시 후 피터는 겨우 몸을 뒤집어 문 쪽으로 기어갔다. 그러다가 눈을 뜨고 일어섰다. 피가 눈 속으로 스며들어 잘 보이지 않았다. 밖에 세워 둔 차에 가려고 비틀거리다가 그만 문을 치고 넘어졌다.

차 있는 곳으로 비틀거리며 걸어 나온 피터는 손으로 더듬어 차 문을 열고 운전석으로 기어 올라갔다. "경찰에 신고할 거야!" 피터가 소리쳤다. "이 번에는 평생 감옥에서 살 거야."

"너 같은 바보 말을 누가 믿어?" 프랭크는 포치로 걸어 나오면서 소리쳤다. "증인도 없고 그 계집애는 여기 살지도 않아."

"경찰이 찾고 말 거야. 내가 반드시 찾을 거야." 피터는 차를 몰고 길로 나가자 속도를 냈다. 운전을 하면서 큰 소리로 울면서 아버지를 저주했다. 한참 뒤에 그는 차를 길옆에 세웠다. 주머니에 넣어 둔 편지를 꺼내 눈앞에 갖다 댔다. 처음부터 끝까지 읽고 싶었다.

"너에게 좋은 친구가 돼 주었던 값으로 이런 벌을 받는가 봐. 짐승보다 못한 너의 아버지를 저주한다. 내가 살아 있는 동안 그 짐승을 저주할 거야. 그렇지만 나는 이 일을 너의 탓으로 돌리지 않는다. 너 아버지를 죽이지 마. 나는 또 다른 그레이스가 생기지 않도록 너의 아버지를 감옥에 처넣을 방법을 찾겠어. 너의 아버지는 아주 위험한 짐승이야. 마귀야. 내가 어디 살고 있는지 궁금하겠지. 우리 아빠와 엄마에게 말하지 않겠다면 말해 줄게. 나는 지금 로스앤젤레스에서 살고 있어."

피터는 편지를 읽다 말고 울음을 터뜨렸다. "그레이스, 미안하다." 화를 참지 못해 이마로 핸들을 쳤다. 자동차 경적소리가 계곡에 메아리쳤다.

다시 차를 운전하다가 피 묻은 얼굴을 씻으려고 개울 옆에 차를 세웠다. 얼굴을 씻은 다음 초등학교 때 멀리서 잠깐 본 적이 있던 유진을 만날 결심으로 차를 몰았다. 그레이스에게 무슨 일이 있었던지 알려 주고 싶었다. 피터는 그레이스 부모가 그레이스에게 무슨 일이 있었던지 모르고 있을 것이라고 생각했다. 유진을 만나러 가는 길에 주유소에 들러 작업복으로 갈아입었다. 그러나 얼굴은 검고 퍼런색으로 얼룩덜룩했다. 퉁퉁 부어오른 왼쪽 눈 위에는 골프공 크기의 혹이 불룩 솟아나 있었다.

"왜 그러는가" 유진이 문을 열고 하품을 하며 밖으로 고개를 내밀었다.

"저는 피터 월리스에요." 피터는 말을 더듬거렸다.

"네가 그레이스가 자주 말하던 피터로구나." 피터의 얼룩진 얼굴을 보자 유진의 입가에 나타났던 웃음이 삽시간에 사라졌다.

"그렇습니다."

"그래 무슨 일이냐?" 유진은 피터에게 무슨 일이 있었는지 짐작하느라 눈을 가늘게 떴다.

"그레이스가 어디 사는지 알아요. 저가 찾아서 데리고 올 거예요."

"네가 그걸 어떻게 아느냐?" 유진은 피터를 의심쩍은 눈으로 바라보았다.

"저는 알아요. 그레이스에게 무슨 일이 있었는지 말씀드리면 박 선생님은 저를 평생 미워하실 거예요."

"도무지 무슨 말을 하는지 모르겠다."

“다 아실 필요가 없어요. 그레이스를 집으로 데리고 오겠습니다. 약속합니다.” 피터는 차로 돌아갔다. 그리고 급하게 차를 몰고 사라졌다.

유진은 문에 서 있다가 피터가 사라진 길 저쪽으로 고개를 돌렸다. 고개를 흔들며 문을 닫았다.

순자는 흔들의자에 앉아 남편을 바라보았다. “누구예요?” 연약한 목소리가 유진의 등 뒤에서 들렸다.

“피터 윌리스야.” 유진은 소파로 다시 돌아가 읽고 있었던 리들리 익스포넌트 신문을 집었다.

“왜 왔대요?”

“그레이스가 어디 사는지 안다고 하더구먼. 꼴을 보니 머리가 반쯤 돌아 버린 사람이야. 얼굴이 엉망이었어요. 누가 그렇게 두들겨 팼는지…. 아마 술에 취해 넘어졌는지 모르지.”

“그레이스가 어디 사는지 안대요?” 유진을 바라보는 순자의 눈이 반짝였다.

“그렇게 말했지만 그 말을 누가 믿겠어요?”

“왜 안 믿으세요?” 순자는 화가 났다. 갑자기 가슴이 마구 뛰기 시작했다.

“머리가 좀 돈 아이었어요. 그 얼굴을 보라니!”

“왜 그 애가 거짓말을 하려고 당신을 찾아왔다고 생각하세요?”

“거짓말이라고 하지는 않았어요. 꼴을 보니 머리가 좀 돈 것 같이 보였어요.”

“지금 곧바로 나가서 피터를 찾아보세요.” 순자는 명령하는 투로 남편에게 말했다. “그리고 당장 나에게 데리고 와요.”

"왜 그러는 게요?" 유진은 아내를 바라보며 그 말 한 것을 후회했다.

"그 애가 그레이스가 어디 있는지 알 거예요."

"그걸 당신이 어떻게 알아요?"

"그레이스는 피터가 아주 정직하다고 나에게 여러 번 말한 일이 있었어요." 순자는 남편의 얼굴을 똑바로 응시하려고 흔들의자에서 이리저리 몸을 틀고 고개를 한쪽으로 재꼈다.

"젊은 사람이 열심히 일해서 성공할 생각은 아니하고서! 한 직장에서 몇 달도 일을 못 하고 이리저리 옮겨 다닌다고 그레이스가 말한 것이 생각나는구면. 성공하기는 틀렸어요. 우물을 파려면 한 우물을 파야지. 그 말 잊었소?"

"그건 피터와 아무 상관이 없는 말이에요. 지금 나가서 찾아보세요. 몇 가지 물어볼 것이 있어요."

"알았소." 유진은 순자를 달래려고 말했다. "내일 찾아보리다."

순자는 짜증이 났다. 화난 눈이 남편을 쏘아보았다. "지금 당장 나가 봐요!"

"알았어요. 알았다고. 그렇게 열 내지 말아요."

"거기서 그런 식으로 엉덩이를 깔고 앉아서 어떻게 찾는다고 그래요?"

"저녁식사나 마치고 나가 보리다. 이미 땅거미가 들기 시작하니까."

"지금 바로 나가면 찾을 수 있어요."

유진은 못 이긴 채 일어섰다. "알았어요. 내 나가 보리다."

유진은 곧 바로 피터를 찾아 나섰다. 마을 구석구석을 손바닥처럼 잘 알고 있는 유진은 어두워지는 도로를 운전하며 피터의 고물

픽업을 찾았다. 피터를 찾느라 운전하면서 유진은 딸이 얼마나 보고 싶은지 새삼 깨달았다. 그러자 그를 밀어내다시피 한 아내의 심정을 이해할 수 있었다.

거의 반시간을 차로 마을을 돌아다녔다. 그러나 피터를 찾기에는 너무 늦었다. 집으로 돌아가 내일 다시 날이 밝을 때를 기다리기로 마음먹었다. 딸의 행방을 알고 있다는 피터가 아무래도 의심스러웠다.

유진이 교통신호등에서 U턴을 하고 있을 때 피터는 99번 고속도로를 진입해 남쪽으로 달리고 있었다. 그레이스를 찾기 위해 로스앤젤레스로 가고 있었다. 비록 아버지의 악한 성질이 자신의 책임이 아니라고 강력하게 부인했지만 그레이스에게 일어난 사건은 자신의 책임이라고 생각했다. 이미 자식의 효심과 부자간의 관계도 끊어졌다. 오히려 그것이 마음을 가볍게 해 주었다. 무거운 짐에서 해방된 기분이었다.

한 번도 가 본 일이 없는 도시에서 어떻게 그레이스를 찾을지 몰랐지만 그 일은 피터 자신이 해결해야 하는 일이었다. 가끔 직장을 구하느라 프레즈노에 나간 일은 있었지만 피터는 한 번도 고향을 떠난 일이 없었다. 큰 도시 로스앤젤레스에서 그레이스를 찾을 일을 생각하니 덤불 속에서 바늘을 찾는 기분이 들었다.

6.

예상했던 대로 루스벨트 대통령은 1942년 2월 19일 행정명령 9066호를 발표했다. 서부지역 군 지휘관들에게 미국 시민인 일본후세들을 몰아내도록 하는 행정명령이었다.

2월 23일 일본잠수함은 산타바바라 북쪽 골래타에 있는 뱅크라인 정유소를 공격했다. 그 공격이 있은 직후 샌프란시스코에 있는 시민 방위지휘센터는 전쟁상태로 돌입했다.

쇼지와 게이코는 알마덴 계곡에서 이사하려고 짐을 사느라 분주했다. 이틀 전 샌프란시스코에 있는 미 육군 제4사단 서부지역 방위 지휘관인 드위트 소장은 일본후세들에게 캘리포니아 중부로 자진 피난하라는 명령을 내렸다.

야마모토 집안은 집을 포함한 부동산과 농기구를 팔려고 내놓고 살 사람을 기다리고 있을 시간이 없었다. 게다가 게이코는 당장 떠나자고 졸랐다.

언젠가 좋은 세상이 돌아오면 쇼지도 다시 집으로 돌아와 일본 배를 기르고 싶어 하는 과수원의 꿈을 성취할 수 있을지 모른다. 그가 떠나면 배나무는 다 말라 죽을 것이다. 마치 자식들을 버리고 연인을 따라 도망가는 무정한 여인처럼 쇼지도 자신의 안전을 위해 배나무를 버리고 떠나야 한다. 언제 다시 돌아올지 기약할 수 없었다.

게이코가 가지고 갈 물건을 고르느라 분주하게 돌아갈 때 쇼지는 과수원으로 올라갔다. 마음이 무거웠다. 과수원 입구에 서서 마지막으로 과수원을 찬찬히 바라보았다. 그는 천천히 주위를 돌면서 배나무 한 그루 한 그루를 사랑하는 자식들에게 작별을 고하듯 정답게 매만졌다. 배나무가 필요한 것은 간단한 정성뿐이다. *언제나 돌아올까? 내가 다시 돌아올 때는 이 나무들은 다 죽어 있을 거야.* 쇼지는 한숨을 내뿜었다. 그는 고개를 들어 산을 바라보았다. 그리고 고개를 이리저리 흔들었다. *어쩌자고 이런 짓들을 하는 거야? 정의라는 명목으로 전쟁, 미움, 죄 없는 수많은 목숨을 도살하는 짓들을 하고 있으니…. 정의는 무슨 얼어 죽을 놈의 정의야. 이놈의 전쟁과 내가 무슨 상관이 있단 말인가? 적은 수천만 리 멀리 떨어져 있건만 나는 내 집에서 도망을 가야 하다니! 왜 나에게 이 짓들을 하는가?*

쇼지가 집으로 내려올 때 잔과 로시타, 캐런과 제이콥이 픽업을 타고 도착했다. 그들은 이삿짐을 꾸려 캘리포니아 중부로 이사하는 일을 도와주려고 왔다. 갑자기 집 안이 꽉 찼다. 다니엘은 곧 할머니를 독차지했다. 집 안에는 꺼내 놓은 물건 때문에 앉을 자리가 없어 모두 참나무 아래에 모여 앉았다.

“모든 사람들이 우리 일본 사람들을 미워해.” 잔이 콧수염을 매만지며 말했다. “조선 사람들까지도 우리를 미워해. FBI는 중가주에 있는 흑룡단체에서 많은 일본 사람들을 체포했어. 일본 사람들이 많이 중가주로 이주할 거야. 그렇지만 그들이 어디로 가든지 가는 곳마다 미움과 인종차별이 기다리고 있어.”

“나는 아직까지도 어느 나라가 내 적인지 이해를 못 하겠어. 히로히토? 아니면 엉클 샘(미국정부)? 나는 첫 번째 인물에게는 세금을 내지 않았어. 그러나 엉클 샘에게는 꼬박꼬박 세금을 냈어. 내가 낸 세금으로 나를 잡아 가둘 감옥을 세운거야.” 쇼지는 입안이 매우 씁쓸했다.

“엉클 샘에게 고맙다고 선물이나 보내세요.” 로시타가 빈정거렸다.

“놈들은 캐런을 체포하고 이틀 동안이나 유치장에 가두어 두었어.” 게이코는 잔에게 말했다. “캐런이 일본정부를 위해 일하는 스파이라고 뒤집어씌운 거야.”

“내 엉덩이에 키스나 하라지. 캐런이 스파이라구? 도대체 세상이 어떻게 돼 가는지 모르겠어요.” 잔은 게이코를 바라보다가 캐런에게 고개를 돌렸다. “너도 리들리로 오려무나.”

“제이콥에게는 샌프란시스코가 본거지예요. 작은 농촌마을에서 뭘 하겠어요?” 캐런은 삼촌을 보며 슬프게 웃었다. “내가 감쪽같이 사라지게 내버려 두지 않을 거예요.”

“너 자꾸 그런 식으로 고집부리면 그 녀석들은 너를 수용소로 보낼 거다. 그렇게 되면 가족은 어떻게 되겠니?”

그 말에 제이콥이 대답했다. “얼마나 고집이 센지 아시잖아요.”

“엄마를 닮아서 그래.” 잔이 부루퉁하게 말했다. “모든 사람들이 제정신으로 돌아올 때까지 우리 집에 와 있어라.”

“캐런” 로시타가 캐런을 불렀다. “삼촌 말을 들어. 삼촌은 가끔 사리에 맞는 말을 할 때가 있어. 우리 과수원에서 일하면 그 사람들도 귀찮게 하지 않을 거야.”

“잔은 포병교육을 받고 있는데 어디로 배속될지 걱정이고 캐런 때문에도 걱정이다.” 게이코가 말했다.

“엄마, 아무 일도 없을 거예요.” 캐런은 엄마의 등을 도닥거렸다. “그 사람들이 내 개인 소유품에 손을 댔을 때 마치 내가 히틀러의 제삼제국에서 살고 있는 유대인 같은 기분이었어요. 그렇지만 별일 없을 거예요. 나는 국가에 어떤 범죄도 저지른 일이 없으니까요.”

“전쟁은 마귀들이 하는 짓이니 언제나 끔찍해요. 모든 가치관이 전쟁이라는 두려움과 공포에 눌려 파괴돼 버렸어요.” 제이콥은 게이코에게 말했다. 게이코가 겪고 있는 심정을 이해했다. 태어난 나라에서, 그것도 그들이 살고 있는 집에서 정부가 그들을 몰아내는 웃지 못할 처지였다.

잔이 말했다. "일본은 미국의 상대가 못 되니까 이 전쟁은 곧 끝날 겁니다."

"이렇게 웃기는 일은 누구에게도 일어날 수 있는 일이에요." 로시타가 남편 말에 끼어들었다. "내 말은 이 나라가 조선과 전쟁을 한다면 조선 사람들을 쥐새끼마냥 집에서 몰아낼 거예요. 멕시코와 전쟁을 한다면 이 나라 시민인 멕시코 사람들에게도 똑같은 일이 생길 거예요."

제이콥이 한숨을 내쉬었다. "샌프란시스코의 중국인과 이태리인들이 그래요. 중국 사람들이 이태리 사람들이 살고 있는 지역으로 넘어가면 이태리 사람들은 무슨 큰 사건이 터진 것처럼 야단들이에요. 하나님의 형상으로 태어난 인간들이 다들 그 모양이에요."

"일본인과 조선인처럼 터놓고 서로 미워한다고." 잔이 씁쓸한 표정으로 말했다.

"백인과 멕시코인들같이 말이죠." 로시타가 흥분해서 말했다. "그런 일 숱하게 많이 봤어요. 사람들은 서로서로 잘 지내기를 원하지 않아요. 그저 미워하고 헐뜯고 싸우는 것밖에 몰라요."

"오늘은 철학자가 되셨구먼." 잔은 입을 쉬지 않고 놀리는 아내를 못마땅하게 바라보았다.

검은 포드 세단이 길 모퉁이에 멈추자 말순과 길만이 차에서 내렸다. 말순은 지난밤 다이뉴바에 있는 순자의 가족 생각이 나서 방문하기로 마음먹었다. 남편이 유타에서 돌아온 이후 순자를 한 번도 만나지 못했다. 순자가 뇌졸중으로 쓰러졌던 일이나 그레이스가 집을 나간 일 그리고 유진이 일찍 퇴직한 일에 대해서 까마득하게 모르고 있었고 순자와 연락이 없었던 것을 미안하게 여겼다.

지난밤 길만은 옛 친구 유진을 찾아가기를 거절했다. 그는 말순에게 이렇게 말했다. "그치는 미국 사람이여. 자신이 누구인지도 모르는 사람이라는 말이여. 실은 말이여 그치는 조선 사람도 아니고 미국 사람도 아니여. 자신의 뿌리를 버린 사람이란 말이여. 백인하고 같이 있으면 백인처럼 행동하고 조선 사람과 같이 있으면 조선 사람같이 행동한다고. 얼간이 같은 놈이여."

"그렇지만 당신을 많이 도와주지 않았어요?" 말순이가 대들었다.

"그건 사실이여. 그렇지만 그치를 만나면 골치가 아플 것이여."

"당신의 기독교인 사랑은 어디로 소풍 갔어요?"

유진이 문을 열었다.

"형부, 안녕하세요?" 말순이 유진을 보고 반갑게 인사했다.

"어서 와요." 유진은 말순 뒤에 서 있는 길만을 보았다. "아니, 길만이 아닌가? 오랜만일세." 유진은 반가워하며 손을 내밀었다.

말순은 잽싸게 뒤로 돌아서서 남편에게 창피스러운 짓을 하지 말라고 매서운 눈짓으로 경고했다. 아내의 눈에서 그 경고를 읽은 길만은 어쩔 수 없이 유진의 손을 잡았다. 그러나 그들의 악수는 옛날처럼 뜨거운 악수가 아니었다.

"오랜만이여." 길만은 얼굴이 굳어졌다.

"어서 들어와." 유진은 한쪽으로 비켜섰다. "언제 왔는가?"

"얼마 안 됐어." 길만은 아내의 뒤를 따라 들어가며 말했다.

"언니는 어디 계세요?"

"잠자고 있어요. 자, 어서 앉아요." 유진은 어색한 얼굴로 말했다.

말순과 길만은 소파에 앉았다. 길만은 거북스러운지 손을 비비 꼬면서 앉아 있었다. 말순은 남편의 이상한 행동을 놓치지 않고 지켜보았다.

"언니는 어떠세요?" 말순은 거실 가운데 서 있는 유진을 쳐다보았다.

유진은 몇 번 헛기침을 하고나서 말했다. "사실은 몸이 좋지 않아요."

"무슨 말씀이세요?"

"뇌졸중으로 쓰러졌어요."

"어머나!" 말순은 소리를 지를까 봐 손으로 입을 막았다.

"증세가 더 나쁠 수도 있었겠지만 이제는 서서히 회복하고 있어요." 유진은 그레이스 말은 하지 않기로 마음먹었다. 그는 다시 자신과 가족을 길만에게 비교해 보았다. 하나님이 왜 그를 벌하시는지 원망스럽기만 했다.

"그런 일이 있었는지 전혀 모르고 있었어요." 말순은 손수건으로 눈물을 닦았다.

"무슨 일이여?" 길만은 지난밤 아내에게 한 말을 생각하니 부끄러웠다. "그치 하나님은 말이여 그치를 버렸다고. 보라고. 아직도 가난하게 살고 셋집에서 살고 있잖여?"

"갑자기 생긴 일이었어." 유진의 목소리에는 날카로운 아픔이 배어 있었다. "집사람에게 손님이 왔다고 알려야겠어."

유진은 침실 문을 열었다. 순자는 침대에 누워 멍하게 남편을 바라보았다. "말순이와 길만이가 당신은 보러 왔어요."

“그래요?” 순자의 어둡던 얼굴이 환하게 밝아졌다.

“지금 만날 거요?”

“그럼요. 날 좀 도와주세요.”

유진은 아내가 침대에서 일어나 앉게 도와주었다. 순자는 언제나 손이 닿는 곳에 두고 있는 손거울과 빗을 집었다. 그녀는 손님을 맞을 준비를 하느라 거울을 들여다보며 얼굴을 매만졌다. “보기가 흉하지 않아요?” 순자는 머리에 빗질을 하면서 남편에게 물었다.

유진은 친절하게 대답했다. “여전히 아름다워요.”

순자는 유진을 바라보았다. “당신 피곤해 보여요.”

“조금. 나중 낮잠을 자고 나면 풀릴 게요.”

순자는 지팡이를 짚고 남편의 부축을 받으며 거실로 나왔다. 말순을 보자 걸음을 멈추고 환하게 웃었다. “오랜만이네.”

말순과 길만은 자리에서 일어났다. 말순은 순자에게 걸어가 손을 잡았다. “저는 이런 일이 있는 줄도 몰랐어요. 언니, 죄송해요.”

“괜찮아. 사업하느라 얼마나 바쁘겠어.”

말순과 유진은 순자를 흔들의자에 조심스럽게 앉혔다.

모두 소파에 앉아 순자를 바라보았다.

순자가 입을 열었다. “그래 사업은 잘되고?”

“잘되고 있어요.” 말순은 그런 상황에서 다른 사업체를 샀다는 말을 하기가 거북스러워 입을 닫기로 했다.

“우리는 다른 사업체를 또 하나.” 그런 아내의 마음을 눈치 채지 못한 길만이 입을 열었다.

말순은 즉시 발로 남편의 오른발을 걸어차고 입을 닫으라는 경고를 보냈다. “저이가 하신 말은 다른 것이 아니고 작은 사업을 하나 다시 열었다는 말이에요.” 말순은 순자를 보고 웃었다. “하숙집이에요.”

순자는 기뻐 환하게 웃었다. “잘했어. 나는 동생이 언젠가 꿈을 이루리라 믿고 있었어.”

유진은 뭔가 목구멍에 탁 걸린 것 같았다. 그가 성질이 날카롭고 일자무식 농사꾼이라고 여겼던 길만이 이제는 어엿한 사업가가 된 것이다. 유진은 입안이 씁쓸했다. 그러나 길만의 성공을 기뻐하는 척했다. *인생이 고르다고 누가 말했던가?* 떫은 마음을 달래려고 그 생각을 해 보았다.

“몸이 회복되면 동생을 찾아갈까 생각하고 있었어.” 순자는 자신의 회복이 확실한 것처럼 고개를 끄덕였다.

“그럼요. 자주 오셔야죠. 언니에게 전주비빔밥을 만들어 드리고 형부에게는 좋아하시는 냉면을 만들어 드릴게요.”

“저이가 좋아하시겠어.” 순자는 어깨를 구부정하게 숙이고 조용히 앉아 있는 남편을 바라보았다. 순자는 그 순간 남편이 무슨 생각을 하고 있는지 알았다. 그러자 죄의식이 그녀의 마음을 아프게 했다. 그녀가 건강했더라면 남편은 집안일에 붙잡혀 식모 일을 하지 않고 남자답게 무슨 사업이라도 할 수 있었을 터인데…. 순자는 남편이 가여웠다.

“아직도 일하는가?” 길만이 유진에게 물었다.

“아니. 집사람을 돌봐야 하니까.”

“알겠고만.” 길만은 동정심이 많은 사람처럼 고개를 끄덕끄덕했다.

“보스웰은 어떤가?” 길만이가 보스웰의 시원한 공기와 눈에 익은 산천초목을 안고 온 것처럼 유진은 갑자기 향수를 느꼈다.

"변한 것 없제." 길만은 어깨를 으쓱했다. "조는 내가 떠날 때까지 그곳에서 살고 있었지. 본부인이 조를 버리고 떠났는디 내 생각으로는 남편을 용서하고 싶지 않았던 거여."

"잘 있겠지?"

"그렇겠지. 참 좋은 사람이여. 나를 많이 도와주었다고. 천국에는 못 갈지 모르지만 참 좋은 둘째 부인과 지상천국에서 살고 있고만. 일본식품상인이 죽었어. 이제 트레먼턴에는 조선 사람이 한 사람도 없제. 내가 조선 사람으로서는 그 골짜기를 마지막으로 떠난 사람이었제."

"다시 돌아갈 건가?"

"아녀. 아주 떠나왔다니께 그려. 돌아갈 이유가 없제."

순자가 거들었다. "돌아와서 너무 기뻐요. 딸… 그 애 이름이 뭐던가? 옳아. 이름이 미숙이었지. 공부 잘해요? 못 본 지가 한참 됐어요."

길만은 자랑스럽게 대답했다. "로스앤젤레스에서 학교 다니고 있어요. 내년에는 동부로 공부하러 간다고 하더구먼요."

"선교사가 되고 싶대요." 말순은 남편의 말을 받아 이었다. "우리 집안의 자랑이에요."

"정말 좋은 소식이구먼." 순자는 크게 기뻐했다. "얼마나 자랑스러울까!" 순자는 잠시 웃었다 그러다가 집안 꼴을 생각하니 한숨이 나왔다.

7.

"나는 한 번도 거기에 가 본 적이 없어." 운전석 옆에 앉은 그레이스가 말했다. "네가 가면 나도 갈래. 빈둥거릴 시간이 많아."

"인터뷰가 끝나거든 같이 가. 아름다운 바닷가야. 나는 그 바닷가가 좋아." 욜란다 클라인이 말했다. "우리 거기서 점심 먹자. 나는 바닷가를 걷는 것을 너무 좋아해. 바보 같은 내 고향에는 바다가 없고 조그마한 호수뿐이야." 욜란다는 아이오와의 조그마한 고향이 머리에 떠오르자 입을 삐쭉거렸다.

"욜란다, 점심은 내가 산다." 그레이스는 신이 나서 말했다. 그녀는 늘 즐겨 입는 하늘색 드레스를 입고 직장 면담을 하러 가고 있었다. 머리를 짧게 커트하고 입술을 예쁘게 칠한 그레이스는 어른스러워 보였다. 욜란다는 그레이스보다 세살이 위였고 집에서 도망 나온 시골뜨기였다. 그날 욜란다는 그레이스를 그녀의 1928년형 고물차인 뷰익 빅토리아에 태워 로스앤젤레스 서쪽으로 달리고 있었다. 터진 배기파이프에서는 폭탄이 터지는 소리가 났고 머플러는 길 표면에 닿을까 말까 할 정도로 덜렁거렸다.

그레이스는 로스앤젤레스로 온 뒤 밤에 사무실을 청소하는 청소부 일을 해 왔는데 눈치가 빠르고 재치가 있어서 경험이 많은 청소부들보다 일을 빨리 해치웠다. 수입은 방세를 내고 겨우 입에 풀칠할 정도였다. 그레이스는 그 일을 임시직으로 알고 있었다. 이십여 통의 이력서를 보냈는데 단 한군데서 면담을 하자는 연락이 왔다. LA 서쪽에 있는 옷가게였다.

"휘발유 좀 넣어야 돼." 욜란다는 앞에서 오는 차가 지나가자 핸들을 왼쪽으로 확 꺾어 주유소로 들어갔다. 그때 나사가 풀려서 덜 렁거리는 머플러가 차도와 주유소 진입로 사이에 푹 파인 흠을 치 면서 요란스럽게 덜커덩거렸다.

"휘발유는 내가 살게." 그레이스가 욜란다에게 말했다.

욜란다는 고개를 돌려 차고에서 일하는 직원을 보았다. 잠시 후 에 깡마르고 키가 훌쭉하게 큰 직원이 기름 묻은 손을 걸레로 닦으 며 차고에서 밖으로 나왔다. 기름때가 밴 작업복을 입은 피터 윌리 스였다. 피터는 야구용 모자를 푹 눌러쓰고 있었다.

"만땅 채울까요?" 피터는 운전석으로 몸을 조금 숙이면서 물었다. 그러나 반대쪽으로 고개를 돌리고 있는 그레이스를 보지 못했다.

"보통으로요." 욜란다가 피터에게 말했다.

주유하고 있는 사이에 피터는 뚜껑을 열고 허리를 굽혀 엔진오 일을 조사했다. 그는 계량봉으로 여러 차례 엔진오일을 재 보았다. 그때마다 계량봉은 오일이 조금도 묻지 않고 깨끗하게 올라왔다. 엔진오일이 거의 없었다. 피터는 고개를 설레설레 흔들며 욜란다에 게 걸어와 말했다. "엔진오일을 넣어야겠어요."

반대쪽 차도로 오가는 차들을 바라보던 그레이스는 귀에 많이 익은 목소리를 듣고 고개를 돌렸다. 피터와 그레이스는 동시에 시 선이 마주쳤다.

깜짝 놀란 피터는 멍하게 그레이스를 바라보다가 더듬거리며 말 했다. "그레이스! 그레이스 맞아?"

"피터!" 그레이스는 소리 지르며 용수철같이 차에서 밖으로 뛰어 나와 피터를 껴안았다. 피터는 어린아이가 어머니에게 하듯 그레이 스가 하는 대로 내버려 두었다. "너 여기서 뭐하는 거야?" 그레이스는 너무 흥분하여 피터의 눈을 빤히 들여다보았다.

"그레이스 맞지?" 피터는 다시 확인했다.

"그래. 나 그레이스야. 너 피터 윌리스 맞지? 정말 못 믿겠어!"

드디어 피터는 앞에 서 있는 여자가 그레이스인 것을 알고 손을 내밀었다. "너로구나 그레이스. 이거 못 믿겠어. 정말이야."

그레이스는 너무 흥분해서 손톱에 새까만 기름때가 낀 피터의 손을 덥석 잡았다. "피터, 너 여기서 뭐해?"

피터는 그레이스를 빤히 바라보고 서 있었다. "널 찾으려고 한 달 전에 내려왔어. 너를 다시는 만나지 못할까 봐 걱정하고 있었어."

욜란다는 무슨 일인지 몰라 어리둥절했다. "무슨 일인지 누가 말 좀 해줄래?"

그레이스는 욜란다의 항의를 무시했다. "나 직장면담이 있어서 가야 해. 너 날 찾아올 거야?"

"물론이지."

검은 캐딜락 62 세단이 펌프 건너 쪽으로 굴러와 섰다. 피터는 그 차 손님을 받고 나서 다시 그레이스에게 달려왔다. 그레이스는 급하게 종이에 그녀의 아파트 주소를 갈겨썼다. 그리고 피터 앞에 종이를 내밀었다. "저녁 일곱시에 날 데리러 와."

"안 돼. 너무 일러. 그 시간에 일해야 해. 열시면 어떻겠니?"

"좋아. 오늘은 어차피 쉬는 날이니까."

피터는 그레이스가 준 종이를 조심스럽게 접어 주머니에 넣었다. "넌 내가 얼마나 흥분해 있는지 모를 거야. 이건 기적이야." 피터가 웃었다.

그날 밤 피터는 그레이스를 태워 주유소로 왔다. 오는 길에 피터는 아버지의 죄를 여러 번 사과했다. 하도 여러 번 사과하자 그레이스는 그 소리가 듣기 싫어 그 짐승에 대해 다시는 말하지 말라고 소리 질렀다. 둘은 재료창고로 들어왔다. 작은 창고에는 엔진과 트랜스미션 오일이 담긴 상자가 천장에 닿을 만큼 높이 쌓아 놓았다. 한구석에는 야전침대가 하나 놓여 있었다. 속을 메스껍게 하는 오일 냄새에 그레이스는 얼굴을 찌푸렸다.

"여기가 내가 사는 곳이야." 피터는 뒤통수를 긁적거렸다. 두 사람은 피터의 야전침대에 나란히 앉았다. "때로는 이렇게 큰 도시에서 너를 만날 수 있을까 자신이 없었어. 널 여기서 만나다니! 못 믿겠다."

"나도 그래." 그레이스는 생긋 웃었다. "정말 이건 기적이야. 넌 기적을 안 믿어?"

"이제 믿어. 내 눈으로 기적을 보고 있잖아."

"다들 어떻게 지내니?" 그레이스가 물었다. 형광등 불빛에 얼굴이 창백하게 보였다.

"네 어머니가 몹시 아프다고 들었어. 그것밖에는 네 집안에 대해 아는 것이 없어."

"어디가 아프신데?"

"모르겠어." 피터는 어깨를 으쓱거렸다. "그레이스, 집으로 돌아가자. 아버지가 한 짓을 다시 사과해. 아버지와 나는 치고받고 싸웠어. 우리는 이제 남남이야."

"나는 못 가. 돌아가고 싶지 않아." 그레이스는 다른 곳을 바라보았다.

"나는 너를 두고 혼자서 돌아가지 않을 거야. 나는 너에게 여러 가지를 약속했지만 하나도 지키지 못했어. 그렇지만 이번은 달라. 너를 두고 안 돌아가. 그레이스, 너의 아버지에게 너를 찾아서 돌아오겠다고 약속했어."

그레이스는 검은 시멘트 바닥을 내려다보고 있었다.

"내일 당장 돌아가자는 게 아냐. 네가 마음의 준비가 될 때까지 여기서 기다릴게. 너는 가족을 생각해야 해. 너무 좋은 가족이야. 나는 이제 가족이라고는 한 사람도 없어."

"나는 돌아갈 수 없어." 그레이스는 두 손을 비틀면서 똑같은 말을 되풀이했다.

"아파트를 세내 놓을게. 같이 있고 싶으면 와. 네가 돌아갈 준비가 되면 같이 돌아가자. 어떻게 생각하니?"

"나에게 무슨 일이 있었는지 아는 사람 없어?"

"아무도 몰라. 네가 일하던 포장회사를 찾아갔는데 아무도 너에게 무슨 일이 있었는지 아는 사람이 없는 것 같았어."

"네 아빠는?"

"걱정 마. 어디로 갔는지 모르지만 그 골짜기에는 없어. 경찰에 신고해서 감옥생활을 시킬까 생각해 봤는데 너를 위해서 포기했어. 아무도 네 일을 알면 안 되니까."

그레이스는 얼굴을 돌려 피터를 빤히 바라보았다. "넌 정말 내가 돌아가기를 원해?"

"그 때문에 여길 온 거야. 나와 같이 있는 한 안전해. 너는 나에게 하나뿐인 친구야. 너를 보호하기 위해 못 할 일이 없어."

그레이스는 밝게 웃었다. "생각해 볼게."

“왜 로스앤젤레스로 왔니?” 피터가 물었다.

“그 일을 당하고 나서 정신이 없었어. 너무 놀라고 분하고 슬퍼서 어쩔 줄 몰랐어. 그래서 모든 사람들로부터 그리고 모든 것으로부터 도망치고 싶었던 거야.”

“로스앤젤레스에 친구가 있었니?”

“아니. 그냥 멀리멀리 도망치고 싶었던 거야. 베이크스필드는 집에서 너무 가깝고 그래서 여길 온 거야.”

“그래서 무슨 일이 있었니?”

“별로 말할 거리가 없어. 유니온 기차역에서 소매치기를 당하고 당황하고 있을 때 다른 사람이 내 핸드백을 낚아채 달아났어.”

“그럼 돈이 한 푼도 없었겠구나.”

“속옷에 감춰두었던 돈이 조금 있었어.”

“어디에?” 피터가 놀랐다.

“우리 집안의 전통인데 우리가 먼 곳으로 여행할 때마다 속옷에 돈을 감추고 다녔어.” 그레이스는 잠시 그때 일을 생각하다가 다시 말을 이었다. “그런 일들이 있은 뒤 나는 진짜 인생을 배운 거야. 그리고 내가 어떤 세상에서 살고 있는지도 배우고 있어. 넌 천사의 도시(스페인어인 로스앤젤레스를 영어로 풀이한 이름)에 왔을 때 어땠니?”

“글쎄” 피터는 생각을 정리했다. “돈이 얼마 없었어. 잠은 픽업차에서 자고 배가 몹시 고플 때는 핫도그나 비프저키로 배를 채웠어. 물은 여기저기 다니며 공짜 수돗물을 마셨고.”

“나 때문에 고생이 많았구나. 미안해.” 그레이스는 피터의 손을 잡았다.

피터는 헛기침을 했다. "가진 돈 거의를 휘발유와 먹는 것에 다 써 버렸어. 그 돈은 우리가 맛있는 저녁식사를 하는 데 쓰려고 한 건데. 어쨌든 돈이 다 떨어지기 전에 일자리를 구하고 다녔어. 이 주유소 주인은 정말 좋은 사람이야. 나를 아들같이 생각해 줘. 프레즈노가 고향이야. 그리고 이 창고에서 자게 허락했어." 피터는 그레이스를 심각한 눈으로 바라보다가 말했다. "그렇지만 로스앤젤레스에서 살고 싶지 않아. 도시가 너무 크고 보기 흉하고 너무 시끄러워. 복숭아나무도 없고 딸기밭도 없어. 넌 여기가 좋으니?"

그레이스는 고개를 흔들었다. "아니, 안 좋아." 잠시 말을 멈추었다. "다이뉴바가 그리워."

8.

루스는 딸 수지를 목욕시키고 있었다. 곧 딸을 데리고 식당으로 나가 문을 열어야 한다. 시어머니는 지난주 샌프란시스코로 돌아갔는데 수지를 돌보러 다시 오기로 돼 있었다. 식당은 영업이 잘됐으나 루스는 이른 아침부터 밤 열한시까지 꼬박 일에 묶여 있었다. 브라이언이 떠난 후 식당업이 얼마나 힘든 일인지 경험했다. 식당 일과 딸을 위해 시간을 나누는 일이 그리 쉽지 않았다. 시어머니가 샌프란시스코로 돌아갈 때마다 루스는 수지를 데리고 식당으로 나가 브라이언이 창고를 달아내 지은 조그마한 방에 수지를 두고 일을 시작했다.

문을 닫을 때쯤 되면 루스는 완전히 일로 지쳐 있었다. 그러나 수지가 그녀에게 힘을 주었다. 수지의 귀여운 미소는 엄마의 피로를 몰아냈다.

브라이언은 매주 한 번씩 편지를 보냈다. 이주 일 전에 마지막 편지를 받았다. 브라이언은 태평양 전투에 참가하고 있다고만 말했지 전쟁에 대해서는 한마디도 하지 않았다. 그는 잠시 동안 육군 항공대에 편입됐다가 해군항공모함 B－25 폭격기 탑승원으로 재배치됐다.

수지에게 필요한 것들을 담은 백을 어깨에 멘 루스는 딸을 팔에 안고 계단을 내려와 아파트 출입문으로 걸어갔다.

루스의 뒤에서는 키가 큰 신사가 빠른 걸음으로 뛰어내려 왔다. 그는 서둘러 루스 옆을 지나 출입문 손잡이를 잡았다. 바로 그 순간 루스는 등으로 출입문을 밀려고 수지를 안은 채 돌아섰다. 두 사람의 시선이 마주쳤다. 그들은 멍한 얼굴로 서로를 바라보았다. 그 남자는 로버트 슈로드였다.

"루스?" 로버트는 마치 꿈꾸듯 낮은 목소리로 말했다. 루스는 말을 할 수가 없었다.

"루스 맞지?" 로버트는 다시 물었다.

"로버트!" 루스는 오랫동안 사랑했던 사람을, 사랑했기에 잊으려고 노력했던 사람을 쳐다보았다. 루스는 숨쉬기조차 어려웠다.

"루스." 로버트는 반가움을 이기지 못해 루스를 껴안으려고 하다가 루스 품에 안긴 여자 아기를 보았다. 그는 무안해서 손을 바지 주머니에 집어넣었다.

"너 여기서 뭐해?" 루스가 물었다. 꿈을 꾸고 있는 것 같았다.

"나 이 아파트에 살아." 로버트는 값비싼 검은색 양복을 입고 넓

은 빨간 넥타이를 매고 있었다. 멋이 풍기는 모습이었다. 루스가
보스웰에서 마지막 보았을 때보다 키가 훨씬 더 커 보였다. 금발머
리와 콧수염이 나이가 더 들어보이게 했다.

"언제 새크라멘토에 왔어?"

"거의 이년 됐어. 너도 이 아파트에 살고 있어?"

"그래. 딸 수지야."

"안아 봐도 돼?" 루스가 고개를 끄덕이자 로버트는 수지를 받아
안았다. "꼭 너를 닮았군."

"다들 그래. 너 약혼했다는 말 들었어."

"그래. 그렇지만 이제는 다 지나간 이야기야." 로버트는 수지를
루스에게 건네주었다. "내가 원했던 결혼이 아니었어. 삼촌이 우리
집안을 돕기 위해 중매한 결혼이었어. 삼촌 잘못이 아니야."

"그럼 이혼했다는 말이니?"

"그래. 두 사람 모두 불행했던 결혼이었어. 그래서 이혼하기로
합의한 거야."

"안됐다." 루스는 가느다란 목소리로 말했다.

"처음부터 맞지 않는 결혼이었어."

"새크라멘토에서 뭘 하니?" 루스는 갑자기 로버트의 사생활에 알
고 싶었다.

로버트는 루스를 찾으려고 새크라멘토로 왔다는 사실을 말하려
다가 수지를 보는 순간 너무 늦었다고 생각했다. "멀리 떠나 다시
시작하고 싶어서 여기로 왔어. 지금 주지사의 보좌관으로 일하고
있어."

"잘됐구나."

"너는 여기서 뭘 하니?"

"남편이랑 식당업을 하고 있어." 루스가 대답했다. "지금 현역으로 태평양전투에 참여하고 있어. 그래서 나 혼자 일을 맡고 있어."

"지금 중대한 회의가 있어서 가 봐야 해." 로버트는 윗도리 안주머니에서 가죽지갑을 꺼냈다. 그리고 명함을 루스에게 건넸다. "시간이 있을 때 아무 때나 전화해. 점심 식사하러 들러도 돼?"

"그럼."

로버트는 가방을 받아 들고 루스와 함께 밖으로 나왔다.

"오늘 저녁에 만날 수 있을까?" 로버트는 루스가 운전석에 앉자 물었다.

"그래. 나는 208호야. 오늘은 일찍 돌아올게." 루스는 엔진을 틀기 전에 로버트를 올려다보며 웃었다. 그러고 나서 그녀는 차를 몰아 길로 진입했다. 잠깐이었지만 루스는 거울을 통해 로버트를 보았다. 가슴이 뛰기 시작했다. "이건 기적이야. 정말 기적이야!" 그녀는 잠시 동안 수지와 브라이언을 잊고 있었다.

루스는 요리사에게 문을 좀 일찍이 닫으라고 부탁하고 일찍 아파트로 돌아왔다. 로버트를 만난 뒤부터 온종일 마음이 들떠 일을 할 수 없었다. 루스는 온종일 그들이 보스웰 집 포치에서 마지막 만났던 일을 기억했다.

루스는 시어머니가 돌아오기 전에 옛 친구로서 로버트를 만나고 싶었다. 루스는 자신이나 남편을 부끄럽게 하는 짓은 하지 않을 것이다. 그녀는 행복한 결혼생활을 하고 있었다. 로버트를 위해 커피를 새로 끓이면서 오랫동안 로버트에게 하고 싶었던 말들을 마음

속에 다시 모아 보았다. 그런데 이상하게도 하고 싶었던 말이 한마디도 생각나지 않았다.

부엌에서 문 두드리는 소리를 들었다. 루스는 누구인지 알았다. 문으로 걸어가 숨을 크게 마신 뒤 문을 열었다. 로버트가 꽃다발을 손에 들고 문 앞에 서 있었다. 그는 검은색의 바지와 베이지색의 세타를 입고 있었다. 두 사람은 서로 바라보면서 웃었다.

"들어가도 돼?" 로버트가 물었다.

"어서 들어와." 로버트가 안으로 들어서자 루스는 다시 숨을 크게 마시고 문을 닫았다.

로버트는 루스에게 꽃다발을 내밀었다. "널 위해 샀어."

"로버트, 고마워. 너무 아름답구나. 어서 앉아. 꽃을 꽃병에 꽂고 올게." 루스는 꽃다발을 들고 부엌으로 갔다. 로버트는 거실 가죽 소파에 앉았다.

"커피를 막 끓였는데 마실래?" 루스의 목소리가 부엌에서 들려왔다.

"한 잔 줄래?" 로버트가 말했다.

"어떻게 마시니?"

"그냥 줘. 아무것도 타지 말고. 수지는 어디 있어?"

"자고 있어." 루스는 커피 잔을 담은 쟁반을 들고 다시 거실로 걸어 나왔다. 그녀는 로버트 앞에 잔을 내려놓았다. 그리고 커피 잔을 손에 들고 로버트를 마주 보고 앉았다.

둘은 말없이 커피만 마셨다. 그러다가 로버트가 어색한 침묵을 깼다. "왜 한 번도 회답을 주지 않았어?"

"무슨 소리야?" 루스는 커피 잔을 탁자에 놓았다. "너는 나에게 편지하겠다고 여러 번 약속하고선 그 약속을 한 번도 지키지 않았어."

로버트는 깜짝 놀랐다. "무슨 말을 하고 있는 거야? 나는 매주 한 번씩 편지를 보냈는데 한 번도 회답이 없었어."

"나는 한 번도 네 편지를 받지 못했어." 로버트는 거짓말을 못한다는 것을 알고 있는 루스는 그가 보낸 편지가 왜 오지 않았을까 의아해했다.

"한 번도 받지 못했다고?"

"그래. 한 번도 안 받았어. 진짜야."

"그런데 편지가 한 번도 되돌아온 일이 없었어."

"아마 부모님이 편지를 없애 버렸는지 몰라." 갑자기 루스는 화가 치밀었다. *부모님의 짓인지 몰라.* 그 생각에 피가 끓어올랐다. 루스는 자리에서 일어나 창가로 걸어갔다. 길을 내려다보았다. 사람들의 발걸음이 끊어진 어두운 거리는 그 순간 그녀 인생처럼 텅 비고 어두워 보였다. "편지를 기다리고 또 기다렸지만 끝내 오지 않았어."

"미안해."

루스는 대답하지 않았다. 그녀는 이미 깨진 로버트의 결혼에 대해 더 알고 싶었다. 그러나 이미 오래전에 고이 접어 철없었던 젊은 시절의 기억 속으로 깊이 감추어 둔 사랑을 위해 로버트에게 실패로 끝난 결혼을 되씹게 하는 짐을 지우고 싶지 않았다.

"어머니는 잘 계시니?" 루스는 자리로 다시 돌아오며 물었다. 데보라와 그녀의 어려웠던 생활이 머리에 떠올랐던 것이다.

"잘 계셔. 필라델피아 교외에 집을 사 드렸어. 가끔 너의 소식을 물으셨어."

"너 결혼 정말 안됐다."

“생각하고 싶지 않아.” 로버트는 커피를 마셨다. “넌 행복해 보인다. 그 정도는 짐작할 수 있어.”

“그래. 행복해. 그렇지만 남편이 걱정돼.”

“하나님이 보호해 주실 거야.”

루스는 사랑이 듬뿍 담긴 눈으로 로버트를 바라보았다. “넌 지금도 몰몬이야?”

“이름뿐이야.” 로버트는 어린아이처럼 청순하게 웃었다. 루스가 오랫동안 잊어버리지 않았던 웃음이었다. “정치에 발을 들여놓은 뒤에 신앙심이 많이 식었어. 교회 갈 시간도 없는 걸. 너는?”

“나는 아무것도 안 믿어. 오늘 아침 회의에 늦지 않았니?”

“아니. 제시간에 도착했어. 노동력 부족 때문에 회의를 한 거야.”

“무슨 노동력 부족?”

“곧 일본인들을 캘리포니아 내륙으로 이주시킬 것이고 그로 인해 생길 노동력 부족 때문에 타주에서 흑인들과 멕시코인 노동력을 유치하는 일로 회의를 한 거야.”

루스는 커피를 마시며 얼굴을 찡그렸다. “내 올케는 미국에서 태어난 일본 사람이야. 걱정이 돼.”

“어디 사는데?”

“샌프란시스코에 살고 있어.”

“내륙으로 이주하라는 것이 내 충고일 거야. 아니면 아예 동부로 이사하든가. 전쟁이란 어린애들 게임과 같다는 걸 배웠어. 다른 점이 있다면 그건 실전에서는 어른들이 전쟁을 한다는 거야. 더 무서운 게임을 한다는 뜻이야.”

“너 너무 멋있다. 데이트하는 여자가 있겠지.”

“없어. 아무도 없어. 어떤 여자에게도 관심이 없어. 내 마음 속에는 언제나 한 특별한 여자가 있었어.” 로버트는 루스를 바라보았다. 루스는 그의 눈에서 아픔과 목마름을 보았다. “나에게 준 책 기억나니?”

루스는 슬프게 고개를 끄덕였다.

“언제나 내 책상 위에 자리 잡고 있어.”

갑자기 루스는 울고 싶었다. *나는 지금도 로버트를 사랑하고 있어!* 루스는 힘을 다해 그 생각을 밀어냈다.

로버트가 말했다. “이혼이 끝나자 너를 찾으려고 새크라멘토로 왔어. 어디 사는지도 모르면서. 마음을 상하게 했으면 용서해.”

“아니. 마음 상하지 않았어. 네가 무슨 짓을 해도 나는 언제나 너를 용서할 거야.” 루스는 그녀가 언제나 로버트를 사랑할 것이라는 말을 하고 싶었다. 그러나 그 사실을 혼자만 알고 있기로 마음먹었다.

“다른 아시아 여자를 만나기 원해. 너는 내 입맛을 버려 놨어.”

“미안해.” 루스는 자신이 로버트의 입술과 그의 깊고 파란 눈을 목마르게 바라보고 있는 것을 깨달았다. 루스는 그런 감정에서 깨어나려고 자리에서 일어났다. *이미 너무 늦었어. 보스웰의 어렸을 때로 돌아갈 수 없어. 그때 우리는 어린아이들이었어. 나는 브라이언을 사랑해. 브라이언은 내 모든 것이야.* “피로해서 일찍이 잠자리에 들어야겠어. 식당 문을 열어야 하기 때문에 일찍 일어나야 해.”

“시간 가는 줄 몰랐어.” 로버트는 루스에게 잘 자라는 말을 하려고 일어섰다. “너무 늦도록 붙잡아 두어서 미안해. 잘 자. 루스.” 그 말을 하고 로버트는 뒤를 돌아보지도 않고 문밖으로 걸어 나갔다.

루스는 문을 닫고 문에 기대섰다. 어둡고 너무나 깊은 그리움이 소나기처럼 그녀의 영혼에 퍼부었다. 문 두드리는 소리가 들렸다. 누가 문을 두드리는지 알고 숨을 깊이 들이마시고 나서 문을 열었다. 로버트였다.

"너는 언제나 내 마음속에 있다는 걸 말하고 싶었어." 로버트는 루스를 사랑이 불타는 눈으로 바라보다가 계단 쪽을 향해 무거운 걸음을 옮겼다.

"너도 내 마음 속에 영원히 살아 있어." 루스는 로버트의 등에 대고 말했다. 로버트가 사라지자 루스는 아래 입술을 깨물었다. 그렇게도 하고 싶었던 말이 많았건만 로버트 앞에서는 아무것도 생각나지 않았다. 루스는 갑자기 공허했고 허기를 느꼈다. 그러나 그들의 사이를 옛날로 돌이키기에는 너무 늦었다. 다시 입술을 깨물며 수지가 잠자고 있는 침실로 갔다. 수지는 엄마에게 로버트와 슬픈 마음까지도 잊어버리게 해 줄 것이다.

어느 화창한 봄날, 유진과 순자는 프레즈노에 사는 황길만과 말순을 방문하고 집으로 돌아가고 있었다. 말순은 두 사람에게 얼마 전에 새로 영업을 시작한 하숙집을 보여 주었다. 하숙집 일부는 아직도 수리 중에 있었으나 영업을 계속하고 있었다.

그날은 순자가 뇌졸중으로 쓰러진 이후 처음 외출이었다. 순자는 오랜만에 남편과 함께 다시 외출한 것 그리고 편안한 드라이브가 너무 좋았다. 살아 있는 한순간 한순간이 가장 큰 축복이었다. 고향에서 들었던 옛말이 생각났다. "아무리 고생해도 이 세상에 사는 것이 저세상보다 더 낫다." 봄의 따스함을 피부로 느끼고 향기로운 공기를 마시며 또한 세상을 바라보는 것, 그 모든 것이 마음속에 감사를 불러일으켰다.

"아직 집으로 돌아가고 싶지 않아요." 순자는 그들이 타고 있는 차가 99번 고속도로에서 리들리로 빠져나가는 출구에 가까워졌을 때 남편에게 말했다. "모든 것이 너무 아름답고 마음이 포근해요. 조금 더 드라이브해도 돼요?"

"그럽시다." 유진은 그날 오후 드라이브를 즐기는 아내에게 고개를 돌리며 대답했다. "어디까지 가고 싶소? 베이크스필드까지 가볼까?"

"거기는 너무 멀어요. 그리고 나는 쉬 피로해져요. 그저 당신이랑 같이 시간을 조금 더 보내고 싶어서 그래요. 저 야생화를 좀 보세요. 너무 아름다워요. 아무도 돌봐 주는 사람이 없어도 스스로 자라서 이제는 꽃이 한창이에요."

"예수님께서 들에 자라는 백합화가 솔로몬의 비단옷보다 더 아름답다고 말씀하지 않았어요?"

"당신은 목사가 됐으면 좋았을 걸." 순자는 가냘픈 미소를 머금고 남편을 바라보았다. 다니엘 생각을 하고 있었다. 다니엘은 하나님 나라를 대표하는 훌륭한 목사가 됐을 터인데…. 순자는 한숨을 쉬었다.

"미숙이는 아주 용감한 여자요." 유진이 말했다.

"그 애는 우리 다니엘을 사랑했어요. 알고 계세요?"

"그랬어요?" 유진은 그 말에 놀랐다. 순자는 다니엘과 미숙의 친한 사이에 대해 말해 준 일이 없었기 때문이었다.

"둘은 서로 좋아했어요. 미숙은 다니엘이 못다 하고 뒤에 남기고 떠난 일을 하고 싶은 거예요.”

슬픔이 유진의 가슴을 메워 말을 못 했다. 유진은 한참 뒤에 입을 열었다. “너무 착한 아이로군. 그 애가 길만의 자식이라니 믿어지지 않는구려. 무슨 말인지 알겠소?”

“그분도 좋은 사람이에요.” 순자는 잠시 말을 멈추었다. “내 소원을 잊지 마세요.”

“소원이라니. 무슨 말이요?”

“내가 죽거든 다니엘 옆에 묻어 달라는 소원 말이에요.”

“아직은 먼 장래일이요.” 유진은 아내의 뼈가 앙상한 손을 가만히 잡았다.

순자는 남편을 쳐다보았다. “죽는 것이 두려우세요?”

“아니.”

“내가 죽으면 고향으로 데려다 줄 거예요?”

“그것이 나의 첫 번째 선택일 게요. 우리가 왜 이 땅에 묻혀야 합니까?”

순자는 잠시 생각하다가 남편에게 물었다. “다니엘은 어떻게 하고요?”

“당신을 고향으로 데리고 갈 때 같이 데리고 가야지. 이 골짜기에 혼자만 남겨 놓고 떠날 수야 없지.”

순자는 차창을 지나가는 풍경을 바라보았다. 잠시 동안 말이 없었다. “나를 동네 뒷산 언덕 양지바른 곳에 묻어 주세요.” 순자는 밖을 바라보면서 마치 독백하듯 말했다.

“그렇게 해야지요. 나는 당신 옆에 눕고. 우리 세 사람이 나란히 눕는 거예요. 내가 무엇보다도 원하는 것이 그 일이요.”

"그렇게도 이 늙은 할망구랑 같이 있고 싶으세요?"

"좋든 안 좋든 당신은 나를 혼자 떼놓을 수 없어요." 유진이 빙긋이 웃었다.

"아무럼 내가 당신을 떼놓을까?"

"그냥 해 본 말이요."

"우리가 고향에 있을 때 내가 당신에게 한 말 생각나요?"

"뭔데?"

"첫날밤이었어요. 우리 혼인은 하늘이 맺어 준 거라고 내가 말하지 않았어요?"

"아, 그 말. 물론 기억하고말고."

"우리 여생이 오늘 오후처럼 아늑하고 편안하면 좋겠어요." 순자는 마치 온 세계를 그녀 속으로 마셔 버리기라도 하듯 숨을 크게 들이마셨다. *생명은 가장 귀한 거야.* 순자는 아직도 하나님이 창조하신 세계에서 살아 숨 쉬고 있는 것이 고마웠다. 살아서 사랑하는 사람들 곁에 함께 있다는 것, 지나가는 순간순간마다 하나님의 사랑에 감사하는 것, 웃는 것, 얼굴을 찡그리는 것, 마음을 활짝 열고 웃는 것, 우는 것 그리고 사랑하는 것 이 모든 것이 다 아름다운 일이라고 느꼈다.

"인생이란 철로를 공사하는 일과 같아요." 유진은 기차 길목에서 화차가 지나가기를 기다리면서 말했다. "우리는 자식들을 위해 철로를 놓는 거예요. 그리고 자식들은 우리가 건설한 철로 위를 달리며 여행하는 거지요. 목적지를 향해 얼마나 빨리, 얼마나 천천히 달릴지 그리고 몇 번 멈추어 설지 아무도 모르는 일이지만."

"내가 사랑하는 철학가, 내가 사랑하는 남편!" 순자는 힘들여 남편의 손을 꼭 잡았다.

　같은 날 오후, 제이콥은 캐런과 다니엘을 태우고 골든게이트 공원에 있는 일본 찻집을 떠나 호수 쪽으로 차를 몰았다. FBI건, 그들이 조작한 스파이 운운하는 소리, 그들의 불법 가택수색 등 골치 아픈 일을 다 잊어버리고 머리를 식히는 방법으로 캐런이 하루를 공원에서 보내자고 제안했다. 최근에 제이콥이 로스앤젤레스를 다녀왔으나 그 방문은 실망으로 끝났다. 사립탐정인 잔 머가 제이콥을 데리고 그레이스가 살고 있다는 롱비치 아파트를 찾아갔으나 피터와 그레이스는 이틀 전에 이사를 가고 없었다. 마지막 날 제이콥은 선셋 불러바드에 있는 와이너 선생 사무실을 찾아갔다. 그때서야 와이너 선생이 미국 공산당원이라는 사실을 알았다.

　수천 마일 떨어진 유럽과 태평양에서 벌어지고 있는 전쟁에 아랑곳없이 그날 오후는 너무 평화스러웠다.

　"아무도 전쟁에 신경을 안 쓰는 것같이 보여." 호수를 향해 걸어가면서 캐런이 말했다.

　"잊어버리고 싶겠지. 그런 일로 걱정하기에는 날씨가 너무 좋아. 전쟁 이야기 그만하자고." 제이콥은 호숫가 노간주나무 아래 걸음을 멈추었다. 다니엘이 호수 가운데 있는 바위에서 쉬고 있는 자라와 그 옆으로 평화스럽게 헤엄치는 오리를 볼 수 있도록 다니엘을 머리 위로 들어 올렸다. 주위에 시끄럽게 떠드는 어린아이들의 웃음소리가 들렸다.

　"히가와라 씨도 찻집에서 쫓겨날지 모른대. 그 집안은 1895년부터 그 자리에서 샌프란시스코 시를 위해 찻집을 하고 있어."

"그렇게 오랫동안 시를 위해 봉사하다가 이제는 수용소 신세가 되다니. 도대체 말도 안 되는 소리야." 제이콥은 잔디밭으로 가서 다니엘을 부드러운 잔디에 내려놓았다. "당신과 함께 뉴욕으로 여행 갈 계획이야. 이런 골치 아픈 일을 잊어버리고 싶어서 그래. 당신 골치 아픈 일을 당했으니 휴가가 필요해."

"제이콥, 고마워." 캐런은 제이콥의 뺨에 입 맞추었다. "내가 바라던 일이야. 근데 다니엘은 어쩌고?"

"리들리 장모님에게 맡기자고. 반가워하실 거야."

"얼마 동안?"

"일주일 정도. 삼주 안에 다른 재판 건이 있어."

"우리 그럴 형편이 돼?" 제이콥의 혼자 수입으로 살림을 꾸려 나가는 캐런은 조금 걱정스러웠다.

"괜찮아. 그렇게 호화로운 여행은 아니니까. 당신에게 주는 내 선물이야."

"내가 그런 대접을 받을 만한 일을 한 것이 없는데."

"당신은 더 좋은 대접을 받아야 해." 제이콥이 웃었다. "당신은 나의 전부야."

"당신도 나의 전부야." 캐런은 제이콥을 껴안았다. "제이콥은 나의 모든 것이야. 이런 말 당신을 응석받이로 만들지 모르지만 사실을 사실이니까."

"사람들은 다니엘이 나를 닮았다고 하는데 정말 그래?"

캐런이 활짝 웃었다. "똑같은 말을 벌써 백 번 넘게 물었어. 사실은 처음에는 나를 많이 닮은 것 같았는데 이제는 아빠를 빼다 박은 것 같아. 어떤 때는 할아버지를 닮은 것 같기도 하고."

"다니엘은 우리 사랑의 첫 열매야." 제이콥은 깊은 생각에 잠기며 말했다. "사실 우리는 별의별 일을 다 겪었어."

"누가 우리 이야기를 믿겠어? 나를 낳아 준 엄마가 나를 납치했고 당신 아버지는 당신과 절연했고… 길고도 힘들었던 길이었어."

"결국 우리가 승리한 거야."

"그런데 어머니는 자신이 저지른 일을 잊어버리지 못하고 계셔. 그런 말은 안 하시지만 나는 알고 있어." 캐런은 다니엘을 제이콥의 무릎에 앉혔다. "그 날 밤, 캐나다에서 눈에 파묻혀 얼마나 무서워했다고. 당신이 올 줄 알고 있었지만 나를 찾기 전에 얼어 죽을 거라고 생각했어."

"당신을 찾을 수 있을지 자신이 없었어. 몇 번이나 노부부를 죽여 버리고 싶었어. 너무 화가 나서 제정신이 아니었으니까."

"그런 무시무시한 일을 저지르지 않아서 다행이야." 캐런이 생긋 웃었다.

"당신이 눈 속에 묻혀 있는 것을 보자 죽은 줄 알았어. 어찌나 놀랐던지 당신이 눈을 뜰 때까지는 제정신이 아니었어. 미칠 것 같았어."

"우리 다니엘을 낳기 위한 투쟁이었어." 캐런은 다니엘 뺨에 입맞추고 엄마를 쳐다보고 있는 다니엘에게 말했다. "너는 아빠와 엄마가 무슨 일을 당했는지 상상도 하지 못할 거야. 아빠와 엄마는 네가 그런 일을 당하지 않도록 할 거야." 캐런은 조그마한 다니엘의 발을 간질였다. 다니엘은 발이 가려워서 큰 소리로 손뼉을 치며 깔깔대고 웃었다.

그날 밤, 제이콥은 가족과 함께 자주 드나들었던 일본 식당에서 저녁을 먹고 집으로 돌아왔다. 다니엘은 너무 피곤해서 집으로 오는 길에 잠들었다. 캐런은 다니엘을 침대에 눕히고 아래층으로 내려왔다. 그녀에게 소중한 그날을 제이콥과 함께 나누고 싶었다. 제이콥은 그날이 무슨 날인지 기억하지 못하는 것같이 보였다. 캐런은 빨간 포도주 한 병과 잔을 들고 거실로 나와 편하게 소파에 앉았다. 이제 막 샤워를 마치고 잠옷을 입고 내려온 제이콥에게 잔을 건네주고 포도주를 따랐다. "축배!"

제이콥은 언제 보아도 아름다운 아내를 바라보았다. "뭐 특별한 일이라도 있어?"

"꼭 특별한 날일 필요는 없어. 그렇지만 이날 저녁은 나에게 가장 소중한 저녁이었어." 캐런은 잔을 높이 들었다."기억 안 나? 칠년 전 오늘 밤 무슨 일이 있었는지 기억 안 나느냐고."

기억을 더듬던 제이콥이 눈살을 찌푸렸다. 그러나 아무런 특별한 일이 기억에 떠오르지 않았다.

"용서 안 할 거야." 캐런은 일부러 화난 얼굴로 말했다. "이 늙은이야. 내가 기억을 새롭게 해 줄까?" 그녀는 유성기 있는 곳으로 걸어가 스위치를 틀었다. 그리고 전축 판을 올려놓았다. 주세페 베르디의 나부코에서 나오는 *히브리 노예들의 합창*이 유성기에서 흘러나왔다. 캐런이 돌아서서 제이콥을 바라보며 대답을 기다렸다. 그러나 제이콥은 여전히 고개를 흔들었다. 캐런은 자리로 돌아가 제이콥의 눈을 빤히 들여다보았다. "오페라가 끝난 뒤 당신이 나를 태우고 공원으로 갔어. 우리는 차에서 내려 걷고 또 걸었어. 그러다가 교회 앞에서 멈추어 서서 제이콥이 내 손을 잡고 청혼했어. 그래도 기억 안 나?"

"아, 이제 생각나. 캐런, 미안해. 전혀 기억나지 않았어. 정말이야." 제이콥은 잔을 높이 들었다. "우리의 행복을 위해서." 잔과 잔이 마주쳤다. "다시는 잊어버리지 않을게. 약속해." 잔을 비운 뒤 그는 캐런을 가만히 품에 껴안았다. 그리고 캐런의 입술을 더듬었다.

자정이 지나서 전화벨이 울렸다. 제이콥은 침대에 누운 채 수화기를 집었다. 캐런은 옆에서 깊이 잠들어 있었다. 저쪽에서 비통한 소리가 들렸다. 루스였다. 제이콥은 벌떡 일어나 침대 옆에 있는 불을 켰다.

"루스, 무슨 일이야?" 제이콥이 물었다. 뭔가 큰일이 생겼다는 불안한 느낌이 들었다.

"어디 갔다 왔어? 온종일 전화 걸었단 말이야." 루스는 울고 있었다.

"공원에 갔다 왔어. 무슨 일이야?"

"너무 놀라서 말이 안 나와. 믿지 못하겠어."

"이런! 제발 말 좀 해 봐. 무슨 일이야? 어린애같이 울지만 말고 어서 말해봐."

"브라이언 일이야." 잠깐 말이 끊어지고 불길한 침묵이 흘렀다. 제이콥은 무슨 일인지 짐작이 갔다. 그러나 확실하지는 않았다. 무서운 생각이 다시 그의 가슴을 마구 방망이질했다. "브라이언에게 무슨 일이 생겼어? 어서 말해보라니까. 내 말 듣고 있어?"

"브라이언이 동경 상공에서 폭격으로 사망했대."

"아니, 이럴 수가!" 제이콥이 탄식했다. "내가 지금 갈게." 그는 전화를 끊었다. 전화소리를 듣고 있던 캐런이 조용히 일어나 제이콥을 껴안았다.

9.

샌프란시스코의 일본계 미국인들의 장래가 불확실한 상태가 계속되는 가운데 따뜻한 봄이 다시 찾아왔다. 사월 어느 날, 제이콥 집은 친척들의 웃음소리로 가득 찼다. 아침 일찍 루스가 딸을 데리고 도착했다. 곧이어 유진과 순자가 도착하고 거의 동시에 캐런의 부모 그리고 잔과 로시타가 도착했다. 모두 다니엘의 백일을 축하하려고 왔다.

브라이언의 장례식은 시체 없이 치렀다. 브라이언이 타고 있던 B—25 폭격기가 동경 상공에서 포격을 당해 한 사람의 생존자도 없었다. 동경 상공에서 폭탄을 투하한 뒤 중국에 있는 비행장으로 돌아가려던 순간 포격을 당해 공중에서 폭파하고 말았다. 루스는 그 소식을 전해 듣고 아파트에서 한 주일 동안 식음을 전폐했다. 다행히 캐런이 루스와 같이 지내면서 위로했다. 슬픔을 이기지 못한 루스는 딸을 데리고 시어머니를 방문하여 이틀 동안 같이 슬픔을 나누었다.

브라이언의 갑작스러운 죽음으로 끝난 그들의 여로를 다시 바꿀 길이 없었다.

거실에는 다니엘 백일 선물이 잔뜩 쌓여 있었고 순자를 뺀 집안 여자 전원이 음식을 장만하느라 분주했다. 게이코는 두 어린아이를 맡았고 로시타는 식탁 꾸미는 일을 맡았다. 로시타는 부엌에서 일하는 캐런을 도와주고 싶었지만 캐런은 그녀의 큰 덩치와 좁은 부엌을 고려해서 친절하게 거절했다.

집 뒤쪽에 만들어 놓은 카페테라스에서는 순자가 흔들의자에 앉아 다이뉴바에서 먼 길을 여행하느라 쌓인 피로를 풀고 있었다. 그녀는 자신의 반신불수, 아무 쓸모가 없다는 허탈감, 다니엘의 죽음, 전사한 사위 그리고 자취도 없이 사라진 막내딸 때문에 혼자서 속으로 몸부림치고 있었다. 그녀는 자신이 이제는 아무에게도 쓸모가 없는, 마치 쓰다 버린 인형처럼 느꼈다. 그런 생각이 들자 눈물이 뺨을 타고 흘러내렸다. 순자는 흔들의자와 지팡이 그리고 모든 것이 다 미워졌다. 흔들의자에 앉아 자기 연민에 쌓여 있기보다는 무언가 하고 싶었다. 그녀가 집 안에서 가장 좋아하는 장소인 부엌으로 가서 며느리를 도와주고 싶었다. 그러나 아무도 그녀가 아직도 쓸모 있다고 생각하는 사람이 없었다.

집안 남자들은 뒤뜰에 서서 샌프란시스코 만의 아름다움을 놓고 대화를 하고 있었다. 그러나 골치 아픈 세상일이 슬쩍 그들 대화 속으로 끼어들었다. 아무도 그런 말을 꺼내고 싶지 않았다. 그렇지만 급한 속도로 정치풍토를 변화시키고 있는 사건을 무시할 수 없었다.

"자네는 왜 샌프란시스코에만 있어야 하는가?" 잔이 제이콥에게 물었다. "캐런의 안전을 먼저 생각해야지. 루스벨트는 전시 재이주권(再移住權)에 대한 법을 의회에 상증했고 상하의원은 개떡 같은 공공 법률안 3백 몇 호인가 하는 걸 통과시켜 일본인 조상을 가진 사람들을 모조리 몰아내기로 결정했어. 자네는 캐런이 안전하다고 생각하는가?" 잔은 제이콥을 뚫어지게 바라보았다.

"캐런은 여기 남아 그들의 자유와 권익을 위해 투쟁하겠답니다." 제이콥은 고개를 흔들었다.

"아니 그놈의 수용소에 가도 좋다는 말인가? 나는 그 마음 이해할 수 없네. 이월에 적국시민으로 미국영주권을 가진 사람들을 처음으로 노스다코타 주 비스마크에 있는 수용소로 보냈어. 독일인, 이태리인과 일본인들이었는데 대부분이 일본 사람들이었다고 들었어."

"삼촌은 캐런을 잘 아시잖아요. 캐런은 어디 있든지 자신의 권리를 위해 투쟁할 겁니다. 우리는 함께 캐런의 권리를 위해 싸우겠습니다. 얼마 전에 저는 ACLU(미국 시민 자유연맹)에 가입했어요." 제이콥은 지난주 집으로 돌아오던 길에 밴내스 가(街)에 있는 전시시민관제소 앞에 재이주를 당한 일본 사람들이 전쟁난민처럼 줄을 지어 서 있는 것을 본 일이 머리에 떠올랐다. 그 속에는 많은 어린 아이들도 있었다.

말이 적은 사람으로 알려진 쇼지가 딱딱한 대화에 끼어들었다. "캐나다도 수용소를 짓는다는 말을 들었어. 일본계 캐나다 시민들을 가둘 수용소를 여섯 개인가 일곱 개를 짓는다는구먼." 쇼지는 제이콥에게 고개를 돌렸다. "자네는 가족을 위해 속히 결정을 내려야 할 거야. 캐런은 우리와 같이 리들리에서 살고 자네는 가끔 한 번씩 내려오면 어떨까?"

"너무 골치 아픈 일이라서 더 이상 말하고 싶지 않아요."

그때 유진은 그를 부르는 아내의 날카로운 목소리를 들었다. 재빨리 안으로 들어갔다. 순자가 혼자서 자리에서 일어나려고 하고 있었다. "아니 무슨 짓이요?" 유진은 뒤에서 아내를 붙잡았다.

"날 부엌으로 데려다 줘요. 나도 도울 수 있다고요. 왜 내 말 믿지 못하겠어요? 다이뉴바에서 당신을 돕지 않았어요? 도와주지 않겠으면 내가 혼자서 걸어가겠어요." 순자는 남편에게 명령했다.

"당신이 도울 수야 있겠지만 당신 도움 없이도 다들 잘하고 있어요.” 유진은 걱정스럽게 아내를 바라보았다.

“오늘은 내 첫 손자 백일이에요. 손자를 위해서 뭔가 해야 할 것 아니에요? 그렇게 바보같이 멍하니 서 있지만 말아요. 도와줄 거예요 안 도와줄 거예요?” 순자는 유진을 노려보았다.

“알았어요. 알았어.” 유진은 아내와 입씨름을 하고 싶지 않았다. 그는 최근에 아내가 몹시 사납고 참을성이 없는 것을 눈여겨보아 왔다. 유진은 순자를 부축하여 부엌으로 갔다. 그리고 아내가 앉을 의자를 가지고 왔다. 유진은 아내가 부엌에 나타나자 모두들 걱정 스러워하는 것을 눈치챘다.

“엄마, 다 잘하고 있어요.” 루스가 말했다. “엄마는 가서 푹 쉬세 요. 차를 오래 타고 오셔서 피곤하실 거예요.”

“조선 음식을 만들고 있니?” 순자는 딸이 한 말을 무시했다.

“아뇨. 조선 음식을 요리할 줄 몰라서 양식을 만들고 있어요. 엄 마가 좋아하실지 모르겠네요.”

“내가 기름진 음식을 싫어하는 줄 잘 알잖니.” 순자는 얼굴을 찡 그렸다. “어떤 음식을 만들어야 하는지 말해 줄게.”

캐런은 걱정스러운 얼굴로 시어머니를 바라보다가 시어머니가 원하는 대로 내버려 두기로 했다. 스스로를 무용지물이라고 자기 연민에 빠져 있기보다는 무엇을 하든지 움직이는 것이 훨씬 좋을 것이라고 생각했다.

“엄마, 정말 괜찮으세요?” 루스는 어머니 이마 위로 흘러내린 머 리를 손으로 올려 주면서 말했다.

“돼지고기 김치찌개를 끓여라. 싱싱한 생선 있니?” 순자는 캐런 에게 물었다.

"어제 조금 사다 놓았어요. 그렇지만 돼지고기는 없어요."

루스가 어머니에게 말했다. "엄마, 돼지고기 안 좋아요."

"생선을 꺼내라. 그리고 도마랑 부엌칼도 이리 주고."

유진은 아내를 바라보다가 고개를 흔들고 부엌을 나갔다.

한 시간 뒤에 온 가족이 다니엘 백일을 축하하느라 큰 식탁에 둘러앉았다. 순자는 남편 옆에 앉아 있었다. 다소 마음이 안정된 것같이 보였다. 조선 음식을 만들어야 한다는 그녀의 고집을 감히 마다할 사람이 없었다.

다니엘은 화려한 백일 옷을 입고 고깔모자를 쓰고 솜을 넣고 누빈 버선을 신었다. 캐런은 어머니가 대학 일학년 때 사 준 기모노를 입었다.

루스는 수지를 안고 캐런 옆에 앉았다. 모든 시선이 수지와 다니엘에게 쏠렸다. "김치찌개 맛이 참 좋아요." 루스는 어머니의 솜씨를 자랑했다.

"조선 음식에는 뭐니 뭐니 해도 김치찌개가 있어야 한다. 양식에 샐러드가 빠지면 되겠니?" 순자는 딸을 보며 웃었다. 그리고 식사 기도를 하라고 남편을 바라보았다. 유진이 그 메시지를 읽고 일어설 때 모두 고개를 숙였다.

식사가 끝난 뒤 여러 가지 떡이 나왔다. 다니엘이 생일케이크를 먹으려면 아직도 아홉 달을 더 기다려야 한다. 게이코는 남편을 위해 사케를 잊지 않았다. 술이 몇 잔 들어가면 말이 없는 남편의 굳게 닫힌 입이 열린다. 조금 취하기만 하면 남편은 졸졸 흐르는 개울물처럼 말이 많아질 것이다. 사케의 놀라운 힘을 게이코는 익히 알고 있었다.

"전쟁을 생각하면 할수록 전쟁이 더 무서워져요. 남자들은 항상 폭력을 좋아하지만 이제 우리 여자들이 지도자가 될 때라고 생각해요. 어떻게 생각하세요?" 게이코는 루스의 기분을 좋게 해 주려고 물었다.

"여자들은 여자들 나름대로 문제가 있어요. 아마 남자들이 타고난 성격만큼이나 나쁜 것인지 몰라요. 여자들의 질투심이 세상을 어지럽게 할 거예요." 루스는 그 말에 놀란 게이코를 보며 웃었다. "아버지" 루스는 아버지에게 얼굴을 돌렸다. "식당을 경영할 사람을 고용할까 봐요. 너무 힘들어요."

"바람직한 생각이다. 혼자서 아기 기르고 식당 운영하고 못 한다." 유진은 순자의 의견을 묻느라 아내를 바라보았다.

"게다가 이제 소설을 쓰고 싶어요. 브라이언은 항상 나더러 그 꿈을 쫓아가라고 했어요. 그렇지만 내가 할 수 있는 데까지는 브라이언을 돕고 싶었어요. 언젠가 집에 있으면서 책 쓸 날이 올 거라고 생각하면서요." 브라이언 생각이 그녀의 마음을 사로잡았다. "가끔 브라이언은 식당일은 걱정하지 말고 집으로 가서 글을 쓰라고 야단쳤어요. 내가 미국에서 유명한 소설가가 되기를 원했어요. 사실 그 꿈은 우리 두 사람의 꿈이었어요."

순자는 걱정스러운 눈으로 딸을 멀거니 바라보았다. "진짜 그 일을 하고 싶으냐?"

"그래요, 엄마."

유진이 말했다. "네가 하고 싶은 일을 해라."

백일잔치가 무르익어 갈 무렵 도어 벨이 울렸다. 유진이 문으로 걸어갔다. 세 남자가 문밖에 서 있었다.

“미스터 박과 미세스 박을 만나러 왔습니다.” 키가 훌쩍 큰 남자가 유진에게 말했다.

“어디서 온 누구십니까?” 유진은 불길한 기분이 들었다.

그 남자는 신분증을 꺼내 유진의 코밑으로 내밀었다. “FBI에서 왔습니다.”

“무슨 일로 왔습니까?” 유진은 무의식적으로 그들이 안으로 들어오지 못하도록 막고 섰다. 그러나 세 사내들은 유진을 한쪽으로 밀고 집 안으로 들어섰다. 온 가족이 자리에서 일어나 침입자들에게 얼굴을 돌렸다. 캐런은 그들이 왜 왔는지 알았다. 한 남자가 캐런에게 걸어왔다. 다니엘을 캐런에게서 뺏어 다른 가족에게 넘기려고 손을 내밀었다.

“내 아들에게 손대지 말아요.” 캐런이 경고했다. 그녀는 어머니에게 다니엘을 넘기고 두 손을 내밀었다. 그러자 그 남자는 캐런에게 수갑을 채웠다. 게이코는 딸 옆에 서서 사시나무 떨듯 덜덜 떨었다.

“이게 무슨 짓들이요?” 제이콥이 그 남자를 확 밀었다. 그 남자는 비틀거리며 뒤로 밀려났다. “내 아내에게 이게 무슨 짓들이요? 당신들 누구요?” 제이콥은 그 남자를 주먹으로 때려눕힐 자세로 노려보았다.

그 사람은 제이콥에게 신분증을 내보였다. “당신도 체포하겠소.” 그는 다른 두 사람에게 제이콥을 체포하라는 몸짓을 했다. “미국 공산당에 가맹한 혐의와 미국 연방정부 전복을 꾀한 혐의로 체포합니다.”

소스라치게 놀란 제이콥은 그 사람에게 소리 질렀다. “내가 공산당에 가입했다구?”

“공산당 간부 한 사람이 최근 당신을 만나러 샌프란시스코에 왔다 갔고 당신은 최근 그 사람을 만나러 로스앤젤레스를 다녀왔어요.” FBI 요원이 말했다.

“그건 의례적인 방문이었습니다. 그렇다고 해서 나를 공산당이라고 몰다니!” 제이콥이 대들었다.

“우리는 상부의 지시에 따를 뿐입니다.”

의자에 앉아 벌어지고 있는 일을 지켜보고 있던 순자는 도대체 무슨 일인지 사정을 파악하려고 애썼다. 일이 심상치 않은 것 같았다. 그녀는 아들과 며느리의 안전이 걱정됐다. 아들과 며느리를 보호하는 것이 그녀의 의무라는 생각이 들었다. *비록 반신불수이지만 누구든지 내 아들을 해치게 내버려 두지 않겠다. 제이콥은 나의 모든 것이다.*

순자는 자리에서 천천히 일어났다. 아들에게 수갑을 채우려는 남자로부터 아들을 보호하려고 지팡이를 짚고 절뚝거리며 식탁을 돌아 그 사내 쪽으로 걸어갔다. 가슴이 마구 뛰었다. 순자는 지팡이를 머리 위로 올렸다. 지팡이는 빠른 속도로 그 남자의 손등에 떨어졌다. 그는 죽는 시늉을 하고 소리소리 지르며 지팡이에 얻어맞은 손을 털었다.

“내 아들과 며느리에게 무슨 짓들을 하는 거야? 내 아들에게 다시 손을 대 봐라. 가만있지 않을 테니.” 순자는 힘을 다해 소리쳤다. “이놈들아! 나 먼저 죽여라!” 순자는 다시 지팡이를 높이 쳐들었다. 손을 얻어맞았던 남자는 재빨리 옆으로 몸을 피해 순자의 지팡이 한쪽 끝을 잡고 흔들면서 앞으로 힘껏 끌어당겼다. 그러다가 다시 지팡이를 뒤로 확 밀었다. 지팡이 다른 쪽 끝에 매달려 있던 순자는 몸의 균형을 잃고 세게 미는 탄력에 의해 바닥에 나가 떨어졌다. 넘어지면서 쿵 하는 소리와 함께 머리를 마룻바닥에 부딪쳤다. 눈 깜작할 사이에 벌어진 일이었다. 유진은 재빨리 아내를 품에 안았다. 이미 순자는 숨이 끊어지고 가슴이 멎었다.

루스가 소리쳤다. "구급차를 불러요!" 게이코는 다니엘을 안은 채 전화로 뛰어갔다. FBI 요원 한 사람이 뒤에서 제이콥을 잡자 다른 사람이 손에 수갑을 채웠다.

유진은 무릎을 꿇고 앉아 순자에게 말을 걸었다. 그러나 순자는 숨을 쉬지 않았다. 화가 머리끝까지 치민 제이콥은 힘을 다해 저항했다. 그러나 그 싸움은 세 남자가 제이콥을 마룻바닥에 깔아 눕힌 것으로 빨리 끝났다. 그들은 소란을 뒤에 남긴 채 제이콥과 캐런을 끌고 밖으로 나갔다.

순자의 장례식이 있은 이틀 뒤 유진은 순자가 앉아 있던 흔들의자에 앉아 있었다. 머리는 헝클어지고 눈은 텅 비어 있었다. 사랑하는 아내가 세상을 떠난 뒤 부서지고 무서울 만큼 공허한 삶에 짓눌려 창밖에서 떨어지는 빗방울 소리를 듣고 앉아 있었다. 장례식 뒤에 그는 한 번도 밖으로 나가지 않았다. 언제나 기쁨과 소망이 가득 찼던 집 그리고 그에게 살아야 할 많은 이유를 주었던 가족, 그러나 이제 그 집은 한밤중의 공동묘지처럼 고요했다. 살아 있는 사람 소리도 들리지 않았고 죽음처럼 무겁고 어두운 고요가 유진의 터진 세계를 뒤덮고 있었다. 유진은 시끄럽게 곯던 아내의 코고는 소리마저도 그리웠다.

유진은 텅 빈 집에서 혼자 있고 싶지 않았다. 아내가 없는 세상은 더 이상 예전 같지가 않았다. 아내를 그리워하는 것 또한 아픔이었고 그 아픔은 시간이 갈수록 차츰 심해졌다. 아내가 남기고 떠난 텅 빈 집에서 그는 완전히 무력함을 느꼈다. 그는 일평생 아무것도 두려워하지 않았지만 갑자기 나타난 외로움이라는 적은 그의 인생을 멋대로 마구 짓밟았다. 눈에 보이지 않는 적을 이길 수 없었다. 유진은 앞으로 몸을 수그리고 얼굴을 손으로 가렸다. 그리고 비통하게 흐느꼈다. "주님, 저를 데려가세요. 아내 없이 혼자서 이 멀고 긴 여행을 끝마칠 수 없습니다."

유진은 눈을 감고 홀로 앉아 깊게 상처 난 그의 현실에 몸을 떨었다. 그러자 갑자기 한 번도 마음에 떠오른 일이 없었던 생각이 그를 깜짝 놀라게 했다. 그는 멀리 도망가고 싶었다. 그 집은 이제 사람이 사는 집이 아니었다. 유진은 천천히 눈을 뜨고 그를 가두고 있는 네 벽을 노려보았다. 그때 유진은 자신을 포로로 잡아두고 있는 집과 새 새끼처럼 그를 가두고 있는 네 개의 벽을 향해 반항하고 싶었다. *아내 묘를 찾아가련다. 내가 여기 앉아 자기 연민에 쌓여 있을 때 아내는 묘지에서 비를 맞고 있어.*

잠시 후, 퍼붓는 소나기를 맞으며 부서진 한 인생이 구부정하게 허리를 굽히고 아내 묘에 작은 꽃다발을 놓았다. 싱싱한 잔디를 덮은 묘에는 미처 비석이 세워지지 않았다. 묘에 떨어지는 굵은 빗방울을 내려다보았다. 하늘이 무심하지 않아 그와 함께 울고 있다는 생각이 마음에 위로를 주었다. 아내의 죽음은 그들의 긴 여로의 마지막이었다. 그리고 아내가 먼저 앞서 갔다는 생각에 위로를 받았.

"이 전쟁이 끝나면 당신이 항상 원했던 고향 뒷산 양지바른 곳에 당신을 묻어 주리다. 거기서 나는 당신 옆에 눕고 우리 아들 다니엘을 우리 가운데 눕도록 하리다.” 유진은 다시 흐느꼈다. “옛날 조국에 있을 때처럼 배고프지 않지만 당신이 하도 그리워 내 영혼이 죽을 만큼 허기를 느껴요. 이 허기는 먹을 것으로 채울 수 없는 배고픔이요. 내가 저 세상으로 가서 당신을 다시 만날 때까지 이 배고픔은 계속될 것이요.”

거리는 너무 조용했다. 빗방울은 젊은 과부의 눈물처럼 소리 없이 떨어졌다. 픽업 한 대가 비에 젖어 미끄러운 길 위로 굴러와 묘지 앞 모퉁이에서 멈추어 섰다. 그레이스는 피터 옆에 앉아 있었다. 허리를 꼿꼿이 세우고 앉아 묘지 쪽으로 고개를 돌리지 않으려고 앞 창문 와이퍼에 눈을 박고 있는 얼굴이 굳어 있었다.

그레이스를 찾으려고 많은 어려움을 겪었던 피터는 옆에 앉아 있는 그레이스를 힐긋 바라보았다. 그레이스가 죄의식과 슬픔에 쌓여 있는 것을 알고 피터는 감히 입을 열 생각도 못 했다.

드디어 슬픔으로 어찌할 바를 모르고 앉아 있던 그레이스는 생각하기조차 거절했던 도피할 수 없는 현실로 돌아왔다. 잠시 후에 그레이스는 과감하게 현실을 직면하기로 결심했다. 롱비치를 떠난 후 참아 왔던 감정을 풀어 놓았다. 그녀는 오른쪽으로 얼굴을 돌려 묘지 저쪽에서 비를 맞으며 홀로 서 있는 아버지의 모습을 바라보았다. 피터는 차에서 내려 그레이스가 앉은 쪽으로 걸어갔다. 그레이스가 현실과 직면하기로 결심한 것을 알고 차문을 열어 주었다. 그레이스는 차에서 내려 쏟아지는 비를 맞으며 어머니 묘지 쪽을 향해 걸음을 옮겼다.

그레이스가 묘지 쪽으로 가고 있을 때 또 다른 차 한 대가 피터의 픽업 바로 뒤에서 멈추었다. 제이콥과 루스가 차에서 내렸다. 그들은 어머니의 죽음으로 슬퍼하는 아버지와 며칠을 같이 보내려고 새크라멘토에서 막 도착했다. 제이콥은 루스에게 우산을 펴 주었다.

그레이스는 아버지 뒤에서 걸음을 멈추었다. 빗방울이 얼굴을 타고 홍수같이 흘러내렸다. 울음을 참으려고 애썼다. 유진은 뒤에서 사람의 기척을 느끼고 구부정한 몸을 돌렸다. 마구 뿌리는 빗줄기 속에서 사랑하는 딸이 서 있는 모습이 보였다. 유진은 딸을 위해 두 팔을 활짝 폈다. 그레이스는 아버지의 품으로 뛰어들면서 엉엉 울었다. 그렇게도 보고 싶어 했던 딸이 돌아와서 유진은 큰 위로를 받았다.

"아빠, 죄송해요." 그레이스는 아버지 품에 안겨 큰 소리로 울었다.

"괜찮다. 네가 돌아왔으니 이제 안심이다. 엄마가 무척 기뻐하실 게다." 유진은 딸의 등을 도닥거렸다. 그레이스는 어머니 무덤에 엎드려 오열했다.

비에 젖은 눈으로 딸을 내려다보던 유진은 딸을 일으켜 세웠다. 그때 제이콥과 루스가 걸어오는 모습이 보였다. 제이콥은 어머니의 장례를 위해 당분간 풀려나왔다. 그러나 캐런은 샌 브루노에 있는 텐프론 집합소에 갇혀 서부 어디엔가 있는 수용소로 실려 갈 때를 기다리고 있었다. 제이콥과 ACLU 변호사들이 캐런의 석방을 위해 투쟁할 것이다. 그들은 그 싸움이 어렵고 긴 싸움인 것을 알고 있었다. 다니엘은 리들리에 살고 있는 외할머니가 보살피고 있었다. 유진이 매일같이 찾아가서 볼 수 있는 거리였다.

제이콥과 루스는 아버지를 껴안았다. 곧이어 루스가 그레이스를 껴안았다. "그레이스, 집으로 돌아와서 너무 기뻐."

제이콥이 돌아서서 아버지에게 말했다. "아버지와 일주일 같이 있겠습니다. 곧 샌프란시스코로 돌아가야 해요. 캐런을 위한 싸움이 이제 막 시작됐어요. 인간의 자유와 하나님이 주신 권리를 위해 싸우는 것이 우리 모두의 공동적인 불행이긴 합니다. 이 투쟁은 힘든 싸움이 될 거예요. 그러나 저는 아내와 자식을 위해 그리고 그들의 자식들을 위해 싸워야 합니다."

유진은 아들을 자랑스럽게 바라보며 아들의 어깨를 두드렸다. "네가 자랑스럽다." 유진의 얼굴에 다시 웃음이 돌아왔다. "이제 그레이스가 돌아왔으니 나는 더 슬퍼할 이유가 없다. 비가 온 뒤에는 햇빛이 나는 법이다." 유진은 막내딸의 차가운 손을 잡으며 말했다. "나는 아직도 사랑하는 가족이 내 곁에 있다. 네 엄마가 무척 기뻐하겠다. 어서 집으로 가자. 엄마는 모든 수고를 다 마치고 쉬고 있다."

마이클 리 (지은이, 역자)

▌약 력

한국에서 출생. 1973년 도미, LIFE Bible College에서 목회학을 전공하였고 졸업 후 개척교회 목회를 시작했다. 2000년 건강상의 이유로 목회직을 떠나고 건강이 회복되면서 어렸을 때부터 꿈이었던 작가로 다시 출발하였다. 기독교인들을 위한 『결혼, 이혼, 그리고 재혼』의 출판을 계기로 하여, 이어서 전쟁소설 『아프가니스탄에서 탈출』을 출판하였다. 1800년 후반기에 러시아 원동으로 이주했다가 1937년 스탈린에 의해 중앙아시아로 추방당한 고려인의 역사를 배경으로 한 역사소설 『인간화물』(영어 제목: Human Cargo)을 탈고하여 출판을 앞두고 있다. 현재 미국 캘리포니아 주 북부에서 집필을 계속하고 있다.

이상현(역자)

▌약 력

미국 Southern California Seminary에서 상담심리학(Ph.D)을 전공하고 California Union University, 일본 중앙학원대학, 동서대학교 등에서 교수를 역임하였다. 2002년부터 중국 용정종합고급중학교 교장으로 부임하여 조선족 청소년 교육과 코리언 디아스포라(Korean Diaspora)를 위해 사역하고 있다.

초판인쇄 | 2010년 1월 15일
초판발행 | 2010년 1월 15일

지은이 | 마이클 리
역 자 | 이상현·이정수
펴낸이 | 채종준
펴낸곳 | 한국학술정보㈜
주 소 | 경기도 파주시 교하읍 문발리 파주출판문화정보산업단지 513-5
전 화 | 031) 908-3181(대표)
팩 스 | 031) 908-3189
홈페이지 | http://www.kstudy.com
E-mail | 출판사업부 publish@kstudy.com
등 록 | 제일산-115호(2000. 6. 19)

ISBN 978-89-268-0722-4 04810 (Paper Book)
      978-89-268-0723-1 08810 (e-Book)
      978-89-268-0718-7 04810 (Paper Book Set)
      978-89-268-0719-4 08810 (e-Book Set)

은 시대와 시대의 지식을 이어 갑니다.